À margem
6

Etty Hillesum
Uma vida
interrompida

Tradução de Mariângela Guimarães
Editora Âyiné

Etty Hillesum
Uma vida
interrompida
Título original
Het verstoorde leven
Tradução
Mariângela Guimarães
Preparação
Silvia Massimini Felix
Livia Deorsola
Revisão
Andrea Stahel
Juliana Amato
Projeto gráfico
CCRZ
Fotografia da capa
Atentado ao registro
civil de Amstredam,
27 de março de 1943

Direção editorial
Pedro Fonseca
Direção de arte
Daniella Domingues
Coordenação
de comunicação
Amabile Barel
Redação
Andrea Stahel
Designer assistente
Gabriela Forjaz
Conselho editorial
Lucas Mendes

© Etty Hillesum
Publicado por Uitgeve-
rij Balans, Amsterdam

© Editora Âyiné, 2019,
2022
Nova edição revista
Todos os direitos reser-
vados

Editora Âyiné
Praça Carlos Chagas
Belo Horizonte
30170-140
ayine.com.br
info@ayine.com.br

Isbn 978-65-5998-007-9

Sumário

9 Nota introdutória
15 Uma vida interrompida
295 Cartas de Westerbork

Uma vida
interrompida

Nota introdutória

No final de 1979, o editor holandês J.G. Gaarlandt recebeu das mãos de Klaas Smelik um pacote com nove cadernos cobertos do início ao fim por uma caligrafia miúda e quase inexpugnável. Eram os diários de Etty Hillesum, uma jovem judia de 27 anos que vivia em Amsterdã e nestes escritos, realizados entre 1941 e 1943, em plena Segunda Guerra Mundial, abordava seu desenvolvimento pessoal em meio ao mundo desordenado ao seu redor.

A existência de Etty está prensada entre as anotações de quinta-feira, 30 de outubro de 1941: «Medo da vida em todos os fronts. Depressão total. Falta de autoconfiança. Aversão. Angústia», e as da manhã de sexta-feira, 3 de julho de 1942: «uma certeza em mim que não é perturbada pela nova certeza: querem a nossa aniquilação. Isso eu também aceito. Agora eu sei. Não vou incomodar os outros com meus medos, não ficarei amargurada se os outros não compreenderem do que se trata para nós, judeus. Uma certeza não será corroída ou enfraquecida pela outra. Trabalho e continuo a viver com a mesma convicção e acho a vida plena de sentido, apesar de tudo, plena de sentido», e os muitos matizes entre elas. Seu relacionamento com Julius Spier e outros homens, seus laços familiares, suas reflexões sobre a questão feminina, suas constatações sobre a literatura de autores russos e alemães, principalmente de Rilke, seu constante desenvolvimento em direção a uma vida que se opõe ao ódio que domina amigos e inimigos, a sinceridade e liberalidade no que diz respeito ao erotismo, seus humores, sua sensibilidade lírica, os acontecimentos ameaçadores, a evidência cada vez maior da «vida interrompida» ao seu redor. Ela observa tudo e anota, de maneira clara e intensa, com notável talento literário.

Esther Hillesum nasceu em 15 de janeiro de 1914 em Middelburg, no sul da Holanda. Seu pai era professor de línguas clássicas, um homem erudito que, depois de ter ocupado cargos de professor em Tiel e Winschoten, muda-se com a família para Deventer em 1924, onde se torna correitor e em 1928 reitor do Ginásio Municipal.

Na infância, Etty praticamente não foi educada na fé judaica. Apenas anos mais tarde ficou clara quão forte era de fato a sua ligação com o povo judeu e quão forte era a sua consciência de Deus.

Etty teve uma juventude tensa. Sua mãe era russa de origem e chegara à Holanda fugindo do enésimo pogrom. O casamento de seus pais era turbulento. Etty e seus irmãos Michael (Mischa) e Jaap — ambos mais novos que ela — eram todos extremamente talentosos. Etty era muito inteligente, mas não tinha a disciplina de seu pai. Mischa foi um pianista genial, um jovem que segundo muitos era ou deveria ter sido, se tivesse sobrevivido, um dos mais importantes pianistas da Europa — talento que por vezes lhe causou grandes problemas e o levou até mesmo a ser internado em instituições psiquiátricas. Jaap era médico, mas sabe-se pouco sobre ele.

Em 1932, Etty parte para Amsterdã para estudar Direito e depois Línguas Eslavas. Mais tarde, com a Segunda Guerra Mundial em pleno andamento, começa a se interessar também por psicologia e sua vida adquire a dimensão que vemos surgir nos diários.

Suas anotações começam no domingo, 9 de março de 1941. Em fevereiro daquele ano ela tinha conhecido um homem que viria a ocupar o foco de seus pensamentos e sentimentos, o psicoquirólogo Julius Spier, então um famoso «quiromante». Spier — a quem Etty nos diários se refere como S. (apenas nas cartas aos amigos ela o chama Jul) — era um imigrante judeu de Berlim. Nascido em Frankfurt em 25 de abril de 1887, Spier tinha sido diretor de um banco, mas com o passar dos anos descobriu seu talento para ler o caráter e predisposição das pessoas nas linhas das mãos. Em 1925 ele fundou a editora Iris, fez um curso de canto e em seguida foi para Zurique para dois anos de análise e aprendizagem com Carl Gustav Jung. Foi Jung que o inspirou a fazer da «psicoquirologia» a sua profissão.

Em 1939, Spier imigra para Amsterdã, onde vivia sua irmã, deixando os filhos Ruth e Wolfgang com sua ex-mulher — que não era judia —, de quem havia se separado em 1935.

Muitos o caracterizavam como uma «personalidade mágica». Seu dom para examinar a vida pelas mãos parece ter sido fascinante, e o que ele descobria por intermédio delas tentava analisar mais profundamente como psicólogo. Para Etty ele é o catalisador do autoexame a que ela começa a dar forma naquele domingo, 9 de março. Um incansável autoexame que em muitos aspectos toma formas universais.

Com isso, desenvolve-se em Etty uma consciência religiosa que para certos leitores talvez seja incompreensível. Ela estava «em busca de Deus», e aos poucos suas anotações adquirem um estilo muito especial nos trechos em que se dirige a Deus de maneira bastante direta. A forma como Etty vive a fé não é convencional. Ela fala com Deus como se falasse consigo mesma: «Quando rezo, nunca rezo por mim mesma, sempre pelos outros, ou tenho um diálogo insano ou pueril ou extremamente sério com o que há de mais profundo em mim, que para maior comodidade chamo de Deus».

Com o aumento da perseguição aos judeus, por insistência de seu irmão Jaap, em julho de 1942 Etty se candidata a um emprego no Conselho Judaico, na seção de «Ajuda aos que partem». Durante catorze dias trabalha ali como «datilógrafa» e define aquilo como «inferno». Ela detesta o Conselho Judaico e se apresenta voluntariamente para se fixar com alguns membros do Conselho no campo de Westerbork para ali, sim, oferecer ajuda.

No início de agosto ela vai para Westerbork, acreditando que só fará jus à sua vida se não abandonar as pessoas que estão em definitivo perigo e se usar os talentos que sabe que tem para levar alívio. Sobreviventes dos campos confirmaram que Etty de fato foi uma «personalidade luminosa» até o último instante.

Ela ainda retornou algumas vezes de Westerbork a Amsterdã com uma permissão especial de viagem. Porém, no dia 7 de setembro de 1943, é posta no transporte com toda a sua família. Foi uma deportação punitiva, porque a mãe de Etty escrevera uma carta a Hans Rauter, chefe da força policial alemã na Holanda e responsável direto pela deportação de judeus para a Polônia, na qual pleiteava determinados privilégios para sua família. Por raiva de ter sido abordado por um judeu, Rauter ordenou que toda a família Hillesum fosse imediatamente transportada.

Após a guerra, um comunicado da Cruz Vermelha informou sobre a morte de Etty em Auschwitz em 30 de novembro de 1943. Seus pais e irmãos também morreram.

Os nove diários entregues a J.G. Gaarlandt por Klaas Smelik chegaram até ele por sua irmã, Johanna Smelik, uma amiga de Etty, que por sua vez os recebeu de Maria Tuinzig, outra amiga, que havia morado com Etty em Amsterdã. A partir de 1947, a família Smelik tentou inúmeras vezes publicar os diários, mas as editoras sempre recusavam, talvez pela dificuldade em decifrar o manuscrito. A primeira publicação foi a editada por J.G. Gaarlandt, lançada na Holanda em 1981. É esta a versão que traduzimos aqui.

Uma vida interrompida — Diário de Etty Hillesum, 1941-1943 não é a versão integral dos diários, mas a seleção inicial publicada por Gaarlandt, que, forçado pelo grande volume de material, optou por uma edição mais enxuta por acreditar que a versão integral dos diários de uma pessoa até então desconhecida correria o risco de não atrair leitores. «Tentei dar um reflexo o mais fiel possível dos cinco primeiros cadernos, e tomei os últimos três quase integralmente», comenta Gaarlandt, que também evitou tanto quanto possível os muitos fragmentos escritos por Etty em alemão. Ainda assim, há em cerca de oitenta trechos de *Uma vida interrompida* palavras, frases e citações em alemão que nesta edição foram traduzidas. Gaarlandt também cortou repetições e trechos delicados sobre pessoas que ainda eram vivas na época da primeira edição dos diários. «A consequência dessa seleção radical foi que eu, de certa forma, acelerei de maneira pouco natural a vida de Etty. Eu, por assim dizer, tirei de seu diário um excesso de 'lastro'», explica Gaarlandt. Desde o lançamento de *Uma vida interrompida*, os diários de Etty Hillesum encontraram ressonância em todo o mundo e foram traduzidos para vários idiomas.

Em 17 de outubro de 1983 foi criada a Fundação Etty Hillesum, cuja primeira tarefa foi a preparação de uma edição da obra completa de Etty — diários e cartas. Também foi fundado em Deventer o Centro Etty Hillesum e foi criado um Centro de Pesquisa (E.H.O.C.) na Universidade de Gent, na Bélgica, que tem por objetivo a reflexão científica sobre o legado de Etty Hillesum.

Uma Vida Interrompida
Diário De Etty Hillesum, 1941-1943

domingo, 9 de março [1941]

Então vamos lá! Este é um momento doloroso e quase intransponível para mim: confiar meu coração inibido a um tolo pedaço de papel pautado. Os pensamentos às vezes são tão claros e vívidos na minha mente, e os sentimentos tão profundos, mas ordená-los por escrito ainda é difícil. Acima de tudo pela vergonha, creio. Sinto uma grande inibição, não me atrevo a revelar as coisas, deixar que jorrem livremente de mim, e no entanto é preciso, se eu quiser dar à minha vida, a longo prazo, um propósito digno e satisfatório. É como na relação sexual, o último grito de satisfação fica sempre apertado no peito. Em termos eróticos, sou refinada e quase diria experiente o bastante para pertencer à categoria das boas amantes, e o amor então parece perfeito, mas continua a ser uma brincadeira que desvia do essencial, lá dentro algo continua preso em mim. E também é assim com todo o resto. Intelectualmente sou tão preparada que posso explorar tudo, abordar tudo com formulações claras, muitas vezes pareço ser uma pessoa superior quando se trata das questões da vida, e mesmo assim, bem lá no fundo, há um novelo emaranhado, algo me trava e de vez em quando não passo de uma pobre coitada cheia de medo, apesar da lucidez do meu pensamento.

Deixe-me registrar rapidamente aquele momento de hoje de manhã, embora ele já quase me escape. Graças à clareza de raciocínio, dominei S.[1] por um instante. Seus olhos translúcidos, puros, sua boca grande e sensual; sua figura

---

1   S. é o psicoquirólogo judeu alemão Julius Spier, discípulo de Jung. (Todas as notas são da edição original, exceto quando indicado serem da tradução.)

avantajada, taurina, e os movimentos livres e leves como pluma. A luta entre matéria e espírito, que nesse homem de 54 anos ainda está em pleno andamento. E é como se eu estivesse sendo esmagada sob o peso dessa luta. Estou sendo soterrada pela personalidade dele e não tenho como fugir; e assim meus próprios problemas, que sinto serem mais ou menos da mesma natureza, ficam ali se contorcendo. Claro que é bem diferente, não sei dizer com exatidão, minha honestidade talvez não seja impiedosa o suficiente, e por outro lado chegar ao cerne das coisas por meio de palavras também não é nada fácil.

Primeira impressão depois de alguns minutos: rosto pouco sensual, pouco holandês, mas um tipo que de alguma maneira me era familiar, fez-me pensar em Abrascha,[2] não me pareceu de todo simpático.

Segunda impressão: olhos cinzentos e inteligentes, incrivelmente inteligentes, muito antigos, que por um momento conseguiam desviar a atenção da grande boca, mas não por completo. Fiquei muito impressionada com seu trabalho: a avaliação dos meus conflitos mais profundos por meio da leitura de minha segunda face: as mãos. Em determinado ponto também o achei muito desagradável: quando por um instante não prestei atenção e achei que ele falava dos meus pais: «Não, diz respeito a você: filosófica, dotada de intuição», e outras coisas lisonjeiras, «a senhorita é tudo isso». Disse essas palavras da maneira como se põe um biscoito na mão de uma criança. Não está contente? Sim, a senhorita tem todas essas belas qualidades, e não está contente? Então tive um breve momento de repulsa, de certa forma me senti

---

2   Rapaz judeu do qual Etty era amiga antes da guerra.

humilhada, talvez apenas ofendida no meu senso estético; em todo caso, naquela hora o achei bastante asqueroso. Mas em seguida estavam de novo ali aqueles olhos encantadores, humanos, que do cinza profundo vinham pousar em mim, examinadores, olhos que eu adoraria poder abraçar. Já que estou contando tudo, houve ainda um momento, naquela mesma segunda-feira de manhã, agora já algumas semanas atrás, em que ele me provocou aversão. Sua aluna, a srta. Holm,[3] veio até ele um ano atrás coberta de eczemas da cabeça aos pés. Tornou-se sua paciente. Hoje está curada. De alguma forma, ela o adora — de que maneira, ainda não sei definir. Num determinado momento, veio à tona minha ambição, ou seja, que eu quero resolver meus próprios problemas. E a srta. Holm disse, toda expressiva: «Uma pessoa não está sozinha no mundo», o que soou amável e convincente. E então contou sobre aquele eczema que a cobrira por inteiro, inclusive o rosto. Em seguida, S. virou-se para ela e disse, com um gesto que já não sei descrever com precisão, mas que achei muito desagradável: «E que tez a senhora tem agora, hein?». Soou como se estivesse falando de uma vaca numa feira. Não sei, mas naquela hora também o achei sórdido, materialista, um pouco cínico; entretanto, também havia algo mais.

E depois, no final da sessão: «E agora nos perguntamos: como podemos ajudar esta pessoa»; também pode bem ter sido: «Esta pessoa tem que ser ajudada». E eu já tinha sido conquistada por ele, pelo conjunto de habilidades que me havia demonstrado, e me senti necessitada.

E depois sua palestra. Só fui até lá para ver esse sujeito a distância, para examiná-lo de longe, antes que me

---

3   Adri Holm; pertencia ao «clube de Spier».

entregasse a ele de corpo e alma. Boa impressão, palestra de alto nível. Homem encantador. Riso encantador, apesar dos dentes postiços. Fiquei impressionada com uma espécie de liberdade interior que emanava dele, havia flexibilidade e descontração e uma graça toda própria naquele corpo avantajado. O rosto estava muito diferente naquele momento; aliás, é diferente a cada vez; assim, sozinha em casa, não consigo trazê-lo à lembrança. Vou juntando todos os pedacinhos que conheço, como num quebra-cabeça, mas não se convertem num todo, permanecem indícios de incoerência. Às vezes vejo por um instante seu rosto nítido diante de mim, mas então ele se desfaz de novo em muitos pedacinhos contraditórios. Isso é excruciante.

Havia muitas mocinhas e mulheres charmosas na palestra. Era tocante o amor de algumas garotas «arianas», que senti no ar como se fosse palpável, por esse judeu originário de Berlim que teve que vir lá da Alemanha para ajudá-las com seus problemas e trazer-lhes alguma tranquilidade interior.

No corredor havia uma jovem esbelta, frágil, bastante elegante, atraente, rosto não muito saudável.[4] Ao passar, S. trocou algumas palavras com ela, era o intervalo, e ela lhe deu um sorriso tão solícito, tão do fundo da alma, tão intenso, que quase me causou dor. Surgiu em mim uma ligeira sensação de contrariedade, a dúvida sobre se aquilo estava realmente certo, um pressentimento: esse homem está roubando o sorriso daquela jovem; todo o afeto daquela menina conferido a ele foi roubado de um outro, de um homem que mais tarde será dela. No fundo isso é feio, não é justo, e ele é um homem perigoso.

---

4   Liesl Levie; sobreviveu à guerra e emigrou para Israel.

Visita seguinte. «Posso pagar vinte florins.» «Ótimo, a senhorita pode vir por dois meses, e, passado esse tempo, não a deixarei na mão.»

Lá estava eu agora, com um bloqueio espiritual. E ele poria ordem ao caos interior, estaria à frente das forças opostas que atuam no meu conflito interno. Ele, por assim dizer, pegou-me pela mão e disse, olhe, é assim que você tem que viver. A vida inteira tive este desejo: se pelo menos alguém me pegasse pela mão e cuidasse um pouco de mim; pareço forte e faço tudo sozinha, mas eu gostaria tanto de poder me entregar. E esse perfeito desconhecido sr. S., com seu rosto complexo, conseguiu isso agora e em apenas uma semana; apesar de tudo, tinha feito maravilhas comigo. Ginástica, exercícios de respiração, palavras esclarecedoras, redentoras, sobre minhas depressões, relações com os outros etc. E de repente passei a viver de outra maneira, mais livre, fluida, a sensação de bloqueio desapareceu, surgiu um pouco de paz e ordem aqui dentro, por enquanto tudo ainda sob influência da sua personalidade mágica, mas no futuro se fundamentará na minha psique e será um processo consciente.

Mas é isso. «Corpo e alma são um.» Será que foi por isso que S. quis medir meu vigor físico lutando comigo? Minhas forças se demonstraram bastante grandes. E então aconteceu o extraordinário e eu pus esse sujeito enorme no chão. Toda a minha tensão interna, minha força acumulada, liberou-se, e lá estava ele, física e psiquicamente, como me contou mais tarde, estatelado no chão. Ninguém jamais tinha feito isso. Ele não entendeu como eu havia conseguido. Seu lábio sangrava. Permitiu que o limpasse com água-de-colônia.

Uma tarefa assustadora, íntima. Mas ele era tão «livre», tão franco, aberto, espontâneo em seus movimentos;

mesmo quando rolamos juntos pelo chão, mesmo quando fui aprisionada nos seus braços, tensa, finalmente domada, estendida sob seu corpo, continuou «objetivo», correto, embora eu por um instante tenha me rendido à tentação física que emanava dele. Mas foi tudo bom naquela luta, puro, para mim algo novo e inesperado e também libertador, embora mais tarde tenha mexido muito com minha fantasia.

domingo à noite, no banheiro

Eu agora estou purificada por dentro. Esta noite ouvi sua voz por um átimo ao telefone, o que provocou uma agitação em todo o meu corpo. Mas xinguei a mim mesma como um estivador, e me disse que não sou mais uma menininha histérica. E de súbito pude entender tão bem os monges, que se autoflagelam para domar a carne pecadora. E por um instante houve uma luta contra mim mesma, fiquei furiosa, depois veio uma grande clareza e paz. E agora me sinto ótima, purificada por dentro. S. foi novamente dominado, pela enésima vez. Isso vai durar muito? Não estou apaixonada por ele e tampouco o amo, mas de alguma forma sinto sua personalidade, ainda não «abatida», ainda lutando consigo mesma, a me pressionar. Não mais neste momento. Eu agora o vejo com distância: um sujeito vivo, que luta, que tem forças primitivas dentro de si e ainda assim é espiritualizado, com olhos translúcidos e boca sensual.

O dia começou tão bem, minha mente estava nítida e clara, ainda preciso escrever sobre isso mais tarde, depois veio uma forte recaída, uma pressão na cabeça da qual eu não tinha como escapar, e pensamentos pesados, pesados demais na minha opinião, e por trás deles o vazio e o porquê, mas lutarei também contra isso.

«O mundo rola melodioso da mão de Deus», essas palavras de Verwey[5] não me saíram da cabeça o dia inteiro. Queria eu mesma rolar melodiosa da mão de Deus. E, agora, boa noite.

segunda-feira de manhã [10 de março de 1941], 9h

Olhe lá, garota, agora você tem que trabalhar ou vai se ver comigo. E nem ouse dizer: tenho aqui uma dorzinha de cabeça e um enjoozinho acolá e agora não me sinto muito bem. Isso é absolutamente inapropriado. Você tem que trabalhar e acabou. E nada de fantasias e pensamentos «grandiosos» e intuições fantásticas, criar um tema, buscar palavras é muito mais importante. E isso eu tenho que aprender, e para tanto ainda preciso me matar de tanto pelejar: ou seja, banir à força todas as fantasias e devaneios da mente e me desenxovalhar por dentro, a fim de abrir espaço para coisas pequenas e grandes dos meus estudos. Na verdade, nunca consegui trabalhar bem. É o mesmo com o sexo. Se um homem me impressiona, posso passar dias e noites me deleitando em fantasias eróticas, acho que até agora mal tinha consciência de quanta energia isso consome, e então surge um contato real, aí a decepção é enorme. A realidade não reflete minha imaginação, porque ela é libidinosa demais. Também foi

---

5   Albert Verwey, poeta holandês. O verso citado é da cantata «Honestum petimus usque», de Henk Badings, com libreto de Verwey. [N. T.]

assim com S., daquela vez. Eu tinha feito uma ideia muito específica de como seria nosso encontro e fui até lá numa espécie de euforia, com uma malha de ginástica sob o vestido de lã. Mas foi tudo diferente. De novo, ele foi objetivo e muito distante, de maneira que enrijeci logo de cara. E com a ginástica também não funcionou. Quando fiquei de malha, nós dois nos sentimos tão constrangidos como Adão e Eva depois de comer a maçã. E ele fechou as cortinas e trancou a porta, e a liberdade natural dos seus movimentos se esvaiu e eu quis sair correndo e chorar, de tão horrível, e quando rolamos pelo chão me agarrei a ele, sensualmente, mas repudiando tudo aquilo, e, a certa altura, seus movimentos também não eram exatamente afáveis, achei tudo repugnante. E, se eu não tivesse fantasiado antes, com certeza tudo teria sido diferente. De repente houve um grande choque entre minha fantasia libidinosa e a estrita realidade, que se reduziu a um homem constrangido, que no final enfiava uma camisa amarrotada na calça, suando. Também é assim com meu trabalho. Às vezes posso, de improviso, refletir de forma clara e nítida sobre determinada matéria, grandes pensamentos vagos, quase impalpáveis, que fazem com que eu de súbito me sinta muito importante. Porém, quando tento escrevê-los, acabam encolhendo e não dando em nada, e por isso também não tenho ânimo de ordená-los no papel, pois é provável que eu fique decepcionada com o ensaio insignificante que resultaria. Mas agora vou dizer uma coisa com muita ênfase, garota: não conte com a concretização das grandes ideias vagas. O menor, o mais insignificante ensaio que você escreve é mais importante que o fluxo das maiores ideias em que você se deleita. Claro, você se atém a seus pressentimentos e intuições, são fontes das quais você bebe, mas cuide para não se afogar na fonte. Organize um pouco as coisas, faça alguma higiene mental. Suas fantasias, emoções profundas etc. são o enorme oceano, dali você tem que extrair minúsculos pedaços de terra que serão outra vez inundados. Um oceano assim é por demais vasto e elementar, mas o importante são os pequenos pedaços de terra que se consegue conquistar ali. O tema que você vai elaborar agora é mais importante que os pensamentos incríveis sobre Tolstói e Napoleão que você teve outro dia em plena madrugada, e a aula que dá àquela garota esforçada na sexta-feira à noite é mais importante que toda a filosofia empreendida em devaneios. Lembre-se muito bem disso. Não superestime sua magnitude interior, ela faz com que você por vezes se sinta superior às ditas «pessoas comuns», de cujas vidas interiores na verdade não sabe nada, mas você é uma fraca e uma ignorante quando continua a se deleitar e se regozijar com todas essas ondas interiores. Mantenha os olhos na terra firme e não siga se debatendo debilmente no oceano. E agora ao tema!

quarta-feira [12 de março de 1941], 9h da noite

Minhas prolongadas dores de cabeça: masoquismo; minha minuciosa comiseração: lascívia — a comiseração pode ser criativa, mas também pode nos devorar. Devanear nos grandes sentimentos, melhor a objetividade. Direitos para os pais. As pessoas precisam ver os pais como seres humanos com um destino próprio e completo.

Desejo de prolongar os momentos de êxtase, errado. Sem dúvida muito compreensível: a pessoa viveu uma hora de fortes experiências psicológicas ou emocionais, depois vem naturalmente uma recaída. Eu costumava me irritar com essa recaída, sentia-me cansada e desejava sempre voltar ao momento de exaltação, em vez de seguir com as coisas cotidianas.

Ambição de escrever. O que vai para o papel tem que ser logo perfeito; mas fazer o trabalho diário para que isso aconteça eu não quero. Também não estou convencida do meu próprio talento, esse sentimento não é orgânico em mim. Em momentos quase extáticos acho que posso fazer maravilhas, para em seguida afundar de novo no mais profundo poço de incertezas. Isso acontece porque não trabalho de maneira diária e regular naquilo que acredito ser meu talento: a escrita. Em teoria, eu já sei disso há muito tempo; uma vez, alguns anos atrás, escrevi num pedaço de papel: a graça divina tem que encontrar uma técnica bem preparada em suas escassas aparições. Mas essa foi uma frase que surgiu na minha mente e que ainda não se materializou. Será que agora uma nova etapa vai de fato se iniciar na minha vida? Essa interrogação já está errada. Começa uma nova etapa! A luta já está em pleno andamento. Luta também não é a palavra certa para este momento, neste instante me sinto tão bem, em tal harmonia interior, completamente saudável, portanto é melhor dizer: a conscientização está em pleno andamento, e tudo o que até agora estava na cabeça em fórmulas teóricas bem elaboradas também chegará ao coração e será concretizado. E aí o excesso de consciência também deve desaparecer; agora ainda estou desfrutando demais o estado de transição, tudo ainda tem que se tornar mais simples e natural e por fim talvez eu me transforme numa pessoa adulta, em condições de ajudar outros mortais nas suas dificuldades neste mundo e gerar clareza por meio do trabalho dedicado aos outros, pois é isso o que importa.

sábado, 15 de março [1941], 9h30 da manhã

Ontem à tarde lemos juntos todas as anotações que ele havia me passado. E, quando chegamos a estas palavras: «Já seria suficiente que houvesse um indivíduo que merecesse ser chamado de 'humano' para acreditar no homem e na humanidade», então, num movimento espontâneo, lancei meus braços em torno dele. O grande ódio contra os alemães, que envenena a própria alma, é um problema atual. Expressões como «deixe que todos se afoguem, corja, têm que ser dedetizados» fazem parte das conversas cotidianas e às vezes dão a sensação de que já não é possível viver nestes tempos. Até que de repente, algumas semanas atrás, de súbito surgiu o pensamento libertador, despontando hesitante como uma folhinha de grama nova num terreno baldio coberto de erva daninha: ainda que existisse apenas um alemão decente, valeria a pena protegê-lo contra todo o bando de bárbaros, e em respeito a esse único alemão decente as pessoas não poderiam derramar seu ódio contra todo um povo.

Isso não significa que se deva ser brando com determinadas correntes, é preciso tomar posição, indignar-se com determinadas coisas, tentar compreender o que está acontecendo, mas o ódio indiferenciado é a pior coisa que existe. É uma doença da própria alma. O ódio não é da minha natureza. Se chegar a tal ponto neste momento, de realmente odiar, então estarei ferida na alma e deverei procurar uma cura o mais rápido possível. No passado eu achava que o conflito era esse, mas era superficial demais. Quero dizer, quando voltava a surgir dentro de mim aquela disputa devastadora entre o ódio e meus outros sentimentos, então se travava uma batalha entre meus instintos primitivos de judia, ameaçada de extinção, e minhas ideias socialistas, estudadas, racionais, que me ensinaram a não ver um povo como um todo, mas como uma parte boa enganada por uma minoria má. Portanto, um instinto primitivo em oposição a uma conduta racional. Porém é mais profundo. O socialismo deixa o ódio entrar novamente pela porta de trás, contra tudo o que não é socialista. Isso está dito de maneira tosca, mas sei o que quero dizer.

Nos últimos tempos, considero uma missão manter a harmonia nesta família,[6] que contém elementos tão conflitantes: uma alemã cristã, de origem camponesa, que é para mim como uma querida segunda mãe; uma estudante judia de Amsterdã; o velho e equilibrado social-democrata; o burguês Bernard, de sentimentos realmente puros e bastante compreensivo, mas limitado pelo espírito burguês do qual brotou, e o jovem estudante de economia, honesto e bom cristão, com toda a docilidade e compreensão, e também a combatividade e a decência dos cristãos, como se percebe nos dias de hoje. Este era e é um mundo em turbilhão, que corre o risco de ser destruído por ameaças políticas vindas de fora. Mas me parece uma missão manter essa pequena comunidade como prova contrária de todas as teorias delirantes e forçadas de raça, povo etc. Como prova de que a vida não pode ser confinada a um determinado esquema. Porém custa muito empenho interior e tristeza e, de vez em quando, provoca dor e excitação e arrependimento etc. Se de uma hora para outra estou cheia de ódio depois de ler o jornal ou por uma notícia vinda de fora, então posso estourar de supetão em xingamentos contra os alemães. E sei que faço

---

6   Etty morava no nº 6 da Gabriel Metsustraat; seus companheiros de casa chamavam-se Käthe (Fransen), Maria (Tuinzing), Bernard (Meylink) e Hans (filho de Han Wegerif).

isso de propósito, para insultar Käthe, para de alguma forma dar vazão ao meu ódio, ainda que eu o despeje sobre uma única pessoa, uma pessoa que sei que ama sua terra natal, o que é perfeitamente normal e aceitável, mas não posso suportar que naquele momento ela não a odeie tanto quanto eu. É como se eu buscasse consonância desse ódio em todos os meus companheiros, quando bem sei que Käthe acha a nova mentalidade tão ruim quanto eu, e também sofre com os excessos do seu povo. Porém sinto que lá no fundo Käthe é, claro, ligada a esse povo, mas naquele momento não posso suportar isso; todo aquele povo deve e será exterminado com raiz e tudo, então sou capaz de dizer sinceramente: são uma corja. E ao mesmo tempo morro de vergonha, e depois me sinto muito triste, não posso ficar em paz e tenho a sensação de que tudo está errado.

E então é de fato comovente como nós, em alguns momentos, dizemos de maneira amigável e encorajadora a Käthe: claro que sim, existem também alemães decentes, afinal aqueles soldados nem sempre podem fazer alguma coisa, há bons rapazes entre eles. Mas é apenas teoria para trazer ao menos um pouco de humanidade a tudo isso com algumas palavras gentis. No entanto, se fosse realmente verdade, se realmente sentíssemos isso dessa forma, não precisaríamos nem mesmo formular de maneira tão enfática; seria um sentimento comum infundido tanto na camponesa alemã como nas estudantes judias, e então poderíamos conversar sobre o tempo aprazível e a sopa de legumes, em vez de nos afligirmos com discussões políticas, que só servem para descarregar nosso ódio. Porque de fato, nessas conversas, já não se reflete sobre política, já não se tenta enxergar as grandes linhas e entender o que está por trás, tudo fica num nível muito raso e por isso não há muito prazer hoje em dia em conversar com o próximo, por isso S. é um oásis no deserto, e por isso lancei meus braços em torno dele tão subitamente.

Ainda há muito a dizer sobre isso, mas agora preciso pensar de novo no trabalho, primeiro um pouco de ar fresco e depois eslavo eclesiástico. *So long!*

domingo de manhã [16 de março de 1941], 11h

A hierarquia na minha vida mudou um pouco. «Antigamente» preferia começar, em jejum, com Dostoiévski ou Hegel e, num momento perdido, quando estava nervosa, às vezes cerzia uma meia, caso não tivesse outra opção. Agora começo, no sentido mais literal da palavra, com a meia, e então avanço, devagar, pelas outras atividades necessárias ao longo do dia, até o topo, onde reencontro os poetas e pensadores.

Ainda vou ter que desaprender na marra minha maneira patética de me expressar, se quiser um dia ser bem-conceituada, mas tenho sobretudo preguiça de procurar as palavras adequadas.

meia-noite e meia, depois da caminhada, que já se transformou numa bela tradição

Terça-feira de manhã, enquanto estudava Lermontov, anotei que o rosto de S. estava sempre surgindo por trás de Lermontov e que eu queria falar com aquele rosto e queria acariciá-lo, e por isso não conseguia trabalhar. Passou-se muito tempo desde então. Tudo já está um pouco diferente agora. Seu rosto continua ali enquanto eu trabalho, mas já não me distrai, transformou-se numa paisagem de fundo, amada e familiar; os traços evanesceram, já não vejo claramente um rosto, ele se desmanchou em atmosfera, espírito ou como desejem chamar. E com isso cheguei a algo substancial. Quando eu achava uma flor bonita, o que mais queria era apertá-la contra o peito ou comê-la. Tratando-se de uma paisagem inteira isso era mais difícil, mas a sensação era a mesma. Eu era carnal demais, quase diria «voraz». Desejava muito fisicamente aquilo que achava bonito, queria possuí-lo. Por isso sempre aquele sentimento doloroso de desejo, que nunca era satisfeito, a nostalgia de alguma coisa que eu acreditava inacessível, e a isso eu chamava «impulso criativo». Acreditava que eram essas sensações fortes que me faziam pensar, que tinha nascido para criar obras de arte. De repente isso mudou, não sei em virtude de qual processo interior, mas agora é diferente.

Isso só ficou claro para mim hoje de manhã, quando voltei a pensar num passeio em torno do IJsclub[7] algumas noites atrás. Caminhava lá ao anoitecer; os tons delicados no céu, as silhuetas enigmáticas das casas, as árvores vivas com seu diáfano emaranhado de galhos; resumindo, encantador. E me lembro exatamente como isso acabava «antigamente». Achava tão bonito que meu coração chegava a doer. Sofria em meio a tanta beleza e não sabia o que fazer com aquilo. Então sentia necessidade de escrever, de fazer poesia, mas as palavras não queriam sair. Então me sentia imensamente triste. Na verdade, eu era saturada por aquela paisagem e me exauria com isso. Custou-me uma energia infinita. Hoje chamaria isso de «onanismo».

Mas naquela noite, há poucos dias, reagi de outra forma. Experimentei com alegria como o mundo de Deus, apesar de

---

7   Antigo clube de patinação no gelo em Amsterdã. [N. T.]

tudo, é lindo. Desfrutei tão intensamente daquela paisagem enigmática e silenciosa ao anoitecer, mas de forma objetiva, por assim dizer. Já não queria «possuí-la». E fui para casa revigorada e retornei ao trabalho. E a paisagem continuou presente no fundo, como um tecido que reveste minha alma, para me expressar com beleza pelo menos uma vez, mas já não me atrapalhava mais, quero dizer, já não praticava «onanismo».

E é assim também com S., com todo mundo agora, aliás. Na tarde da crise, quando fiquei olhando fixamente para ele, de maneira forçada e tensa, e não conseguia dizer mais nada, o que ocorreu talvez também tenha sido um sentimento de «voracidade». Naquela tarde ele havia me contado uma ou outra coisa sobre sua vida pessoal. Sobre sua separação da esposa, com a qual ele ainda se correspondia; sobre sua namorada em Londres, com quem ele quer se casar, mas que agora está lá «sozinha e sofrendo»; sobre uma antiga namorada, uma linda cantora, com quem também continua a se corresponder. Depois lutamos mais uma vez e sofri muito a influência do seu corpo grande, atraente.

E, quando estava de novo sentada diante dele e emudeci, talvez tenha acontecido dentro de mim algo bem parecido como quando caminho por um trecho da natureza que me maravilha. Queria «possuí-lo». Queria que ele também fosse meu. De fato não o desejo como homem, sexualmente ele nunca me atraiu, mesmo que a tensão sempre esteja presente como pano de fundo, mas ele tocou meu ser de modo profundo, e isso é mais importante.

Portanto, eu queria possuí-lo de outra maneira e eu odiava ou tinha ciúme de todas as mulheres sobre as quais ele contou, e talvez eu tenha pensado, embora não de forma consciente, no que sobraria agora para mim e senti que ele me escapava. Eram todos sentimentozinhos muito mesquinhos, nada de alto nível. Mas só hoje tenho consciência disso. Eu estava então extremamente triste e sozinha, o que agora também é um sentimento muito compreensível para mim, e de novo tive o desejo de me afastar dele e de escrever.

Acho que agora também compreendo esse «escrever». É «possuir» de outra maneira, é trazer as coisas até você por meio de palavras e imagens e assim possuí-las. E acredito que isso era até agora a razão do meu impulso pela escrita: afastar-me em silêncio de todos, com todos os tesouros que acumulei, e então escrever e agarrar tudo para mim mesma e assim desfrutá-los.

E essa voracidade, que ainda é a melhor maneira de conseguir descrever isso para mim mesma, de repente desapareceu em mim. Milhares de laços opressores foram rompidos e eu respiro liberta e me sinto forte e olho ao redor com olhos brilhantes. E, agora que não quero possuir mais nada e estou livre, agora possuo tudo, agora a riqueza interior é imensurável. S. agora é inteiramente meu, mesmo que ele parta amanhã para a China, sinto-o em torno de mim e vivo na sua esfera, se o reencontrar na quarta-feira, ficarei feliz, mas já não fico obcecada contando os dias, como fazia até a semana passada.

E não pergunto mais a Han[8] cem vezes ao dia: «Você ainda gosta de mim?», «Você ainda me acha carinhosa?» e «Sou mesmo a mais amável de todas?». Isso também era uma maneira de me agarrar, agarrar-me fisicamente às coisas que não são corpóreas. E hoje vivo e respiro, por assim dizer, por intermédio da minha «alma», se é que posso usar essa palavra caída em descrédito.

E agora as palavras de S. depois da minha primeira visita a ele se tornaram claras. «O que está aqui» (e apontou

---

8   Han Wegerif, o proprietário da casa na qual Etty morava.

para a sua cabeça) «tem que chegar aqui» (e apontou para o seu coração). Até então não estava tão nítido para mim como aquele processo aconteceria no seu trabalho, mas aconteceu; como, eu não sei dizer. Ele deu a todas as coisas presentes no meu ser um lugar apropriado. É como num quebra-cabeça, todas as peças estavam embaralhadas e ele as juntou num todo cheio de significado. Como ele fez isso eu não sei, mas esse é seu talento, esse é seu ofício e não é à toa que se referem a ele como uma «personalidade mágica».

quarta-feira de manhã [19 de março de 1941], 12h

Surpreendo-me sentindo necessidade de música. Ao que parece, não sou musicalmente insensível; sempre sou arrebatada quando ouço música, mas nunca tive paciência para me dedicar a isso em particular; minha atenção sempre foi voltada para a literatura e o teatro, portanto as áreas em que continuo a poder pensar, e agora, nessa fase da minha vida, a música começa a exigir seus direitos, estou portanto outra vez a ponto de me submeter a alguma coisa e me abstrair. E são sobretudo os clássicos claros e serenos os que desejo ouvir, e não os modernos dilacerados.

de noite, 9h

Deus, fica ao meu lado e me dá forças. Porque a batalha será difícil. A boca e o corpo dele estiveram tão perto esta tarde que não posso esquecê-los. E não quero uma relação com ele. Contudo, as coisas estão indo nessa direção com muita rapidez. Mas não quero. Sua futura esposa está em Londres, sozinha, e espera por ele. E os laços que me prendem também me são caros. Agora que aos poucos vou juntando minhas partes, sinto que na verdade sou uma pessoa extremamente séria, que não vê graça em brincadeiras no campo do amor. O que eu quero é um único homem para toda uma vida, para juntos construirmos algo. Todas as aventuras e relações basicamente me deixaram infeliz e esfacelada. No entanto, a força para resistir nunca foi consciente e nunca grande o bastante, a curiosidade sempre foi maior. Mas, agora que minhas forças estão ordenadas, começam também a digladiar com meu desejo de aventura e minha curiosidade erótica, que se dirigem a muitos. Na verdade é tudo um jogo, e, mesmo sem ter um relacionamento com alguém, pode-se sentir de maneira intuitiva como a pessoa de fato é. Mas Deus do céu, isso agora ficou tão difícil. Sua boca parecia tão familiar, doce e próxima nesta tarde que tive de tocá-la de leve com meus lábios. E a luta que começou objetiva terminou com o descanso nos braços um do outro. Ele não me beijou, deu sim uma mordida forte na minha bochecha, porém o mais inesquecível para mim foi quando ele, por um instante, foi ele mesmo por inteiro e, muito tímido, quase dolorosamente tímido e ansioso, perguntou: «E a boca, a senhorita não achou a boca desagradável?». Ali está portanto seu ponto fraco. A luta contra sua sensualidade, localizada na grande e maravilhosamente expressiva boca. E o medo de assustar os outros com aquela boca. Que homem comovente. Mas lá se foi minha paz. E então ele ainda disse: «Mas a boca ainda deve diminuir». E apontou para o lado direito do seu lábio inferior, que irrompia no canto da boca de um jeito esquisito, acentuado, fazendo uma forte curvatura, um pedaço de lábio tirado fora de contexto: «A senhorita já viu uma coisa assim tão obstinada, isso não se vê quase nunca», não lembro com exatidão das suas palavras. Então deslizei meus lábios de novo com muita suavidade naquele seu pedaço teimoso de boca. Beijá-lo mesmo ainda não beijei. Também não sinto verdadeira paixão, ele me é infinitamente querido e não gostaria de turvar o bom sentimento humano que tenho por ele com um relacionamento.

sexta-feira, 21 de março [de 1941], 8h30 da manhã

Na verdade não quero escrever nada agora, sinto-me tão leve, radiante e de bom humor que qualquer palavra pareceria pesada como chumbo comparada a isso. Contudo, tive que conquistar essa alegria interior hoje de manhã, tive que lutar contra a inquietação do meu coração que batia agitado. Mas, depois de me lavar da cabeça aos pés com água fria, fiquei deitada no chão do banheiro até me sentir completamente calma. Tornei-me o que chamam pronta para a batalha e tenho um certo prazer esportivo e estimulante nessa luta.

Sinto que controlei esse sentimento vago, assustador. A vida é mesmo difícil, e a luta é de minuto a minuto (não exagere, querida!), mas é uma luta sedutora. Antes eu imaginava um futuro caótico, porque não queria viver o momento que estava bem diante de mim. Queria ter tudo de mão beijada, como uma criança muito mimada. Às vezes tinha uma certa sensação, ainda que vaga, de que poderia «me tornar alguém» no futuro, poderia fazer algo «fantástico» e então de vez em quando sentia outra vez a angústia caótica de que «iria mesmo é me danar». Começo a compreender a razão. Eu me recusava a fazer as tarefas que estavam bem diante de mim, recusava-me a subir degrau por degrau até o futuro. E agora, agora que cada minuto está repleto, pleno de vida e experiências e luta e conquistas e derrotas, e depois outra batalha, mais uma vez, e às vezes paz, agora não penso mais no futuro, quer dizer, me é indiferente se irei ou não realizar alguma coisa maravilhosa, porque de alguma forma tenho a certeza interior de que algo acontecerá. Antes eu vivia sempre num estado de preparação, tinha a sensação de que tudo o que fazia não era «verdadeiro», mas uma preparação para outra coisa, algo «grandioso», algo autêntico. Mas hoje isso desapareceu de mim por completo. Agora, hoje, neste minuto eu vivo e vivo intensamente, e a vida vale ser vivida, e, se eu soubesse que morreria amanhã, diria: acho uma pena, mas foi muito bom da maneira que foi. E isso eu já tinha enunciado uma vez em teoria, ainda me lembro, numa noite de verão com Frans[9] no terraço do café Reynders. Mas quando eu disse isso daquela vez havia mais enfado. Algo como: ah, quer saber?, se tudo acabar amanhã, não vou me importar muito, pois sabemos muito bem como são as coisas. Conhecemos essa vida, já vivemos de tudo, mesmo que apenas no espírito, e já não nos apegamos com tanto desespero a ela. Acho que foi nesse tom, mais ou menos. Éramos pessoas muito velhas, sábias e enfastiadas. Mas hoje é diferente. E, agora, ao trabalho.

sábado, 22 de março [de 1941], 8h da noite

Tenho que cuidar para manter contato com este caderno, quero dizer, comigo mesma; de outra forma não estarei bem; ainda corro a todo instante o risco de me perder de novo por completo, sinto isso um pouco neste momento, mas também pode ser por cansaço.

---

9   Frans van Steenhoven.

domingo, 23 de março [1941], 4h

Está tudo errado. «Parecia querer alguma coisa e não sabia o quê.» Está tudo de novo desnorteado, inquieto e agitado aqui dentro. E a cabeça mais uma vez demasiado tensa. Lembro-me com certa inveja dos dois domingos anteriores: os dias eram como vastas planícies abertas diante de mim e eu podia seguir livre sobre as planícies, e os dias eram extensos e sem obstáculos à vista. E agora estou de novo no meio do matagal.

Teve início ontem à noite; então a agitação começou a vir para cima de mim por todos os lados, como o vapor que sobe de um pântano. Na hora quis fazer alguma filosofia, ou não, melhor aquele ensaio sobre *Guerra e paz*, ou não, Alfred Adler combinava mais com meu humor. E então acabei por ler aquela história de amor hindu. Mas eu estava simplesmente lutando contra um cansaço natural, ao qual por fim acabei cedendo com sabedoria. E hoje de manhã, por um instante, pareceu que tudo ia bem. Mas enquanto pedalava pela Apollolaan veio de novo aquela sensação de desnorteamento, de frustração, de vazio por trás das coisas, de não estar satisfeita com a vida e reclamar disso sem critério ou bom senso. E neste instante estou no pântano. E mesmo a ponderação: «enfim, isso também vai passar» desta vez não traz nenhuma paz.

segunda-feira de manhã [24 de março de 1941], 9h30,
um pouco mais tarde, apenas uma nota entre duas frases
de um tema

É curioso, mas ele continua sendo de alguma forma um estranho para mim. Quando ele ocasionalmente passa sua mão grande e quente no meu rosto, ou com aquele seu gesto inimitável toca meus cílios muito de leve com as pontas dos dedos, às vezes tenho uma reação rebelde: quem disse que você pode fazer isso, quem lhe deu o direito de se aproximar do meu corpo? Acho que sei a origem disso. Quando lutamos pela primeira vez foi agradável, esportivo, ainda que inesperado para mim, mas me coloquei no mesmo instante na cena e pensei: oh, com certeza é parte do tratamento. E também foi assim quando ele no final constatou, muito comedido: «Corpo e alma são um». Na hora me senti, é óbvio, afetada de maneira erótica, mas ele foi tão objetivo que logo me recuperei. E, quando nos sentamos de novo um na frente do outro, logo em seguida, ele perguntou: «Ouça, espero que isso não te excite, porque no fim das contas vou agarrá-la por toda parte», e, para ilustrar, tocou um pouco nos meus seios, braços e ombros com suas mãos. Então pensei algo como: Tudo bem, meu caro, você deve saber muito bem o quanto sou eroticamente excitável, você mesmo me disse isso, mas, afinal, teve a decência de falar comigo de maneira bastante aberta e eu logo vou me recuperar. Ainda disse que eu não deveria me apaixonar por ele e que ele sempre dizia isso no início, enfim, era uma atitude responsável, ainda que tenha me deixado um tanto desconfortável.

Porém na segunda vez que lutamos foi muito diferente. S. também reagiu de maneira erótica. E, quando num determinado momento ele estava gemendo sobre mim, só por um instante, e fez os espasmos mais antigos do mundo, então pensamentos bem maldosos se apossaram de mim, como vapores tóxicos de um pântano, algo como: bela maneira de tratar os pacientes, a sua. Assim você também tem prazer e ainda é pago por isso, mesmo que não seja uma grande soma. Mas a forma como suas mãos me agarravam durante a luta, a maneira como ele mordeu minha orelha e virou meu rosto com suas mãos grandes naquele combate, tudo isso me enlouqueceu por completo, vislumbrei um pouco do experiente e fascinante amante que estava por trás desses movimentos. Ao mesmo tempo achei intensamente cruel que ele abusasse da situação. Mas por fim aquele sentimento de repulsa desapareceu e na sequência houve uma cumplicidade entre nós e um contato pessoal como nunca mais ocorreu. No entanto, quando ainda estávamos juntos no chão, ele disse: «Não quero nenhum relacionamento com a senhorita». E também: «Devo confessar-lhe honestamente, gosto muito da senhorita». E depois disse algo sobre temperamentos parecidos.

E um pouco mais tarde também disse: «E agora me dê um beijinho amigável», mas naquele momento eu definitivamente não estava pronta e, tímida, desviei o rosto. E no final ele também foi por um instante muito espontâneo e observou com naturalidade, como se refletisse consigo mesmo: «No fundo é tudo tão lógico, sabe, fui um jovem muito sonhador», e então falou um pouco da sua vida. Ele contava e eu o ouvia com interesse, e de vez em quando ele envolvia meu rosto ternamente com suas mãos.

E assim fui para casa com os sentimentos mais contraditórios: revoltada com ele, porque o achei cruel e rude, e enternecida, cheia de um bom sentimento humano de amizade, e ao mesmo tempo com uma fantasia erótica muito estimulada, induzida pelos seus gestos refinados. E por alguns dias não pude fazer nada além de pensar nele; na verdade não se pode chamar de pensar, era mais um tormento físico. Seu corpo grande e ágil me ameaçava por todos os lados, estava por cima de mim, debaixo de mim, por toda parte, ameaçava me esmagar, eu não podia mais trabalhar e pensava horrorizada, meu Deus, o que foi que inventei, fui lá para um tratamento psicológico, para trazer alguma clareza a mim mesma, e agora isso, algo pior do que eu jamais havia experimentado. E eu esperava ansiosa pela sessão seguinte e tinha expectativas eróticas muito particulares a respeito, e essa foi a famosa ocasião da malha de ginástica sob o vestido de lã e da fantástica colisão entre minhas fantasias tempestuosas e sua realidade objetiva. Em retrospecto, eu compreendo. Ele se recuperou e se pôs, de caso pensado, numa posição profissional. Também perguntou: «A senhorita pensou em mim esta semana?», e então tentei ser vaga, abaixei a cabeça, e ele disse muito sincero: «Honestamente, pensei muito na senhorita nos primeiros dias da semana». Enfim, daí lutamos outra vez, mas já escrevi muito sobre isso, foi repugnante e eu tive uma crise. S. até hoje não sabe o motivo de eu estar tão tensa e estranha e acha que é porque eu estava eroticamente muito envolvida por ele. Mas então seus próprios conflitos ficaram evidentes. Ele disse: «A senhorita também representa um desafio para mim», e contou que, apesar do seu temperamento, já é fiel à sua namorada há dois anos. Mas achei isso tão neutro e tão pragmático, que eu fosse um «desafio» para ele, queria ser «eu» para ele, eu era a criança mimada que queria «possuir» aquele homem, ainda que no fundo ele também me causasse aversão, tinha decidido nas minhas fantasias que S. seria meu, que eu queria conhecê-lo como amante e ponto final. O nível em que eu me encontrava naquele momento não era lá muito alto, mas isso tudo já foi escrito.

E agora sinto que estou à altura dele, sinto que minha luta se equipara à sua, que também em mim os sentimentos impuros e os nobres se digladiam.

Mas, como naquele momento ele se revelou de maneira tão inusitada como homem, tirando voluntariamente a máscara de «psicólogo» para se expor como ser humano, S.

perdeu um pouco da sua autoridade. Ele me enriqueceu, mas de certa forma também me provocou um pequeno choque, uma ferida que ainda não sarou por completo e que causa sempre a sensação de que ele é um estranho: quem é você realmente e quem disse que pode interferir assim na minha vida? Rilke tem um lindo poema sobre esse sentimento, espero encontrá-lo de novo algum dia.

Depois de alguma procura, encontrei o poema de Rilke que rondava minha cabeça. Anos atrás, Abrascha o leu para mim numa noite de verão, caminhando pela Zuidelijke Wandelweg, e por alguma razão desconhecida ele achou que tinha a ver comigo, e talvez fosse porque, apesar da nossa intimidade, eu continuava a senti-lo como um estranho, e essa ambivalência em mim começa agora a ficar evidente, mais uma vez graças ao meu atrito com S. e à clareza alcançada com isso. Trata-se dos dois últimos versos:

Und hörte fremd einen Frenden sagen:
Ichbinneidir [10]

terça-feira, 25 de março [1941], 9h da noite

Como eu mesma ainda sou tão jovem e cheia de um desejo indestrutível de não me deixar abater, e tenho a sensação de que posso ajudar a preencher lacunas existentes e com isso também sentir força, mal me dou conta do quanto nós jovens

---

10   «E estranhamente ouviu um estranho dizer:/ Estou contigo» (Rilke, *Entführung*). [N. T.]

estamos ficando empobrecidos e solitários. Ou será também uma espécie de anestesia? Bonger morto,[11] Ter Braak, Du Perron, Marsman, Pos e Van den Bergh[12] e muitos outros num campo de concentração etc.

Bonger, aliás, é inesquecível para mim. (Estranho, com a morte de Van Wijk,[13] isso tudo vem de novo à tona.) Faltavam algumas horas para a capitulação. E de repente surge a figura pesada e corpulenta de Bonger, imediatamente reconhecível, passando ao longo do ijsclub com óculos azuis e o rosto forte e peculiar erguido, voltado para as nuvens de fumaça que dominavam a cidade à distância, vindas do porto petrolífero que fora incendiado. E aquela imagem, aquela figura corpulenta com a cabeça voltada para o alto, em direção às nuvens de fumaça ao longe, eu jamais esquecerei. E num movimento espontâneo corri para fora, atrás dele, sem casaco, alcancei-o e disse: «Bom dia, professor Bonger, pensei muito no senhor nesses últimos dias, vou andar um pouco com o senhor». Ele me olhou de soslaio através dos óculos azuis e não fazia ideia de quem eu era, apesar dos dois exames e do ano de aulas na universidade, mas naqueles dias as pessoas se tratavam com tanta intimidade que continuei caminhando a seu lado, cheia de companheirismo. Não me lembro muito bem da conversa. A onda de fugas para a Inglaterra tinha acabado de acontecer naquela tarde e perguntei: «O senhor acha que tem sentido fugir?». E então ele disse: «Os jovens têm que ficar aqui». E eu: «O senhor acredita que a democracia vai vencer?». E ele: «Com certeza

---

11   Dr. Willem Adriaan Bonger, renomado criminalista e sociólogo.

12   Os nomes citados são de poetas, ensaístas, críticos literários, filósofos e acadêmicos. [N. T.]

13   Nicolaas van Wijk, primeiro catedrático holandês em línguas eslavas. [N. T.]

vencerá, mas será à custa de algumas gerações». E ele, o perspicaz Bonger, estava tão indefeso quanto uma criança, quase meigo, e eu de repente tive a necessidade irresistível de abraçá-lo e guiá-lo como a uma criança, e assim, com meu braço em torno dele, caminhamos ao longo do IJsclub. Ele parecia um pouco arrasado, e tão profundamente bondoso. Toda a paixão e perspicácia estavam extintas. Meu coração fica apertado quando penso nisso, em como ele era o terror da faculdade. E, quando chegamos à praça Jan Willem Brouwer, me despedi, pus-me subitamente diante dele, peguei uma das suas mãos entre as minhas e ele abaixou um pouco aquela cabeça pesada, de um jeito tão generoso, olhou-me através das lentes azuis, pelas quais eu não conseguia ver seus olhos, e então disse, com uma solenidade que soou quase cômica: «Foi um prazer!». E, quando na noite seguinte entrei na sala de Becker,[14] a primeira coisa que ouvi foi: «Bonger está morto!». E eu disse: «Não é possível, falei com ele ontem às sete da noite». Ao que Becker respondeu: «Então a senhorita foi uma das últimas pessoas a falar com ele. Às oito horas ele meteu uma bala na cabeça».

Uma das suas últimas palavras foi portanto dirigida a uma estudante desconhecida, que ele olhou com generosidade através dos óculos azuis: «Foi um prazer!».

E Bonger não é o único. Um mundo está se esfacelando. Mas o mundo irá em frente e por enquanto eu vou junto, cheia de coragem e boa vontade. Ainda assim, ficamos um pouco carentes; por dentro, no entanto, ainda me sinto tão rica que a carência não chega a me penetrar por completo. Porém é preciso se manter em contato com a realidade do mundo de

---

14   Dr. Bruno Borisovitsj Becker, catedrático em estudos eslavos.

hoje e tentar encontrar um lugar nele, não se pode viver apenas de valores eternos, isso também poderia degenerar na política do avestruz. Viver com intensidade, por dentro e por fora, não sacrificar nada da realidade exterior em benefício da interior nem vice-versa, essa é uma bela tarefa. E agora vou ler mais uma história boba da *Libelle*[15] e depois ir para a cama. E amanhã se trabalha de novo, no conhecimento, na casa e em mim mesma, nada pode ser deixado de lado, nem ninguém deve se levar tão a sério, e agora boa noite.

sexta-feira, 8 de maio [1941], 3h da tarde, na cama

Tenho que voltar a me preocupar comigo mesma, não há nada a fazer.

Por alguns meses não precisei deste caderno, a vida era tão clara e brilhante e intensa em mim, tinha contato com o mundo exterior e interior, enriquecendo a vida, expandindo a personalidade; o convívio com os estudantes[16] em Leiden; Wils, Aimé, Jan; os estudos, a Bíblia, Jung, e de novo S. e sempre S.

Mas há novamente uma paralisação e uma inquietação confusa; na verdade não é uma inquietação, agora estou abatida demais para isso. Talvez seja apenas um cansaço físico, do qual todos estão sofrendo tanto nesta primavera fria, o que faz com que eu não sinta nenhuma ressonância das coisas ao meu redor.

---

15   Popular revista feminina holandesa. [N. T.]
16   Wils Huisman, Aimé van Santen e Jan Bool, colegas de faculdade de Etty.

Mas sei que é essa estranha relação tácita com S. que me afeta. E terei que voltar a me policiar a cada passo.

8h da noite

A gente está sempre em busca de uma fórmula redentora, de um pensamento criativo ordenado. Quando estava andando de bicicleta no frio, agora há pouco, de repente pensei: talvez eu torne as coisas complicadas e interessantes demais e não queira ver os fatos concretos.

A verdade é: não estou nem um pouco apaixonada por ele e tampouco o amo. Ele me estimula e às vezes me fascina como pessoa e eu aprendo demais com ele. Desde que o conheço, passo por um processo de amadurecimento que jamais sonharia ter nesta idade. Não é nada além disso. Mas aí vem o maldito erotismo, abundante nele e em mim. Por isso somos inevitavelmente atraídos um para o outro, embora nenhum de nós queira, como já dissemos antes de modo enfático.

Mas aí teve, por exemplo, aquele domingo à noite, acho que foi em 21 de abril; foi a primeira vez que passei a noite toda com ele. Falamos, ou melhor, ele falou sobre a Bíblia, depois leu em voz alta algo de Tomás de Kempis enquanto eu estava sentada no seu colo. Até aí foi tudo bem, praticamente não havia erotismo, porém muito calor humano e amizade. Mas, quando mais tarde seu corpo de repente estava sobre o meu, fiquei muito tempo nos seus braços e só então me senti triste e sozinha, ele beijava minhas coxas brancas e eu me sentia cada vez mais só. Ele disse: «Foi bonito», e eu fui para casa com uma sensação de peso e solidão. E motivada por isso comecei a pensar em teorias interessantíssimas sobre minha solidão, mas será apenas por isso que não consigo me entregar por inteiro ao nosso contato físico, com o mais profundo do meu ser? Afinal, não o amo. E sei que seu ideal é ser fiel a uma única mulher, e essa mulher por acaso está agora em Londres, mas é a ideia que conta. Se eu de fato fosse uma mulher magnânima e valorosa, interromperia todo contato físico com ele, que só faz com que eu no fundo me sinta ainda mais triste. Mas ainda não consigo desistir de todas as possibilidades com ele, que se perderiam se eu agisse assim. E acredito que tenho medo de magoá-lo em sua honra masculina, que afinal, de alguma forma, ele deve ter. No entanto, a amizade decerto chegaria a um nível muito mais alto, e em última instância ele me seria grato se o ajudasse a efetivar sua fidelidade àquela mulher. Mas ainda sou uma pessoinha muito pequena e mesquinha. Às vezes quero estar de novo nos seus braços e mais uma vez saio triste dali. Provavelmente também há uma vaidade infantil nisso. Algo como: todas as garotas e mulheres ao seu redor são loucas por ele, mas eu, que o conheço há menos tempo, sou a única a desfrutar de tanta intimidade. Se de fato um sentimento assim existir em mim, é muito repugnante. A verdade é que corro grande risco de estragar a amizade por causa do erotismo.

8 de junho [1941], domingo de manhã, 9h30

Acho que devo fazer isto: de manhã, antes de começar a trabalhar, pegar meia hora para «me interiorizar», ouvir o que está no meu íntimo. Imergir. Também se pode chamar de meditação. Mas ainda acho essa palavra um pouco apavorante.

Mas por que não? Meia hora de silêncio em si mesmo. Não basta movimentar apenas braços e pernas e todos os outros músculos de manhã no banheiro. O ser humano é corpo e espírito. Cerca de meia hora de ginástica e meia hora de «meditação» podem juntas criar uma ampla base de tranquilidade e concentração para o dia inteiro.

No entanto, um momento silencioso assim não é tão simples. Exige aprendizado. Toda a pequenez humana, a desordem e o supérfluo devem ser eliminados de dentro. No fim, sempre há um monte de preocupações inúteis numa cabeça pequena assim. Também há sentimentos e pensamentos libertadores e expansivos, mas os entulhos estão sempre permeando tudo. Que este seja então o objetivo da meditação: tornar-se uma ampla, extensa superfície por dentro, sem essa moita traiçoeira atrapalhando a visão. Que então um pouco de «Deus» chegue a você, como há um pouco de «Deus» na *Nona* de Beethoven. Que também um pouco de «Amor» chegue a você, não um amor fútil de meia hora, no qual você se deleita, com orgulho dos seus próprios sentimentos sublimes, mas um amor com o qual se pode fazer algo nas pequenas práticas diárias.

É claro que eu poderia ler a Bíblia todas as manhãs, mas acredito que ainda não esteja madura para isso, a paz interior necessária ainda não é grande o bastante e revolvo demais meu cérebro tentando encontrar os significados desse Livro, de modo que ainda não há aprofundamento.

Acho que eu deveria ler um pouco de *Os grandes pensadores* todas as manhãs. Também poderia me confinar a algumas palavras nestas linhas azuis, claro. Trabalhar um único pensamento com paciência, ainda que não sejam pensamentos importantes. Antes você nunca conseguia escrever nada, por causa da ambição. Tinha que ser algo fantástico de imediato, perfeito, e você não tinha coragem de se permitir apenas escrever qualquer coisa, embora às vezes quase explodisse de vontade de fazer isso.

Eu lhe diria para não se olhar tanto no espelho, sua boba. Deve ser terrível ser muito bonita, porque então você não consegue chegar ao seu íntimo, de tão tomada pela preocupação com a aparência deslumbrante. As outras pessoas também reagem apenas à bela aparência, de maneira que você acaba murchando toda por dentro.

O tempo que gasto em frente ao espelho, porque de repente sou surpreendida por uma expressão engraçada ou atraente neste meu rosto não particularmente belo, poderia ser mais bem utilizado. Isso de ficar olhando para mim mesma me irrita muito.

Uma vez ou outra me acho bonita, mas é por causa da iluminação suave do banheiro; porém nesses momentos, quando me acho bonita, não consigo me desgrudar da minha própria imagem, daí faço caretas para mim mesma no espelho, ponho minha cabeça em todo tipo de posição para encanto dos meus próprios olhos, e então minha fantasia preferida é me imaginar sentada numa sala, atrás de uma mesa, com o rosto voltado para as pessoas, todos me olhando e me achando bonita.

Você sempre diz que quer esquecer de si mesma por completo, mas, enquanto ainda estiver tão cheia dessas vaidades e fantasias, não vai conseguir atingir esse objetivo.

Quando estou trabalhando, às vezes, sem mais nem menos, também tenho a necessidade de ver meu rosto, então tiro os óculos e olho nas lentes. Às vezes é uma verdadeira compulsão. E fico muito triste com isso, porque sinto o quanto ainda atrapalho a mim mesma. E não adianta eu me forçar de fora para dentro a não querer me entreter com meu próprio rosto no espelho. Tem que surgir de dentro para fora uma certa indiferença em relação à minha aparência, minha aparência é algo que não deve me importar, tenho que viver muito mais «interiormente». Às vezes também reparo demais na aparência de outras pessoas, se alguém é «bonito» ou não. O que importa afinal é a alma ou a essência, ou como queira chamar, que a pessoa irradia.

sábado, 14 de junho [1941], 7h da noite

Novamente prisões, terror, campos de concentração, pais, irmãs, irmãos levados de maneira aleatória. As pessoas procuram o sentido da vida e se perguntam se afinal ainda existe algum sentido. Mas essa é uma questão que só se pode resolver consigo mesmo e com Deus. E talvez cada vida tenha seu próprio sentido e leve uma existência inteira para encontrá-lo. Por ora, ao menos, perdi toda conexão com as coisas e com a vida e tenho a impressão de que tudo é por acaso e que é preciso se desligar interiormente de todos e se distanciar de tudo. Tudo parece tão ameaçador e sinistro, daí a enorme sensação de impotência.

domingo de manhã [15 de junho de 1941], 12h

Não somos mais que recipientes ocos por onde escorre a história do mundo.

Tudo é por acaso ou nada é por acaso. Se eu acreditasse na primeira afirmação, não poderia viver, mas ainda não estou convencida da segunda.

Fiquei de novo um pouquinho mais forte. Posso lutar com as coisas dentro de mim. Em princípio existe a tendência de buscar a ajuda dos outros, de pensar que não vou conseguir, mas de repente a gente percebe que está lutando de novo por algo e que fez isso sozinha, e isso nos torna mais fortes outra vez. No domingo passado (há apenas uma semana), tive a desesperadora sensação de estar presa a ele e de que isso daria início a um período muito triste para mim. Mas me libertei, só não sei como. Não foi refletindo sobre isso comigo mesma. Puxei com todas as forças psicológicas uma corda imaginária, vociferei e resisti, e de repente senti que estava livre de novo. E então houve alguns breves encontros (à noite no banco do Stadionkade, as compras no centro) que foram de uma intensidade, pelo menos para mim, mais forte que nunca. Isso por causa desse sentimento de libertação; todo o meu amor e compreensão e interesse e alegria eram para ele, mas eu não exigia nada, não queria nada dele, aceitei-o como era e gostei de estar com ele.

Só queria saber como cheguei a isso, a essa libertação. É um processo que ainda não está claro para mim. Por isso tenho que desvendá-lo, pois mais tarde talvez possa ajudar outras pessoas que se encontrem nas mesmas dificuldades. Talvez o melhor seja mesmo comparar a alguém que está preso a outra pessoa com uma corda e que puxa e repuxa até se libertar. Pode ser que mesmo esse alguém mais tarde não consiga contar como se soltou, apenas sabe que tinha o desejo de se libertar e que pôs todas as suas forças nisso. Deve ter sido isso o que aconteceu psicologicamente comigo.

Também aprendi o seguinte: ficar refletindo, esclarecer para si mesmo como as coisas são e procurar sua origem não ajuda. É preciso apenas fazer algo psicologicamente, usar a energia para chegar a um resultado.

Ontem pensei por um instante que não conseguiria continuar vivendo, que precisava de ajuda. Tinha perdido o sentido da vida e o sentido do sofrimento, tinha a sensação de desmoronar sob um peso incrível, mas também aqui lutei, de maneira que logo pude continuar, mais forte que antes. Tentei olhar de perto e com sinceridade nos olhos do «Sofrimento» da humanidade, e foi assim que desvendei a mim mesma, ou melhor: algo em mim se desvendou dessa forma, surgiram respostas para muitas questões desesperadoras, a grande falta de sentido outra vez deu lugar a um pouco mais de ordem e coerência e agora posso seguir adiante. Foi novamente uma batalha breve, porém violenta, da qual saí um pouco mais madura.

Escrevi que me confrontei com o «Sofrimento da Humanidade» (ainda me apavoro com essas palavras grandiloquentes). Mas no fundo não é isso. Sinto-me antes como um pequeno campo de batalha, onde se luta com algumas questões ou com apenas uma questão destes tempos. A única coisa que a gente pode fazer é se pôr humildemente à disposição e se deixar transformar em campo de batalha. Essas questões precisam ter onde se alojar, têm que encontrar um lugar onde possam lutar e alcançar a paz, e nós, pobres pessoinhas, temos que abrir nosso espaço interior, e não fugir. Em relação a isso, talvez eu seja muito hospitaleira; há por vezes batalhas sangrentas em mim, e de vez em quando um imenso cansaço e uma forte dor de cabeça são o preço disso. Mas agora sou de novo só eu mesma, Etty Hillesum, uma estudante aplicada, num quarto acolhedor com livros e um vaso de margaridas. Estou de novo na minha cama pequena e estreita, e o contato com a «Humanidade», a «História Mundial» e o «Sofrimento» foi cortado mais uma vez. Isso também é necessário; de outra forma, seria possível ficar completamente louco. Não podemos sempre nos perder nas grandes questões, não podemos ser sempre campo de batalha, é preciso sentir de novo, a cada vez, nossos pequenos limites, dentro dos quais continuamos a viver cuidadosa e conscientemente, cada vez mais amadurecidos e aprofundados pelas experiências que temos nos momentos quase «impessoais» de contato com toda a humanidade. Mais tarde eu talvez possa formular melhor ou possa fazer um personagem dizer essas coisas numa novela ou romance, mas isso será só daqui a muito tempo.

terça-feira de manhã, 17 de junho [1941], 9h30

Quando alguém intoxica o próprio estômago, deve iniciar uma dieta sensata e, em vez de dirigir sua fúria infantil às guloseimas que acredita serem a causa do estrago, deveria voltar a atenção para o seu descontrole.

Esse foi o pensamento sábio que tive hoje e com o qual estou bastante contente. A constante tristeza que me roía por dentro nos últimos tempos agora também começa a desaparecer.

quarta-feira de manhã, 18 de junho [1941], 9h30

Tenho que recorrer novamente a uma antiga sabedoria:

— A pessoa equilibrada não leva o tempo em conta; o desenvolvimento não se mede pelo tempo.

A própria vida deve sempre continuar a ser a fonte primordial, não outra pessoa. Muita gente, sobretudo as mulheres, tira sua força do outro, em vez de tirar diretamente da vida, o outro é sua fonte, e não a vida. Isso é o que há de mais distorcido e antinatural.

[sexta-feira] 4 de julho [1941]

Há uma inquietação em mim, uma inquietação bizarra, diabólica, que poderia ser produtiva se eu soubesse o que fazer com ela. Uma inquietação criativa. Não é uma inquietação do corpo; nem mesmo uma dúzia de noites de amor das mais excitantes poderia acabar com ela. É quase uma inquietação «sagrada». Ah, Deus, toma-me em tuas grandes mãos e faz de mim teu instrumento, faz-me escrever.

Isso surgiu por causa da ruiva Leonie e do filosófico Joop.[17] É verdade que S. lhes atingiu em cheio o coração em sua análise, mas mesmo assim eu sentia que o ser humano não pode ser compreendido por nenhuma fórmula psicológica, só o artista pode revelar o remanescente irracional do homem.

Não sei como esse meu «escrever» deve acontecer. Tudo é ainda muito caótico e também não há nenhuma autoconfiança, ou, melhor dizendo, não há a necessidade urgente de dizer algo. Vou esperar mais um pouco, até que tudo venha à tona de modo espontâneo e ganhe forma. Mas primeiro eu mesma ainda tenho que encontrar a forma, minha própria forma.

---

17   Leonie Snatager e Jan Bool.

Em Deventer[18] os dias eram vastas planícies ensolaradas, cada dia era um grande todo ininterrupto, havia contato com Deus e com todas as pessoas, talvez porque eu não encontrasse quase ninguém. Havia campos de trigo que jamais esquecerei e onde quase me punha de joelhos, havia o rio Issel com o guarda-sol colorido e com os telhados de colmo e os cavalos mansos. E ainda o sol, que eu deixava entrar por todos os poros.

E aqui o dia consiste de mil pedacinhos, a vasta planície desapareceu e Deus também sumiu. Se continuar assim por muito tempo, vou me questionar outra vez sobre o sentido de tudo, e isso não é filosofia profunda, e sim uma prova de que as coisas não vão bem comigo. Daí a bizarra inquietação, que ainda não sei bem como definir. Mas posso imaginar que seja a inquietação da qual mais tarde, se eu souber canalizá-la, pode nascer um bom trabalho. Você ainda não chegou lá, garota, ainda há muita terra firme a ser conquistada às ondas furiosas, ainda há muito a organizar no caos.

Isso me faz pensar na observação feita por S. recentemente: «A senhorita não é tão caótica, apenas tem aquela memória de antes, quando pensava que ser caótico era mais genial que ser disciplinado. Eu a acho sempre muito concentrada».

segunda-feira, 4 de agosto 1941, 2h30 da tarde

S. diz que o amor por todas as pessoas é mais bonito que o amor por uma só pessoa. Pois o amor por uma só pessoa não passa de amor por si mesmo.

---

18   Os pais de Etty moravam na cidade de Deventer.

Ele é um homem maduro, de 55 anos, e chegou ao estágio do «amor por todos» depois de primeiro ter tido uma longa vida de muitos amores únicos. Eu sou uma mulherzinha de 27 anos e também trago muito forte em mim o amor por toda a humanidade, mas me pergunto se não estarei sempre buscando um único homem. E me pergunto até que ponto isso é uma restrição, uma limitação da mulher. Até que ponto isso é uma tradição centenária da qual ela deve se livrar ou quem sabe seja tão próprio da essência feminina que a mulher violaria a si mesma se desse seu amor a toda a humanidade em vez de a um só homem. (Ainda não cheguei a uma síntese.) Talvez seja por isso que há tão poucas mulheres importantes nas áreas de ciências e artes, porque a mulher sempre procura esse único homem a quem possa transmitir todo o seu conhecimento e calor e amor e capacidade criativa. Ela busca o homem, e não a humanidade.

A questão feminina não é tão simples. Às vezes, quando vejo uma mulher na rua, bonita, bem cuidada, bem feminina, um pouco bobinha, posso perder totalmente a estabilidade. Então sinto meu cérebro, minha luta, meu sofrimento como algo que me oprime, como algo feio, não feminino, e gostaria de ser só bonita e bobinha, um brinquedo desejado por um homem. É típico que continuemos sempre querendo ser desejadas pelo homem, que esta seja sempre a mais alta confirmação para nós de que somos mulheres, quando na verdade é algo muito primitivo. Sentimentos de amizade, apreço pela nossa personalidade, amor por nós como seres humanos são coisas lindas, mas, em última instância, o que afinal queremos mesmo não é que o homem nos deseje como mulher? Chega a ser muito difícil para mim escrever tudo o que quero dizer aqui, é infinitamente complicado, mas é essencial e importante que eu consiga.

Talvez a verdadeira emancipação, a emancipação interior da mulher, ainda tenha que começar. Ainda não somos verdadeiras pessoas, somos fêmeas. Ainda estamos amarradas e enredadas por tradições seculares, ainda temos que nascer como pessoas, aí ainda está um grande desafio para a mulher.

Como são as coisas entre mim e S., afinal? Se eu conseguir a longo prazo trazer clareza a esse relacionamento, então haverá clareza no meu relacionamento com todos os homens e com toda a humanidade, para dizer logo em palavras grandiloquentes. Deixe-me, pelo amor de Deus, ser patética e escrever tudo como está em mim; quando tiver escrito tudo de patético e exagerado, talvez algum dia também chegue a mim mesma.

Eu amo S.? Sim, demais.

Como homem? Não, não como homem, mas como pessoa. Ou talvez o que eu amo seja mais o calor e o amor e a intenção de bondade que emanam dele. Não, não consigo definir isso, realmente não consigo. Este caderno é uma espécie de bloco de anotações, vez ou outra vou experimentar alguma coisa, despejar algo, talvez todas as partes ainda se transformem num todo, mas não posso fugir de mim mesma ou da dificuldade dos problemas; também não é deles que fujo, fujo da dificuldade de escrever. Tudo sai de forma tão desastrosa. Mas neste papel você está apenas procurando um pouco de clareza para si mesma, não está produzindo nenhuma obra-prima, não é? Você ainda se envergonha diante de si própria. Ainda não tem coragem de se entregar, não tem coragem de botar as coisas para fora, você ainda é terrivelmente inibida porque não se aceita como é.

É difícil estar em bons termos com Deus e com as partes baixas do corpo ao mesmo tempo. Esse pensamento me deixou bastante desesperada num sarau musical um tempo atrás, quando S. e Bach estavam ambos presentes. Com S., é uma coisa complicada. Ele está ali e então há muito calor humano e cordialidade, aos quais a gente se apega sem segundas intenções. Mas ao mesmo tempo está ali um sujeito enorme, com um rosto expressivo, mãos grandes e sensíveis, que ele de vez em quando estende para você, e com olhos que realmente podem seduzir de maneira devastadora. Mas que podem seduzir de maneira impessoal, que fique bem entendido. Ele seduz a pessoa, mas não a mulher. As garras se estendem à pessoa, não à mulher. E a mulher quer ser seduzida como mulher, não como pessoa. Pelo menos é assim que acontece comigo de vez em quando. Mas ele representa um grande desafio, pelo qual será preciso lutar muito. Sou um desafio para ele, como me disse numa das primeiras vezes, mas ele também o é para mim. Vou parar, estou ficando cada vez mais agastada enquanto escrevo, um sinal de que não estou formulando da maneira correta o que realmente sinto.

Não há nada a fazer, devo resolver meus problemas e tenho sempre a sensação de que, quando os solucionar para mim mesma, os estarei solucionando para milhares de outras mulheres. E por isso tenho que me confrontar com tudo. Mas a vida é mesmo muito difícil, sobretudo quando não se consegue encontrar as palavras.

Isso de devorar livros desde menina é só preguiça da minha parte. Deixo que outros formulem o que eu mesma deveria dizer. Procuro por toda parte a confirmação de tudo o que se agita e borbulha em mim, mas tenho que chegar à clareza com minhas próprias palavras. Tenho que pôr de lado muita preguiça e, sobretudo, inibição e insegurança, para com o tempo chegar a mim mesma. E, por meio de mim mesma, aos outros. Preciso chegar à clareza e preciso me aceitar. E agora vou comprar um melão na feira. Tudo é tão pesado dentro de mim. E eu gostaria tanto de ser leve.

Absorvo tudo, já há anos, tudo vai para dentro, para um grande reservatório, mas uma hora tudo terá que sair de novo, do contrário sinto como se tivesse vivido para nada, como se apenas tivesse roubado algo da humanidade e não dado nada em troca. Às vezes tenho a sensação de estar parasitando, também por isso minha grande depressão de vez em quando, e a dúvida sobre se realmente levo uma vida útil. Talvez minha missão seja me elucidar, me elucidar mesmo, com tudo o que me irrita e atormenta e com o que grita dentro de mim por solução e verbalização. Porque isso não deve ser um problema só meu, e sim o problema de muitos outros. E, se eu, ao fim de uma longa vida, conseguir encontrar um formato para o que agora ainda é caótico dentro de mim, talvez tenha então concluído minha própria modesta missão.

Enquanto escrevo isso, acho que começo a ficar nauseada em algum lugar do meu subconsciente. Por causa das palavras: «missão» e «humanidade» e «solução de problemas». Acho essas palavras pretensiosas, acho que sou uma «mocinha insípida» e boba, mas isso é porque ainda não tenho a coragem de chegar a mim mesma.

Não, garota, você ainda está longe disso. Eu na verdade deveria proibi-la de tocar qualquer filósofo mais profundo até que você mesma se leve mais a sério. Acho que tenho mesmo que primeiro ir comprar aquele melão para levá-lo hoje à noite para os Nethe.[19] Isso também faz parte da vida.

Às vezes me sinto como uma lata de lixo, há tanta perturbação e vaidade e indolência e sentimento de inferioridade

---

19   Spier morava com a família Nethe, na Courbetstraat 27.

em mim! Mas também existem uma verdadeira sinceridade e uma paixão quase elementar, no sentido de evocar alguma pureza e encontrar a harmonia entre o exterior e o interior.

Às vezes anseio por uma cela de mosteiro, com a sabedoria sublimada de séculos em prateleiras de livros nas paredes e com vista para campos de trigo — devem ser campos de trigo e também precisam ondular —, e ali gostaria então de me aprofundar nos séculos e em mim mesma, e com o tempo viriam por fim paz e clareza. Mas isso não seria tão difícil. Tenho que chegar à clareza, à paz e ao equilíbrio aqui, neste lugar, neste mundo e neste momento. O tempo todo tenho que me jogar na realidade, tenho que me confrontar com tudo o que encontro no meu caminho, o mundo exterior tem que ser alimentado pelo meu mundo interior e vice-versa, mas é tão terrivelmente difícil, e por isso mesmo me sinto tão oprimida.

Aquela tarde no campo. Ele com o rosto enternecido e olhar perdido no horizonte, e eu: «Em que o senhor está pensando agora?». E ele: «Nos demônios que atormentam a humanidade». (Isso foi depois que lhe contei como Klaas tinha quase matado sua filha de pancadas porque ela não havia levado o veneno que ele queria.) Ele estava sentado embaixo daquela árvore vergada e minha cabeça estava no seu colo, e de repente eu disse, ou melhor, não disse, mas de repente escapou: «E agora eu queria muito um beijo não demoníaco». E então ele disse: «Então a senhorita mesma terá que apanhá-lo». E então me levantei bruscamente e fui querendo fazer de conta que não tinha dito nada, mas de repente estávamos deitados ali no campo, boca a boca, eu ali me apertando contra ele, não sei por quanto tempo. Um beijo assim não é apenas físico: além da cândida boca de alguém, tenta-se sugar todo o seu ser para dentro de si. E depois ele disse: «A senhorita chama isso de não demoníaco?».

Mas o que significou aquele beijo no nosso relacionamento? Ele está como que pairando no ar. Faz com que eu deseje o homem inteiro e no entanto não quero o homem inteiro. Não o amo como homem, isso é o mais estranho, ou será o maldito desejo de autoafirmação, querer possuir alguém? Querer possuir fisicamente, quando o possuo espiritualmente, o que é tão mais importante? Será a maldita tradição doentia segundo a qual, quando duas pessoas de sexos diferentes entram em estreito contato uma com a outra, num determinado momento elas tenham que se atracar fisicamente? Tenho isso muito forte em mim. Sempre busco diretamente num homem as possibilidades sexuais em relação a mim mesma. Acredito que esse é um hábito ruim que tem que ser erradicado. Talvez ele já tenha ultrapassado isso, contudo: ele tem que lutar contra seus instintos eróticos em relação a mim. Somos um desafio um para o outro, às vezes parece tão bobo, como se ambos dificultássemos as coisas de propósito, quando poderia ser tão simples.

Aquele melão a essa altura já deve ter sido vendido. Sinto-me podre por dentro, há uma mordaça em mim, e agora também me sinto horrível fisicamente. Mas não se deixe enganar, garota, isso não é o seu corpo, é a sua alma, sua alma aflita que a assombra desse jeito.

Dentro de pouco tempo vou escrever de novo: como a vida é bela e como eu sou feliz, mas neste momento não posso imaginar como me sentirei então.

Ainda não tenho uma melodia de fundo. Ainda não há um fluxo subterrâneo constante, a fonte interna que me alimenta sempre volta a assorear e além disso eu penso muito. Minhas ideias ainda pendem em torno de mim como roupas largas demais, para as quais ainda devo crescer, mas as roupas permanecem sempre largas demais. Meu espírito corre atrás da minha intuição, e felizmente isso é bom. Mas por consequência meu espírito ou consciência ou como queira chamar às vezes tem que se esforçar terrivelmente para agarrar meus pressentimentos pela barra da saia. Todo tipo de ideia vaga de vez em quando grita por uma formulação concreta, mas elas talvez ainda estejam longe de estar maduras. Tenho que continuar ouvindo a mim mesma, ficar na escuta de mim mesma, comer e dormir bem para manter o equilíbrio, do contrário será tão dostoievskiano, porém em nossos tempos a ênfase está em outras coisas.

sexta-feira de manhã [8 de agosto de 1941], 10h15

Ainda nenhuma carta de S., o canalha. Gostaria muito de vê-lo lá em Wageningen, naquela casa bagunçada cheia de filhas carolas.[20]

Quando desci, as primeiras palavras da minha mãe foram: «Estou me sentindo tão miserável». É tão estranho: quando meu pai solta qualquer suspiro, meu coração praticamente se quebra, por assim dizer, e, quando minha mãe diz cheia de emoção: «Estou me sentindo tão miserável, não consegui dormir, nem sequer um pouco» etc., isso não me atinge no íntimo.

Antes, quando eu acordava tarde, ficava completamente desanimada e pensava: ah, bem, o dia já está perdido, não vou

---

20   A família Bongers tinha seis filhas, entre as quais Gera, que era amiga de Spier.

fazer mais nada. Agora também me dá uma sensação incômoda, é como se houvesse alguma coisa que já não pode ser recuperada. Poderia escrever todo um tratado psicológico sobre isso, mas me propus a não mais escrever sobre coisas «difíceis», farei isso só quando elas tiverem se tornado fáceis. Não tenho ideia do que farei hoje. Não consigo trabalhar nesta casa, não tenho um lugar só para mim e não consigo me concentrar. Enfim, vou deixar para lá e tentar descansar o máximo possível.

Linguaruda, marmota, não fique resmungando, isso mesmo, tagarele à vontade. Essas são minhas reações interiores quando minha mãe está falando comigo. A mãe da gente é alguém que pode dar nos nervos. Tento encará-la objetivamente e tento gostar um pouco dela, mas de repente digo de novo, do fundo do coração: que pessoa mais ridícula e louca você é. É tão errado da minha parte, afinal não moro aqui, mas deixe-me viver. Deixo minha vida em suspenso até estar de novo longe daqui. Antigamente, eu sempre ficava destruída nesta casa de loucos; hoje em dia mantenho no meu íntimo tudo à distância e procuro sair ilesa. Mas aqui não tenho energia para trabalhar com prazer, é como se aqui toda a energia fosse sugada da gente.

Agora são onze horas e eu não fiz nada além de ficar no beiral frio desta janela diante da mesa desarrumada do café da manhã e ouvir o resmungar patético da minha mãe sobre o racionamento da manteiga, sua saúde etc. E no entanto ela não é uma mulher insignificante. Isso é o que é sempre trágico aqui. Existe aqui um enorme capital de talento e valor humano, tanto do meu pai como da minha mãe, mas inutilizado, ou ao menos subutilizado. A gente quebra a cabeça pensando em problemas não solucionados, em humores que mudam rapidamente, é uma situação caótica e triste que se reflete no visível caos desta casa. E minha mãe ainda pensa que é uma dona de casa excelente.

Mas ela massacra todo mundo com sua eterna arrumação da casa. Minha cabeça fica cada vez mais pesada aqui. Enfim, vamos em frente. A vida aqui em casa se destrói em picuinhas. Somos massacrados por picuinhas e nunca chegamos ao que realmente importa. Acabei de escrever a Gera, dizendo que vou acabar enlouquecendo, a ponto de me transformar numa melancólica profissional, se ficar aqui por muito tempo. Também não se pode fazer nem ajudar nem intervir em nada aqui. Tudo é tão desequilibrado. Naquela noite, quando fiz aquela apresentação brilhante sobre S. e seu trabalho, eles reagiram de maneira formidável, entusiasmada, com fantasia e humor. E então fui para a cama com uma sensação tão boa, e pensei: que pessoas ótimas, realmente. Mas na manhã seguinte foi de novo puro ceticismo e piadas bobas, como se eles duvidassem do seu próprio entusiasmo da noite anterior. E assim vamos, aos trancos e barrancos. Bem, Etty, aprume-se de uma vez, quero dizer: recomponha-se. Claro que a dor de barriga também não ajuda a me deixar mais contente. Acho que vou dormir um pouco hoje à tarde e depois continuar estudando dr. Pfister[21] na biblioteca. Tenho que agradecer por ter todo o tempo para mim mesma, então, por Deus, faça bom proveito dele, sua palerma.

E agora chega de ficar remoendo bobagens.

11h da noite

Começo a acreditar que esta está se tornando uma amizade realmente importante. Uma amizade no sentido mais profundo da palavra. Sinto-me muito séria por dentro. E não é

---

21   Oskar Pfister (1873-1956), pastor luterano e psicanalista suíço. [N. T.]

uma seriedade que paira sobre a realidade e que mais tarde me parecerá outra vez exagerada e artificial. Ao menos creio que não. Quando a carta dele chegou hoje à tarde, às seis horas — eu tinha acabado de voltar de Gorssel encharcada pela chuva —, não tive nenhum contato específico com aquela carta. Estava morta de cansaço, tanto física como mentalmente, e não sabia muito bem o que fazer com a carta. Então rolei na cama e estudei mais uma vez com atenção aquela caligrafia familiar e daí tive uma sensação muito íntima e forte em mim com relação a essa pessoa. E então senti o quanto ele será importante para meu futuro desenvolvimento espiritual, desde que eu continue tentando me confrontar de maneira séria e sincera com ele e comigo mesma e com os muitos problemas que continuarão a aflorar ligados a esse relacionamento.

Significância.

Também tenho que ousar viver a vida com a significância que ela exige ser vivida, sem que com isso eu pareça a mim mesma prepotente ou sentimental ou artificial.

E não devo vê-lo como objetivo, mas como um meio para continuar crescendo e amadurecendo. Não devo querer possuí-lo. É verdade que a mulher busca a concretude do corpo, e não a abstração do espírito. O centro de gravidade da mulher está naquele único homem, o centro de gravidade do homem está no mundo. Será que a mulher pode mudar seu centro de gravidade sem se violentar, por assim dizer, sem violar o seu ser? Essa e várias outras questões foram incitadas por sua carta, que foi muito proveitosa para mim.

Ser leal a uma outra pessoa. A amizade também tem que ser trabalhada.

Aqui em casa existe a mais estranha combinação de barbárie e alta cultura.

O capital intelectual está aqui para quem quiser, mas está abandonado e sem vigilância, jogado às traças. É deprimente. É tragicômico, não sei que tipo de família louca é essa, mas uma pessoa não pode prosperar aqui.

Não consigo escrever sobre as coisas do dia a dia. Esse tipo de coisa realmente não é para mim.

quarta à tarde [13 de agosto de 1941]

Naturalmente, não alcanço uma objetividade gélida, de sangue-frio, sendo como sou. Sou sensível demais para isso. Mas também já não fico tão abalada como antes por causa de toda essa sensibilidade. Daan[22] caiu de um aeroplano e são muitos os jovens promissores e cheios de vida que estão morrendo a todo instante do dia e da noite. Não sei como lidar com isso. Com todo esse sofrimento ao redor, começo a sentir vergonha de me preocupar seriamente com minhas mudanças de humor. Mas é preciso continuar a levar a si mesmo a sério, é preciso continuar a ser o próprio centro e aprender a conviver com tudo o que acontece no mundo, não se podem fechar os olhos para nada, é preciso se confrontar com estes tempos terríveis e conseguir encontrar uma resposta a uma série de perguntas sobre a vida e a morte que estes tempos apresentam. Talvez eu encontre uma resposta para algumas dessas questões, não apenas para mim mesma, mas também para os outros. Afinal vivo neste momento. Tenho que encarar

---

22   Daan Sajet (1920-41), primeiro piloto holandês a ser derrubado na Segunda Guerra Mundial.

tudo de frente. Também não posso fugir de mim mesma. Às vezes me sinto como uma estaca num mar revolto, açoitada pelas ondas por todos os lados. Mas permaneço firme e vou desgastando aos poucos ao longo dos anos. Quero viver plenamente.

Quero ser a cronista de muitas coisas deste período (lá embaixo eles estão fazendo uma balbúrdia, meu pai berra: vá então, e bate a porta; também tenho que me conformar com isso e agora eu choro — de repente grito, de qualquer forma não sou tão racional; de fato, não se pode viver nesta casa, enfim, vamos em frente); ah, sim, cronista, tinha parado aí. Percebo em mim mesma que, paralelamente a todo esse sofrimento subjetivo que vivo reiterando, surge uma curiosidade objetiva, por assim dizer, um interesse apaixonado por tudo que diz respeito a este mundo e às pessoas e a meus sentimentos mais íntimos. Às vezes acredito que tenho uma missão. Tudo o que acontece ao meu redor tem que ficar claro na minha mente para depois ser descrito por mim. Pobre cabeça e pobre coração, quanta coisa vocês ainda terão que superar. Rica cabeça e rico coração, vocês têm realmente uma belíssima vida. Parei de chorar. Mas minha mente está de novo terrivelmente tensa. Isso aqui é um inferno. Eu já poderia pôr muita coisa no papel se quisesse descrever isso aqui. De qualquer forma, brotei desse caos e me impus a tarefa de me elevar a um nível um pouco mais alto. S., aquele amor de pessoa, chama a isso «construir em material nobre».

Às vezes você fica tão absorta pelos acontecimentos chocantes ao seu redor que depois é difícil recuperar o caminho para si mesma. E no entanto é preciso fazer isso. Você não pode se abater pelas coisas à sua volta por causa de uma espécie de sentimento de culpa. As coisas têm que ficar claras dentro de você, você não pode sucumbir diante delas.

Um poema de Rilke é tão real e importante quanto um jovem que cai de um aeroplano, quero dizer isso a você com muita ênfase. Tudo isso faz parte deste mundo e não se pode negar uma coisa em detrimento de outra. Agora vá dormir.

As muitas contradições têm que ser aceitas, você até pode querer fundir tudo numa só unidade e, de uma maneira ou outra, simplificar as coisas na sua alma, porque então a vida seria mais fácil para você, mas a vida é feita de contradições e todas têm que ser aceitas como parte dela, e não se pode dar mais ênfase a uma em detrimento da outra. Deixe a coisa toda girar, e quem sabe no fim ainda acabe se tornando um todo. Já disse que você devia ir dormir em vez de escrever coisas que ainda não consegue formular direito.

Sexta [15 de agosto de 1941], 11h da noite

Bem, e agora um momento de tranquilidade, de calmaria. Não preciso mais pensar nem nada. Pode ser que seja por causa das quatro aspirinas, claro.

De um diálogo entre mim e meu pai ao longo do Singel:[23]

Eu: «Tenho pena de qualquer mulher que se envolva com Mischa».[24]

Pai: «O que se pode fazer, o rapaz está em circulação».

---

23 Canal que circunda o centro da cidade. [N. T.]
24 Mischa é o irmão mais novo de Etty.

23 de agosto de 1941. Sábado à noite, na escrivaninha

Vou ter que registrar meu humor com precisão mais uma vez, está novamente difícil de suportar. E que um resfriado à toa de repente tinja todas as minhas convicções outra vez com um tom escuro também já é exagero demais. Como foi mesmo que aconteceu? Quinta-feira à noite, no trem de Arnhem para cá, estava tudo tão bom. Do outro lado das janelinhas do vagão avançava a noite, quieta, ampla e majestosa. E dentro do trem apertado os muitos trabalhadores estavam agitados, animados, cheios de vida. E eu estava encolhida no meu canto meio escuro; meu olho direito olhava para a natureza monumental e silenciosa e meu olho esquerdo via os rostos expressivos e os gestos multicoloridos das pessoas. E achei tudo tão bom, a vida e as pessoas. E depois a longa caminhada da estação Amstel através da cidade quase escura, como que encantada. E então, durante a caminhada, tive de repente a sensação de que não estava só, mas «em duas». Sozinha, senti-me como se eu fosse duas, duas pessoas que se colocavam intimamente uma junto à outra e assim se mantinham aquecidas e bem-dispostas. Senti um contato muito forte comigo mesma e por isso um grande calor dentro de mim. Senti que me basto. Também conversei muito comigo mesma e andava com muito prazer por todas as alamedas do Amstel, inteiramente absorta em mim mesma. E com certa satisfação constatei que sou boa companhia para mim mesma e que me dou muito bem comigo. No dia seguinte permaneceu em mim essa sensação de ser duas pessoas que se recostavam uma na outra, bem junto, e por isso sentiam um calor tão gostoso. E, quando ontem à tarde fui procurar o queijo para S. e caminhava por aquela bela parte sul da cidade, senti-me como um antigo deus, envolto numa nuvem. Deve existir em algum lugar da mitologia: um deus que se move envolto numa nuvem. Era a nuvem dos meus próprios pensamentos e emoções, que me abraçava e me acompanhava, e me senti muito aquecida, abrigada e protegida naquela nuvem. E agora estou resfriada e tudo o que sinto é inquietação, desconforto e repulsa. O mais incompreensível é que se trata de uma repulsa por pessoas que, do contrário, eu amo muito. Uma postura negativa em relação a tudo, destrutiva, crítica etc. Muito estranho que tudo isso seja provocado por um nariz entupido. Não é da minha natureza sentir repulsa pelos meus semelhantes. Quando me sinto muito desconfortável fisicamente, na verdade deveria parar a máquina de pensar, mas em geral ela começa a trabalhar ainda mais e desdenha tudo o que pode ser desdenhado. Em todo caso, é aconselhável ir para a cama agora, sinto-me realmente um pouco doente.

Talvez seja bom que nossos atos sejam diferentes dos nossos pensamentos. Hans[25] deveria voltar para casa hoje, e essa ideia me incomodava demais. No instante em que a repulsa pelas pessoas toma conta de mim, ele é o primeiro a ser atingido, decerto porque vive tão próximo. Portanto, eu estava aborrecida com seu retorno, pensei que o achava um tremendo chato, lerdo, pessimista. E então ele entrou, enérgico e animado, depois de passar as férias velejando, e naquele momento de repente percebo que estou falando com ele com muito entusiasmo e satisfação, que tenho prazer e interesse pelo seu rosto bronzeado, com aqueles olhos azuis, sinceros e um tanto indefiníveis, que fico saltitante, faço sopa para ele, que converso com ele animadamente, e que na verdade gosto dele, como na verdade gosto de todas as criaturas de Deus. Não acredito que houvesse nada de forçado na minha reação,

---

25   Hans Wegerif.

ao contrário, penso que aquela irritabilidade interior não é da minha natureza. De fato, não combina comigo. Então, tenho que controlá-la. O que também pode significar, entre outras coisas, que, quando não consigo mais trabalhar nem ler, é melhor ir dormir.

26 de agosto [1941], terça à tarde

Há dentro de mim um poço muito profundo. E lá dentro está Deus. Às vezes posso chegar até o poço, mas com frequência há pedras e cascalho sobre ele, e Deus está enterrado. Então ele tem que ser novamente desenterrado.

Imagino que existam pessoas que oram com seus olhos alçados ao céu. Elas procuram Deus fora de si. Também há pessoas que se curvam profundamente e cobrem o rosto com as mãos, acho que estas procuram Deus dentro de si.

4 de setembro [1941], quinta à noite, 10h30

A vida é composta de histórias que querem ser recontadas por mim. Ah, que bobagem. Na verdade não sei. Estou triste de novo. E consigo entender muito bem as pessoas que se entregam à bebida ou que resolvem ir para a cama com um completo estranho. Mas meu caminho não é esse. Tenho que seguir adiante, sóbria e com a mente clara. E sozinha. Foi bom aquele canalha não estar em casa hoje à noite. Do contrário eu teria de novo corrido para lá. Ah, me ajude, estou tão triste. Estou explodindo. E exijo dos outros que resolvam seus problemas sozinhos. Quero ouvir o que vem de dentro. Isso mesmo. Pois então fui me sentar no chão, no cantinho mais distante do meu quarto, imprensada entre duas paredes, com a cabeça bem arqueada para baixo. É, e fiquei ali. Bem quieta. Olhando para o meu umbigo, por assim dizer, aguardando com indulgência que novas forças jorrassem de dentro de mim. Meu coração estava apertado de novo, não queria fluir por dentro, todos os escoamentos de novo assoreados e o cérebro imprensado num grande torno. E enquanto permaneço ali, tão mergulhada em mim mesma, aguardo que algo se derreta e comece a fluir dentro de mim.

A verdade é que me sobrecarreguei muito lendo todas as cartas da namorada. Como uma avestruz, sempre fiz de conta que ela não existia, entretanto ela agora se manifestou. E em torno das cartas há todo um processo, e assim seguimos aos trancos e barrancos. Gostaria de ser muito simples, como a lua desta noite, por exemplo, ou como a relva. Está claro que me levo muito a sério. Num dia como hoje, fico imaginando que ninguém sofre tanto quanto eu. Tal como uma pessoa que sente dor por todo o corpo e não pode suportar que alguém lhe toque nem mesmo com um dedo, é assim com minha alma, ou como queira chamar. A menor pressão provoca dor nestas horas. Alma sem epiderme, acho que a sra. Romein escreveu algo assim sobre Carry van Bruggen.[26] Gostaria de viajar para muito longe. E ver pessoas diferentes todos os dias, que então não precisariam ter nomes. Às vezes é como se as poucas pessoas com quem tenho relações muito fortes me tirassem a visão. Visão do quê, exatamente? Etty, você é uma malandrinha e muito pouco conscienciosa. Você pode muito bem fazer uma

---

26 Escritora holandesa (1881-1932), que também escreveu sob o pseudônimo de Justine Abbing. [N. T.]

análise posterior para saber de onde vem esse estado de espírito pesado, triste, acompanhado de dor de cabeça. Mas, ah, não tenho nenhuma vontade, sou preguiçosa demais para isso. Senhor, faz de mim uma pessoa mais humilde.

Sou intensa demais? Quero conhecer este século por dentro e por fora. Toco este século a cada dia, toco com as pontas dos meus dedos ao longo dos contornos deste tempo. Ou será que é só ficção?

E então me arremesso de novo à realidade. Confronto-me com tudo o que cruza meu caminho. Isso às vezes me dá uma sensação tão sangrenta. É como se eu me debatesse contra tudo violentamente, provocando hematomas e arranhões. Mas imagino que isso seja necessário. Às vezes tenho a sensação de estar num cadinho. Ou num purgatório infernal, e que estou sendo forjada em algo. Em quê? Mais uma vez, é algo passivo que preciso deixar acontecer comigo. Mas então surge de novo a sensação de que todas as questões deste tempo em especial e da humanidade em geral têm que ser enfrentadas justamente na minha pequena cabecinha. Isso é algo ativo. Enfim, o pior agora já passou. Supliquei como uma bêbada ridícula em torno do IJsclub. Disse coisas muito bobas à eterna lua. A lua também já é bem experiente. Já cansou de ver figuras como eu. Com certeza já passou por muita coisa. Pois bem. Deram-me uma vida dura. Às vezes nem tenho mais vontade de nada. Já sei tudo o que vem pela frente, como será, e daí me sinto tão cansada, não é preciso que ainda tenha que viver tudo de verdade. Porém ainda assim a vida é sempre mais forte em mim. E então volto a achar tudo «interessante» outra vez, e tão excitante, e me sinto combativa e cheia de ideias. Uma pessoa tem que aceitar suas pausas. Mas eu estou em plena pausa, ao menos me parece. E agora boa noite.

Isso me ocorreu de repente. Pode ser que eu me leve «muito a sério», mas também que eu queira que os outros me levem «a sério». S., por exemplo. Quero que ele saiba que eu sofro muito e ao mesmo tempo disfarço. Será que isso também tem alguma coisa a ver com a objeção que tantas vezes sinto em relação a ele?

sexta de manhã [5 de setembro de 1941], 9h

Agora me sinto como alguém que está se recuperando de uma doença grave. Ainda um pouco zonza e de pernas bambas. Foi bem difícil ontem. Acho que não vivo de maneira descomplicada o bastante no meu íntimo. Entrego-me com muita devassidão às bacanais do espírito. Talvez também me identifique demais com tudo o que leio e estudo. Alguém como Dostoiévski, de uma forma ou de outra, ainda me deixa arrasada. Eu realmente tenho que ser um pouco mais descomplicada. Permitir-me viver mais. Não querer ver desde já os resultados da minha vida. Agora sei meu remédio. Tenho que me encolher num cantinho, sentada, e assim, mergulhada em mim mesma, ouvir o que está dentro de mim. Nunca chegarei a isso pensando. Pensar é uma atividade bonita e valorosa nos estudos, mas não se pode sair de estados de alma tão difíceis pensando. Nesses casos, outra coisa deve acontecer. Nesses casos, é preciso fazer-se passivo e escutar. Entrar outra vez em contato com um pouquinho de eternidade.

Ser de fato mais descomplicada e menos bombástica, também no trabalho. Quando faço uma tradução simples do russo, há no fundo da minha alma toda a Rússia, e fico achando que devo pelo menos escrever um livro como *Os irmãos Karamázov.* De um lado, acho que exijo muito de mim mesma e em momentos realmente inspirados considero que tenho capacidade de fazer muita coisa, mas a inspiração não dura para sempre, e nos momentos mais cotidianos de repente tenho medo de nunca conseguir realizar nada do que sinto em mim nos momentos «elevados». Mas por que devo realizar alguma coisa? Simplesmente tenho que «ser» e viver e tentar ser um pouco humana. Não se pode controlar tudo com o intelecto, deixe borbulhar um pouco as fontes da emoção e da intuição. Conhecimento é poder, bem sei, e talvez por isso eu acumule conhecimento, por uma espécie de necessidade de afirmação. Não sei, na verdade. Mas, Senhor, dá-me mais sabedoria que conhecimento. Ou melhor dizendo, só o conhecimento que leva à sabedoria torna a pessoa, eu ao menos, feliz, e não o conhecimento que se transforma em poder. Um pouco de tranquilidade, muita suavidade e um pouco de sabedoria: quando sinto tudo isso em mim, sinto-me bem. Por isso achei tão estranho que a renomada escultora Fri Heil tenha dito a S. que me achava uma tártara e que para completar só me faltava um cavalo selvagem no qual eu cavalgasse pelas estepes. Uma pessoa não sabe muito sobre si mesma.

Hertha[27] escreveu numa de suas cartas a S.: «Ontem você colocou sua mão em mim».

A realidade, para mim, não é nem um pouco real, e por isso não consigo entrar em ação, porque nunca entendo seu peso e seu alcance. Uma única linha de Rilke é algo mais real para mim do que uma mudança de endereço, por exemplo, ou

---

27   Hertha é a namorada de Spier em Londres, com a qual ele pretende se casar.

coisa do tipo. Tenho que passar a vida inteira sentada numa escrivaninha. E apesar disso não acho que eu seja uma sonhadora idiota. A realidade me interessa muito, mas de trás da minha escrivaninha, e não para viver e lidar com ela. Para compreender pessoas e ideias também é preciso conhecer o mundo real e o pano de fundo contra o qual tudo vive e cresce.

terça de manhã, 9 de setembro [1941]

S. é o motor para muitas mulheres. Henny[28] o menciona numa de suas cartas: «Meu Mercedes, meu grande, bom, amado Mercedes». Acima dele mora A Pequenina.[29] S. diz que, quando lutam juntos, ela é como uma grande gata cautelosa, que tem medo de machucar alguém. Sexta à noite ele telefonou para Riet.[30] Sua voz simplesmente cantava ao telefone para aquela menina de quinze anos: «Sim, Riiieeet». Ao mesmo tempo acariciava meu rosto com sua mão direita. Na mesinha, estava a carta da moça que ele quer tornar sua esposa no futuro e as palavras «Para meu amado, Jul» viradas para cima, obrigando-me a olhar para elas toda hora.

Estou tão triste, tão incrivelmente triste nos últimos dias. Mas por quê? Não triste o tempo todo, consigo sempre me reanimar, mas depois volto a cair numa grande tristeza.

Nunca conheci alguém que dispusesse de tanto amor e força e autoconfiança inabalável como S. Naquela sexta-feira

---

28   Henny Tideman; em geral chamada de Tide por Etty.

29   Dicky de Jonge, integrante do «clube Spier».

30   Riet Bongers, irmã de Gera.

fatídica, ele disse mais ou menos isto: «Se eu dirigisse todo o meu amor e força a uma única pessoa, eu a faria desmoronar». E às vezes tenho uma sensação assim, de que serei enterrada embaixo dele. Sei lá. Às vezes tenho a sensação de que teria que andar até o outro extremo do mundo para me livrar dele, mas ao mesmo tempo sei que devo me resolver com ele aqui mesmo. E às vezes ele não é nenhum problema para mim, então tudo fica tão bom, e às vezes, como agora, tenho a sensação de que ele me deixa doente. O que é isso, afinal? Porque ele não é nem enigmático nem complicado. Será a incrível quantidade de amor que ele possui e que divide com uma quantidade interminável de pessoas e que eu gostaria de ter só para mim? De fato, há alguns momentos em que eu gostaria disso. Em que eu gostaria que seu amor se condensasse e se concentrasse em mim. Mas será que isso não é um conceito muito físico? E muito pessoal? Eu não sei mesmo o que quero com esse cara.

Deixe-me tentar guardar algo de bom daquela sexta-feira à noite. Eu tinha então a sensação de estar no meio do homem-enigma, ou, melhor dizendo, do não enigma. Foi naquela noite que ele deu a chave do segredo da sua personalidade. E por alguns dias foi como se eu o levasse inteiramente confinado no meu coração, como se eu nunca mais pudesse perdê-lo. Por que agora estou triste de um jeito que não sei nem descrever? E por que não tenho mais nenhum contato com ele e queria que ele desaparecesse? É como se ele agora fosse demais para mim. O que foi mesmo que aconteceu na noite daquela sexta-feira?

Quando ele está sentado naquela cadeirinha à minha frente, largo, suave, com uma espécie de sensualidade por si mesma generosa e ao mesmo tempo com tanta benevolência humana, às vezes penso num imperador romano em sua intimidade. Por quê, eu não sei. Há algo voluptuoso em toda a figura, ao mesmo tempo que há calor e bondade infinitos, demais para uma só pessoa, que se estendem por um espaço enorme. Por que tenho que pensar num imperador do período da decadência romana? Para ser sincera, não saberia dizer.

A dor de estômago e a pressão e aquela sensação de aperto por dentro e a sensação de ser esmagada sob um grande peso certamente são o preço que, vez por outra, tenho que pagar pela minha voracidade de querer saber tudo da vida e querer me entranhar por toda parte. De vez em quando é um pouco demais. Meu teste de personalidade feito por Taco Kuiper[31] demonstrou que sou o tipo de pessoa que exige tudo da vida, mas também processa tudo. Portanto, também irei processar isso, e os bloqueios interiores com certeza fazem parte disso, mas têm que ser limitados a um mínimo, do contrário não posso continuar vivendo bem.

Quando vinha de bicicleta para casa ontem, depois do curso, tão indescritivelmente triste e pesada feito chumbo por dentro, e ouvi os aviões sobre minha cabeça, a súbita ideia de que uma bomba poria fim à minha vida deu-me uma sensação de liberdade. Tenho tido isto com frequência nos últimos tempos: pensar que deixar de viver seria mais fácil que continuar.

quinta de manhã [25 de setembro de 1941], 9h

Sim, nós mulheres, nós mulheres tolas, idiotas, ilógicas, procuramos o Paraíso e o Absoluto. E eu sei, com meu cérebro,

---

31   Taco Kuiper, pioneiro holandês da psicologia organizacional. [N. T.]

com meu cérebro que funciona muito bem, que o absoluto não existe, que tudo é relativo e infinitamente cheio de nuances e eternamente em movimento, e justamente por isso tão fascinante e atraente, mas também tão doloroso. Nós, mulheres, queremos nos imortalizar no homem. É assim: quero que ele me diga: «Querida, você é única e eu te amarei para sempre». Isso é uma fantasia. E, enquanto ele não diz isso, todo o restante não tem sentido, nem percebo o resto. E o que é mais insano: eu não o quero mesmo, não gostaria de tê-lo como único e para sempre, mas exijo isso do outro. Será que justamente porque não sou capaz do amor absoluto é que o exijo do outro? E desejo sempre a mesma intensidade do outro, embora eu saiba, eu saiba por mim mesma, que isso não existe. Mas, assim que percebo no outro um revés temporário, bato em disparada, aí entra um sentimento de inferioridade, claro, algo como: se não consigo seduzi-lo de maneira que ele me deseje sempre com ardor constante, sem reveses, então é melhor não ter nada; e isso é tão diabolicamente ilógico; tenho que extirpar isso de mim. E de fato eu não saberia o que fazer se alguém me desejasse com tanto ardor o tempo inteiro, eu me sentiria sobrecarregada e entediada e teria uma sensação de aprisionamento. Ah, Etty, Etty.

Ontem à noite, entre outras coisas, ele disse: «Acredito que eu seja uma preliminar para o seu verdadeiro grande amor». É tão estranho, eu fui a preliminar para tanta gente. E, embora talvez seja assim mesmo, provoca-me uma imensa dor e não me aquieto com essas palavras. Acredito compreender o porquê. Na verdade acho que ele deveria ficar louco de ciúme com a ideia de que um dia haverá um grande amor na minha vida. É de novo a exigência do absoluto. Ele tem que me amar para sempre e devo ser a única. O conceito de preliminar relativiza tudo. E no entanto isso de ser «única» e «para sempre» é uma espécie de ideia compulsiva. Ando muito lasciva nos últimos dias. Anteontem à noite tive de novo uma obsessão com a boca dele, com as mãos dele, e todo o resto empalideceu diante disso. Ontem à noite isso foi de novo muito forte. E quando ele telefonou, às nove horas: «A senhorita ainda tem vontade de vir?», então fui, com alegria, desejo e entrega. Mas não queira se enganar, maninha, achando que se trata apenas de desejo, não é assim, não nos jogamos imediatamente nos braços um do outro, primeiro conversamos de forma muito intensa sobre o paciente tão interessante daquela tarde, que tinha dupla personalidade. E então me pendurei nos seus lábios e de novo me edifiquei com sua maneira direta e clara de formular as coisas; e tenho a sensação de que aprendo tanto, e na verdade esse contato intelectual me dá muito mais satisfação do que o contato físico. Talvez eu tenha a tendência de supervalorizar o físico, também por causa de uma ou outra fantasia, o que é uma coisa tão feminina.

É, na verdade é estranho. Agora também tenho a sensação de que gostaria de me aninhar nos braços dele e ser apenas uma mulher, ou talvez ainda menos, só um pedaço amado de carne. Eu supervalorizo muito a sensualidade. Principalmente porque sempre dura poucos dias, aquela sensualidade crescente. Mas quero projetar aquele pouquinho de sensualidade sobre toda uma vida, o que então ofusca o resto. E quero que ela seja então abençoada por expressões como: «você é a eterna e a única». Acho que escrevo de maneira pouco clara, mas o importante é que eu me liberte de uma coisa e de outra. É por isso que sobrevalorizo a sensualidade: porque quero que o pouco calor carnal que duas pessoas às vezes procuram uma na outra seja elevado muito acima do seu significado comum por expressões intensas como: «vou te amar eternamente». Mas é preciso deixar as coisas serem o que realmente são, e não querer alçá-las a alturas impossíveis, e, quando você as deixa ser o que realmente são, só então desenvolvem seu real valor. Quando se parte de algo absoluto, que de fato não existe e que você não quer, não se chega a viver a vida nas suas reais proporções.

à noite, 11h

Um dia assim é de fato muito longo, acontece muita coisa. Estou muitíssimo contente neste instante, sentada à escrivaninha. Minha cabeça está pesadamente apoiada na minha mão esquerda, há uma tranquilidade tão reconfortante em mim, sinto-me tão decidida. A quirologia no quarto de Tide foi divertida. Antigamente eu achava péssimo um grupo de mulheres desse tipo. E na verdade foi demasiado agradável, estimulante, animado, com peras de Wiep,[32] tortinhas de Gera e minha psicologia profunda. E no final ouvimos Tide, incansável, ocupada desde as cinco horas da manhã com seu trabalho.

Não consigo escrever nada de relevante agora, há muito burburinho na sala para isso, Hans, Bernard e Pa Han estão resolvendo palavras cruzadas. Antes eu não conseguia apenas me sentar num cantinho, para escrever ou ler ou o que fosse, quando havia mais pessoas no recinto, ficava irritada demais, e agora estou aqui tão concentrada em mim mesma que os outros mal me incomodam, acho que seria assim até se eu estivesse em meio a uma multidão. Se eu fosse uma «boa

---

32   Wiep Poelstra; amiga de Han Wegerif.

menina», iria agora direto para a cama, à cama virginal do meu pequeno quartinho, mas a vontade de socializar e também um hábito, um hábito amistoso, me fazem ficar nesta cama aqui, o «grande refúgio do amor», como uma vez a chamei de maneira muito patética. Pois bem. Também tomei três aspirinas, talvez por isso tenha esse soninho tão gostoso. Amanhã terei de novo um programa e tanto. O triste esquizofrênico em formação com o «fantástico imago-paterno» vai outra vez me ocupar muito amanhã, e depois elaborar a carta para S., e em seguida preparar o russo, e na verdade também tenho que telefonar para Aleida Schot.[33] E antes de mais nada tenho que dormir bem. Boa noite. A vida vale tanto ser vivida. Deus, meu Deus, o senhor está afinal um pouquinho perto de mim.

sábado [4 de outubro de 1941], à noite

Suarès[34] sobre Stendhal: «Tem fortes crises de tristeza, dizem seus amigos, esconde-se em seus livros. O espírito é para ele a máscara das paixões. Faz graça para que com isso o deixem em paz com seus grandes sentimentos».

Este é o seu mal: você quer apreender a vida em fórmulas pessoais. Quer abraçar todos os fenômenos da vida com sua mente, em vez de se deixar abraçar pela vida. Como era mesmo?: pôr a cabeça no céu é possível. Mas pôr o céu na cabeça é

---

33   Aleida Schot (1900-69) era uma prominente eslavista.
34   Isaac Félix Suàres, conhecido como André Suàres (1868-1948), foi um poeta e escritor francês. [N. T.]

impossível. Você sempre quer recriar o mundo, em lugar de aproveitar o mundo como ele é. Há algo despótico nisso.

6 de outubro [1941], segunda de manhã, 9h

Uma frase foi dita ontem no meio do dia e ficou pairando no ar. Perguntei a Henny: «Tide, você nunca quis se casar?». E então ela respondeu: «Deus nunca me mandou um homem». Quando traduzo isso para mim mesma e tento aplicar à minha pessoa, então deveria soar: se eu viver de acordo com minhas inclinações originais, próprias, provavelmente não deverei casar. Em todo caso, não preciso quebrar a cabeça com isso. Se escutar com sinceridade minha voz interior, então no momento certo saberei se um homem me foi «mandado por Deus» ou não. Mas não devo ficar me preocupando com isso, ou ceder ou entrar num casamento com todo tipo de teoria deturpada. Devo ficar tranquila e saber que tenho um determinado caminho a seguir, e não ficar pensando agora: será que mais tarde não serei muito solitária se não arrumar um homem agora? Será que conseguirei me sustentar? Não vou virar uma velha solteirona? O que o mundo irá dizer, terá pena de mim por eu continuar sem um homem?

Ontem à noite, na cama, disse a Han: «Você acredita que alguém como eu pode se casar? Sou mesmo uma mulher de verdade?». O sexo não é de fato tão importante para mim, embora eu talvez dê aos outros a impressão oposta. Seduzir os homens dando uma impressão exterior e depois não poder oferecer-lhes o que eles querem não é afinal ludibriá-los? Na verdade não sou uma mulher primal, ao menos não sexualmente. Já não sou uma verdadeira fêmea, e isso às vezes faz com que eu me sinta inferior. O corpo primal é quebrado e enfraquecido por mim de diferentes maneiras por um processo de espiritualização. É como se eu às vezes me envergonhasse desse processo de espiritualização. O que é, sim, primal em mim são os sentimentos humanos; há em mim uma espécie de amor e compaixão primais pelas pessoas, por todas as pessoas. Não acredito que eu seja talhada para um único homem ou para o amor de um único homem. É como se eu até achasse um pouco infantil, isso de amar uma única pessoa. Eu também não poderia ser fiel a um só homem. Não por causa de outros homens, mas porque eu mesma sou constituída de muitas pessoas. Tenho agora 27 anos e me parece que já amei o suficiente e já fui suficientemente amada. Já me sinto muito velha. Não será por acaso que o homem com quem há cinco anos levo uma vida de casada tenha uma idade que já não permite um futuro comum para nós e que meu melhor amigo quer se casar mais tarde com uma mocinha que está agora em Londres. Não acredito que este será meu caminho: um homem, um amor. Mas tenho um forte erotismo e muita necessidade de carícia e ternura. E isso também sempre esteve ao meu redor. Percebo que não consigo descrever isso com a mesma clareza que sentia em mim ontem à noite e esta manhã.

«Deus nunca me mandou um homem.» Minha intuição mais íntima nunca me deixou dizer sim a um homem por toda a vida e essa voz interior deve ser minha única guia, em tudo, mas principalmente nesses assuntos. O que quero dizer é que devo manter uma espécie de calma em mim, além da convicção de estar seguindo um caminho próprio, baseado na minha voz interior. E não apenas evitar de casar só porque se veem tão poucos casamentos felizes por aí, senão a recusa também seria por uma espécie de objeção e medo e falta de confiança. E sim recusar o casamento por saber que esse não é meu caminho. E depois não ficar se confortando com o tipo de observação sarcástica que as solteironas soltam com frequência: uma beleza tudo o que se vê à nossa volta em termos de casamento.

Acredito, sim, em casamentos felizes, e talvez eu mesma fosse capaz disso, mas é melhor deixar acontecer o que tiver que acontecer, não crie teorias a respeito, não se pergunte o que seria melhor para você, não fique conjecturando essas coisas. Se «Deus mandar um homem» será ótimo; se não mandar, seu caminho se revelará outro. E, se for desse jeito, também não fique amarga nem venha dizer mais tarde: estraguei minha vida, devia ter feito assim ou assado. Você nunca deve dizer nada assim no futuro, por isso tem que ouvir muito bem sua própria fonte primordial no instante presente e ter confiança em si mesma e não se deixar a toda hora confundir pelo que as pessoas à sua volta falam, afirmam e possam querer de você.

E agora ao trabalho.

segunda de manhã, 20 de outubro [1941], 9h

Eles comiam devagar e se fartavam e se agarravam cada vez com mais obstinação a esta terra firme. Isso como consequência de uma fatia de pão com tomate e uma com melado de maçã e três xícaras de chá com açúcar de verdade. Há em mim uma tendência à ascese, a lutar contra a fome e a sede, o frio e o calor. Não sei que tipo de romantismo é esse. Assim que esfria um pouco, por mim eu me encolheria na cama e não sairia mais dali.

Ontem à noite eu disse a S. que todos esses livros são muito perigosos para mim, ao menos em certos momentos. Porque me torno tão preguiçosa e passiva que só quero saber de ler. De tudo o que ele me respondeu, ainda me lembro de uma palavra: «degenerante».

Às vezes me custa tanto esforço realizar as tarefas do dia: levantar, tomar banho, fazer ginástica, vestir meias sem furos, pôr a mesa — resumindo, me orientar na vida cotidiana —, que mal sobra energia para outras coisas. Então, depois de ter me levantado na hora de sempre, como todo cidadão comum, sinto-me orgulhosa, como se tivesse feito muita coisa. No entanto, isto é o mais importante para mim: a disciplina exterior, enquanto o interior ainda não está em ordem. Quando fico dormindo uma hora a mais de manhã, para mim não significa um descanso extra, significa não conseguir encarar a vida e paralisar.

Há uma melodia pessoal em mim, que às vezes deseja muito ser posta nas suas próprias palavras. Mas que, por inibição, falta de autoconfiança, preguiça e não sei mais o quê, continua sempre sufocada em mim, a me assombrar. Às vezes me esvazia completamente e depois me preenche outra vez com uma música muito suave, nostálgica.

Às vezes, gostaria de me refugiar, com tudo o que há em mim, em algumas palavras, procurar em poucas palavras um abrigo para o que há em mim. Mas ainda não há nenhuma palavra que queira me acolher. Sim, de fato é isso. Estou à procura de um abrigo para mim, e a casa que me servirá de abrigo eu mesma terei que construir, eu mesma terei que erguer pedra por pedra, com sangue e suor. Cada um de nós procura uma casa, um refúgio para si. E eu estou sempre procurando esse abrigo em poucas palavras.

Às vezes tenho a sensação de que cada palavra pronunciada e cada gesto feito aumentam o grande mal-entendido. Então eu gostaria de me submeter a um grande silêncio e de impor o silêncio a todos os outros. Sim, qualquer palavra neste mundo já conturbado demais pode tornar o mal-entendido ainda maior.

Faça aquilo que estiver ao seu alcance e não pense no que vem a seguir. Portanto, agora arrumamos a cama e depois levamos as xícaras para a cozinha e depois vemos como continuar. Tide receberá ainda hoje os girassóis, a pirralha tem que aprender alguma coisa sobre a pronúncia do russo e eu tenho que lidar com o esquizoide, que está muito além do meu estado psicológico. Faça o que estiver ao alcance das suas mãos e da sua mente e mergulhe em cada instante, não fique cutucando seus pensamentos, medos e preocupações nas próximas horas.
Tenho que tomar de novo as rédeas da sua educação.

[terça] 21 de outubro [1941], após a refeição

É um processo lento e doloroso, despertar para a verdadeira independência interior. Saber com cada vez mais convicção que nunca encontrará ajuda e apoio ou refúgio nos outros. Que os outros são tão inseguros e fracos e desamparados quanto você. Que você terá sempre que ser a mais forte. Não acredito que seja da sua natureza encontrar isso numa outra pessoa. Você sempre é jogada de volta para si mesma.

Não há nada além disso. O resto é ficção. Mas é preciso reconhecer isso a cada vez. Principalmente como mulher. Há sempre em você o impulso de se perder num outro, naquele por assim dizer único. Mas isso também é uma fantasia, ainda que bonita. Não existe fusão entre duas vidas. Ao menos não para mim. Fusão de alguns momentos, sim. Mas os poucos momentos justificariam a união para toda uma vida? Podem esses poucos momentos manter uma vida em comum? No entanto há um sentimento forte. E às vezes feliz. Sozinha, meu Deus. Mas que dureza. Pois o mundo continua inóspito.

Tenho um coração muito apaixonado, mas nunca por uma única pessoa. Por todas as pessoas. Esse coração também é muito rico, eu acho. E antigamente eu ficava pensando em como o daria a uma única pessoa. Mas isso não existe. E, quando devemos lidar com essas «verdades» difíceis aos 27 anos de idade, às vezes bate uma sensação de desespero, solidão e medo, mas por outro lado também uma sensação de independência e orgulho. Estou entregue a mim mesma e terei que me virar sozinha. A única medida de referência que você tem é você mesma. Sempre repito isso a você. E a única responsabilidade que poderá aceitar na vida é por si mesma. Mas então tem que ser de uma vez por todas. E agora ligar para S.

quarta de manhã [22 de outubro de 1941], 8h

Ó Senhor, dá-me menos pensamentos de manhã cedo e mais água fria e ginástica.

A vida não pode ser compreendida a partir de uma ou duas fórmulas. É com isso que você sempre fica encafifada, afinal isso a faz pensar demais. Você tenta apreender a vida em certas fórmulas, mas isso não é possível; a vida tem nuances infinitas, e não é possível apreendê-la nem simplificá-la. Mas justamente por isso você mesma pode ser simples.

quinta-feira [23 de outubro de 1941]

Que boba você é. Chega de usar os miolos!

Expandir-se em tamanho natural numa palavra, em palavras coloridas, amplas.

Mas essas palavras não serão capazes de conter você por inteiro. O mundo e o céu de Deus são tão amplos. Amplos o suficiente, não?

Querer voltar para a escuridão, para o ventre materno, para o coletivo.

Tornar-se independente, encontrar a própria forma, apoderar-se do caos.

Puxada pra lá e pra cá entre essas coisas.

[sexta] 24 de outubro [1941]

Hoje de manhã, aula para Levie.[35] As pessoas não deveriam se infectar umas às outras com seu mau humor.

---

35   Liesl Levie, amiga de Etty.

Hoje à noite, novas regras para os judeus. Dei permissão a mim mesma para ficar deprimida e preocupada com isso por meia hora. Antigamente eu teria me consolado lendo um romance e deixando meu trabalho de lado. Agora, devo elaborar a análise de Mischa. É muito importante que ele tenha reagido tão bem ao telefone. Não se deve ser muito otimista — mas ele merece ser ajudado. Enquanto for possível ter acesso a ele pela menor frestinha, é preciso aproveitar. Talvez isso possa ajudá-lo mais tarde na vida. Não se pode sempre querer grandes resultados. Mas é preciso acreditar nos pequenos.

Há dois dias só trabalho, sem me aprofundar nos meus próprios sentimentos.

Veja só que boa menina!

«Sou tão apegada a esta vida.» O que você quer dizer com esta «vida»? A vida fácil que você leva agora? Se você realmente é apegada à vida nua, nua e crua, não importa a forma como ela se apresente, ainda veremos com o passar dos anos. Há forças suficientes em você. E isto também está em você: «Se as pessoas levam a vida a sorrir ou a chorar, é apenas uma vida». Mas não somente. É algo mesclado à dinâmica ocidental, de vez em quando sinto isso com muita força. Nestes dias mais austeros, de verdadeira autodisciplina, sinto isso com muita intensidade: você é bem saudável, está tentando se desenvolver em direção a si mesma, chegar a uma base própria.

E agora ao trabalho.

Depois de uma conversa com Jaap.[36]

---

36 Provavelmente Jaap, o irmão de Etty.

De vez em quando atiramos um no outro fragmentos de nós mesmos, mas não acredito que compreendemos um ao outro.

quinta de manhã [30 de outubro de 1941]

Medo da vida em todos os fronts.
Depressão total. Falta de autoconfiança. Aversão. Angústia.

[terça] 11 de novembro [1941], de manhã

De novo, é como se muitas semanas tivessem se passado e é como se eu tivesse outra vez vivido uma série de coisas, e, no entanto, em determinado momento você se vê diante das mesmas questões: essa sua obsessão ou ficção ou fantasia, ou como queira chamar, de possuir uma única pessoa pela vida inteira tem que ser quebrada aí dentro em mil pedacinhos. O absoluto tem que ser esmagado em você. E depois não venha com a ideia de que, sendo assim, uma pessoa fica mais pobre, porque fica justamente mais rica. Torna-se mais difícil, com mais nuances. Aceitar os altos e baixos dos relacionamentos e encarar isso como algo positivo, e não triste. Não querer possuir o outro, sem que isso signifique abdicar dele. Deixar o outro em completa liberdade, também interiormente, sem que isso signifique resignação. Começo agora a reconhecer minha paixão no meu relacionamento com Max.[37] Era desesperador, porque,

---

37   Provavelmente Max Knap.

em última instância, sentia o outro como inalcançável, e isso me instigava ainda mais. Mas provavelmente isso aconteceu porque você queria alcançar o outro da maneira errada. Muito absoluta. E o absoluto não existe. Sei que a vida e as relações humanas têm infinitas nuances, que em parte alguma o absoluto ou objetivo é válido, mas é preciso saber isso também no sangue, por dentro, não só na cabeça, tem que ser vivido. E aqui sempre volto ao mesmo ponto: as pessoas têm que exercitar isso a vida inteira, de maneira que, ao aceitar uma visão de mundo, também seja possível vivê-la nos sentimentos; essa talvez seja a única chance de obter uma sensação de harmonia.

[sexta] 21 de novembro [1941]

É interessante que nos últimos tempos eu esteja cheia de criatividade, com vontade de sentar e escrever um romance: *A garota que não sabia se ajoelhar*, ou algo assim, mas aí há aquela mulherzinha frágil, Levie, que me ocupa tanto, tanto mesmo, e de repente escrevo isto: como se tivesse sido picada por uma víbora, de súbito salto do forro azul do divã com meu estômago em ebulição; sim, o estômago. Enquanto estou cheia de problemas sobre ética, verdade e até sobre Deus, surge de repente um problema «alimentar». Talvez seja algo para uma análise. Vez ou outra, não mais com tanta frequência quanto antes, sinto indigestão, apenas por comer demais. Por um descontrole, portanto. Sei que tenho que tomar cuidado, mas de súbito surge uma espécie de gula, à qual nenhum argumento pode se sobrepor. Também sei que pagarei caro por esse pequeno prazer, ou o que seja, por essa garfada a mais, e mesmo assim não consigo parar. E logo acho que há um problema alimentar que deve ser investigado. No fim das contas, é apenas simbólico. Provavelmente também tenho essa gula na minha vida espiritual. De querer absorver tudo tão sofregamente, o que de vez em quando culmina em fortes indigestões.

Em algum lugar deve ser possível encontrar uma razão para isso tudo. E talvez tenha a ver com minha querida mãe, que sempre fala de comida, para ela não existe outra coisa. «Vamos, coma mais um pouco. Você não comeu o suficiente. Está muito magra.» Lembro-me de como, anos atrás, vi minha mãe comendo numa festa para donas de casa. Eu estava no balcão daquele pequeno teatro em Deventer. Minha mãe estava numa mesa comprida em meio a muitas senhoras. Ela usava um vestido de renda azul. E estava comendo. Estava inteiramente concentrada nisso. Comia com gula e submissão. Da maneira como ela estava ali, da maneira como de repente a observei do balcão, algo nela me tocou terrivelmente. Da maneira como estava ali, ela me provocava repulsa, e ao mesmo tempo senti uma enorme compaixão por ela. Não sei explicar.

Na sua gula existia uma espécie de medo de que fosse passar por privações na vida. Havia nela algo terrivelmente patético e ao mesmo tempo animalesco, repulsivo. Foi assim que a enxerguei. Na verdade era apenas uma dona de casa de vestido azul rendado tomando uma sopa. Mas, se eu conseguisse compreender tudo o que senti ao observá-la ali, então compreenderia muita coisa sobre minha mãe. O medo de que lhe faltasse algo na vida, e graças a esse medo no fim acaba lhe faltando tudo. Não alcança a realidade.

Em termos psicológicos, talvez se pudesse propor esta fórmula — escute só a leiga boba: tenho uma objeção à minha mãe que ainda não foi vencida e por isso faço exatamente as mesmas coisas que detesto nela. No fim das contas, não sou uma pessoa que se importa muito com comida nem com nada assim, embora comer tenha lá seu lado reconfortante e agradável. Mas não se trata disso. Que, por vontade própria e conhecimento de causa, ou melhor, contra meu conhecimento de causa, eu coma até passar mal, aí, sim, existe algo mais. Daí vem meu forte desejo pela ascese, por uma vida de mosteiro e pão integral, água límpida e fruta.

Uma pessoa pode ter fome de viver. Porém a gula pela vida a faz errar o alvo por um triz. Mas, enfim, sempre se podem dizer coisas profundas.

Acho interessante, no entanto, que, enquanto sou rondada pela mais densa poesia, que ainda não sabe como deve se expressar, sinto-me de súbito forçada a dedicar algumas palavras ao meu estômago e ao que pode estar por trás disso. Isso também surge, claro, por causa das conversas que tive nos últimos tempos com S., sobre as vantagens e desvantagens da análise. E em consequência daquela conversa com Münsterberger.[38] O que S. critica nos analistas é a falta de amor pelas pessoas. Seus interesses objetivos. «Não se pode curar uma pessoa perturbada sem amor.» E no entanto posso imaginar que problemas no estômago possam ser abordados de maneira puramente objetiva. S. também acha ruim que uma análise custe uma hora por dia, e às vezes durante anos. Ele acredita que assim a pessoa se torna inadequada para a vida em sociedade. Escrevo isso aqui de maneira muito superficial e imprecisa, claro. Não tenho mais tempo nem vontade de me prolongar. É um terreno tão difícil, e eu sou

---

38   Dr. Werner Münsterberger (1913-2011), psicanalista e historiador da arte alemão.

uma leiga tão insignificante. Mesmo assim essas coisas não saem da minha cabeça; mas em breve encontrarei meu caminho. Ai, ai, ai, quantos caminhos espinhosos ainda tenho que atravessar. E tenho que atravessar todos. E tenho só a mim mesma como referência e tenho que descobrir tudo por conta própria e deverei chegar a minhas próprias formulações e minhas próprias verdades. Às vezes amaldiçoo o fato de ter em mim forças criativas que me impelem até não sei o quê, mas algumas vezes elas me enchem de grande gratidão e de um quase êxtase. Esses ápices de gratidão por ser tão cheia de vida e também por ter em mim a capacidade de chegar à compreensão das coisas, ainda que seja da minha maneira, fazem com que a vida sempre valha a pena; de fato, tornam-se a cada vez os pilares nos quais minha vida se sustenta.

Mas agora as coisas estão querendo dar errado de novo. Talvez tenha algo a ver com o fato de Mischa estar outra vez na cidade. Eu realmente não sei.

Ah, querido Deus, é tanta coisa.

sábado de manhã [22 de novembro de 1941]

Desejo e ao mesmo tempo temo que chegue um momento na minha vida em que eu me encontre totalmente a sós com um pedaço de papel. Que então não faça nada além de escrever. Ainda não ouso fazer isso. Não sei por quê. Como quando estive com S. naquele concerto na quarta-feira. Se vejo muita gente reunida, quero escrever um romance. No intervalo, tive necessidade de um pedaço de papel para escrever qualquer coisa. Eu mesma ainda não sabia o quê. Tecer os próprios pensamentos. Em vez disso, S. me disse algo sobre um paciente. Algo bem interessante. E bizarro também. Mas tive que me segurar mais uma vez. Acertar as contas comigo mesma. Ter sempre a necessidade de escrever e não ousar fazê-lo. De qualquer forma, acho que cerceio muita coisa em mim. Às vezes penso que sou uma personalidade muito mais forte, mas para o exterior mostro o tempo todo a simpatia de costume, interesse, amabilidade, quase sempre a minha própria custa. A teoria é: uma pessoa deve ser social o bastante para que uma outra não seja importunada pelo seu estado de humor. Mas isso não tem nada a ver com humor. Pelo fato de cercear tanto a mim mesma, torno-me por outro lado antissocial, uma vez que por isso fico dias inteiros sem falar com ninguém.

Em algum ponto em mim há uma nostalgia e uma ternura, além de uma certa sabedoria, em busca de uma forma. Às vezes acontecem diálogos inteiros dentro de mim. Imagens e vultos. Estados de espírito. A descoberta repentina de uma coisa que se tornará minha verdade. Amor pelas pessoas, pelo qual será preciso lutar. Não na política ou num partido, mas dentro de mim. Há ainda, porém, uma falsa modéstia para expressá-lo. E aí há Deus. «A garota que não sabia se ajoelhar e no entanto aprendeu a fazê-lo num capacho áspero de um banheiro sujo.» Mas essas coisas talvez sejam ainda mais íntimas que as sexuais. Gostaria de retratar esse processo em mim, da garota que aprendeu a se ajoelhar, em todos os sentidos.

É uma bobagem. Claro que tenho bastante tempo para escrever. Mais tempo que outras pessoas, provavelmente. O problema é mais a insegurança interior. Por quê, afinal? Porque você pensa que tem que dizer coisas geniais? Porque você realmente não consegue dizer o que de fato importa? Mas isso vem passo a passo. Ser fiel a si mesmo. S. sempre tem razão. Gosto tanto dele, e ao mesmo tempo estou cheia de objeções a ele. E essas objeções estão vinculadas a coisas mais profundas, que eu mesma não consigo atingir.

domingo de manhã [23 de novembro de 1941], 10h

Interessante essa ligação entre determinados estados de ânimo e a menstruação. Ontem à noite, decididamente um ânimo intensificado. E esta noite, de repente, é como se toda a circulação sanguínea fosse diferente. Um estado de espírito completamente alterado. Você não sabe o que está acontecendo e então, de repente, reconhece: a menstruação iminente. Algumas vezes pensei: não quero mesmo ter filhos, por que então essa manifestação mensal sem sentido, que só traz desconforto, tem que continuar? E, num momento displicente e irrefletido, pensei se não poderia tirar o útero. Mas você precisa aceitar que foi criada assim, não pode simplesmente dizer que é inconveniente. Essa interação entre corpo e alma é tão misteriosa. Esses ânimos estranhos e sonhadores, mas também esclarecedores de ontem à noite e hoje de manhã, emanaram da mudança no meu corpo.

Respondi ao recém-surgido «transtorno alimentar» com um sonho esta noite. Houve um fragmento muito claro, ao menos é o que parece, mas, na hora de descrevê-lo, ele me escapa. Várias pessoas numa mesa, entre as quais eu, e S. na cabeceira. Então ele disse algo como: «Por que você nunca vai visitar outras pessoas?». Eu: «Pois é, é tão complicado com a comida». E então ele de repente me olhou com aquele seu jeito tão característico, cuja expressão eu precisaria de toda uma vida para conseguir descrever, uma expressão que faz quando está injuriado e que, na minha opinião, dá a seu rosto o semblante mais forte que ele pode ter. Li na sua face algo como: Muito bem, então você é assim, a comida é muito importante para você. E de repente tive uma sensação: agora ele me desvendou, agora ele sabe precisamente quão materialista eu sou. Não descrevi bem esse sonho, ele não é compreensível. Mas a sensação foi muito forte em mim: agora ele me desvendou, portanto agora me vê como realmente sou. E isso me assustou.

Algo da amplidão transfigurada desta noite ainda produz efeitos. Tranquilidade e de novo espaço para tudo. Mais ternura e afeição por Han. E não mais objeções a S. Nem contra aquele trabalho. De qualquer forma, seguirei meu próprio caminho. Um pequeno desvio como esse não é grave. Por que se apressar? «A vida amadurecia lentamente rumo à realização.» Uma sensação assim, às vezes. Bem que podia ser verdade. Este vasto e amplo dia é inteiro para mim. Vou deslizar bem devagar por este dia, sem nervosismo, sem pressa. Gratidão, de súbito uma gratidão muito consciente e intensa por este quarto claro e espaçoso com o largo divã, a escrivaninha com os livros, o homem tranquilo, maduro e ao mesmo tempo muito jovem. E ao fundo o amigo com a boca grande e bondosa, que não tem mais segredos para mim e que de improviso pode se tornar de novo tão misterioso. Mas acima de tudo a clareza e a tranquilidade, e também aquela autoconfiança. Como se eu, de repente, encontrasse uma clareira numa densa floresta, onde posso descansar deitada olhando para o vasto firmamento. Daqui a uma hora isso pode mudar novamente, eu sei. Sobretudo nesta situação precária, com as partes baixas em ebulição.

terça de manhã [25 de novembro de 1941], 9h30

Está acontecendo alguma coisa comigo e não sei se é apenas um estado de espírito ou se é algo mais substancial. É como se, com um puxão, eu tivesse retornado à minha própria base. Um pouco mais autônoma e independente.

Ontem à noite, indo de bicicleta pela fria e escura Lairessestraat, queria poder repetir o que andei resmungando em voz alta: Deus, toma-me em tuas mãos, irei obediente, sem muita resistência. Não me esquivarei de nada que me venha de encontro nesta vida, assimilarei tudo com os melhores esforços. Mas dá-me de vez em quando um breve instante de tranquilidade. Também não pensarei mais, na minha ingenuidade, que essa paz, se me acontecer, seja eterna, também aceitarei a inquietação e a luta que então virão de novo. Gosto de estar aquecida e em segurança, mas não serei rebelde se for exposta ao frio, desde que esteja em tuas mãos. Irei a qualquer parte levada por tuas mãos e tentarei não ter medo. Tentarei irradiar um pouco do amor, da verdadeira caridade, que há em mim onde quer que eu esteja. Mas você também não deve fazer alarde com esta palavra, «caridade». Você não sabe se a possui. Não quero ser especial, quero apenas tentar ser aquela que em mim ainda procura pleno desenvolvimento. Às vezes penso que anseio pelo isolamento de um convento. Mas é mesmo em meio às pessoas deste mundo que terei que buscar o que procuro. E é o que farei, apesar da aversão e do cansaço de quando em quando. Mas prometo que viverei esta vida ao máximo e seguirei em frente. Às vezes penso que minha vida está apenas começando. Que as dificuldades ainda estão por vir, ainda que eu por vezes acredite já ter combatido demais. Vou estudar e tentar entender, mas acho que sou obrigada a isso, deixar-me desorientar por tudo o que me venha e que aparentemente me tire do caminho em direção à minha pequena verdade, mas me deixarei desorientar todas as vezes, para talvez chegar a certezas maiores. Até que eu não possa mais ser desorientada e um grande equilíbrio seja atingido, no qual contudo todos os estremecimentos continuem possíveis.

Não sei se posso ser uma boa amiga para os outros. E, se, por minha natureza, não puder ser, também tenho que saber encarar. De qualquer forma, você não deve se iludir. E tem que saber ter moderação. E só você pode ser seu ponto de referência.

É como se eu fosse jogada diariamente num grande cadinho, e no entanto sempre consigo sair.

Às vezes há momentos em que penso: minha vida está toda equivocada, tem algo errado nela, mas isso só é assim quando na imaginação se tem um determinado tipo de vida que, em comparação com a vida que você realmente leva, a faz parecer equivocada.

É como se eu de repente também tivesse outra postura em relação a S. Como se tivesse me desprendido dele com um puxão, embora eu imagine estar desligada dele. Ou como se de repente compreendesse profundamente que minha vida será separada da dele por completo. Lembro-me de que, algumas semanas atrás, quando se falou que todos os judeus teriam que ir para um campo de concentração na Polônia, ele disse: «Então vamos nos casar, vamos ficar juntos e pelo menos ainda fazer algo de bom». E, embora eu soubesse exatamente como aquelas palavras deviam ser interpretadas, por alguns dias elas me encheram de alegria e de calor e de um sentimento de união. Mas esse sentimento agora passou. Não sei o que é, uma sensação súbita de ter me desprendido dele por inteiro e de seguir em frente no meu próprio caminho. É provável que ainda exista em mim todo tipo de energia investida nele. Ontem à noite, no frio daquela bicicleta, percebi sem querer, num rápido retrospecto, com que enormes intensidade e envolvimento de todo o meu ser devotei-me a esse homem, a seu trabalho e à sua vida durante meio ano. E agora acontece isso. Ele se tornou uma parte de mim. E vou em frente com essa nova parte em mim, mas sozinha. Por fora nada mudou, claro. Continuo sendo sua secretária e continuo interessada no seu trabalho, mas internamente estou mais livre.

Ou isso tudo é só um estado de espírito? Surgiu, acredito, por ocasião daquele gesto muito autônomo da minha parte de ir até o telefone e, por conta própria, sem que ele soubesse, ligar para aquela senhora e dizer: não mesmo, este não é meu caminho. Quando de repente há algo em você que é mais forte do que você mesma e a faz realizar «ações» e tomar medidas às quais você é obrigada, para as quais se sente chamada, então de súbito você também fica mais forte. E também quando repentinamente pode dizer com grande certeza: este não é meu caminho.

A relação da literatura com a vida. Encontrar meu próprio caminho nesse terreno.

sexta de manhã [28 de novembro de 1941], 8h45

Ontem à noite tive a sensação de que deveria lhe pedir desculpas por todos os pensamentos feios e sediciosos que tive contra ele nos últimos dias. Aos poucos aprendo que, quando alguém tem dias de aversão a seus entes mais próximos, isso pode se referir a uma aversão a si mesmo. «Ama o próximo como a ti mesmo.» Também sei que sempre se trata de algo em mim, e não nele. Simplesmente temos ambos ritmos de vida muito diferentes e é preciso deixar cada um livre para ser como é. Quando queremos moldar outra pessoa conforme nossa concepção, vamos sempre de encontro a um muro e nos frustramos continuamente, não com o outro, mas com as exigências que impomos ao outro. Isso é estúpido e de fato muito antidemocrático, mas é humano. O caminho para a verdadeira liberdade talvez passe pela psicologia, nunca é demais refletir sobre isso, sobre a necessidade de se libertar interiormente do outro, deixar o outro livre, buscando não criar uma ideia preconcebida na nossa fantasia. Ainda sobram grandes áreas para a fantasia, suficientes, sem que seja preciso deixá-la recair nas pessoas a quem se ama.

Ontem à tarde fui de bicicleta ao seu encontro, com uma sensação de: estou sem vontade; sem exagero, sinto-me acabada. De repente, na esquina da Apollolaan com a Michelangelo, tive a necessidade urgente de anotar algo num bloquinho. E lá estava eu a escrevinhar no frio. Sobre como há tantos cadáveres espalhados pela literatura e como isso é curioso. Tantas mortes frívolas, além do mais. Enfim, foi uma bobagem, como tantas vezes acontece quando surgem pensamentos grandiosos na nossa mente, e então irrompem umas garatujas incoerentes em algumas linhas azuis na esquina de duas ruas, no frio. Entrei na casa de S., naquela salinha tão familiar, para a qual ele é quase um colosso. Gera estava lá, cochichamos um pouco, de maneira que ele, com seu ouvido surdo, não escutasse, e tive novamente aquele sentimento de conforto em mim. Então, embora me sentisse tão «acabada», comecei a jogar meu casaco, chapéu, luvas, bolsa, bloco de anotações, tudo pra lá e pra cá pela sala, para a diversão estarrecida de S. e Gera, que perguntaram o que havia acontecido. Ao que respondi: Estou sem ânimo para trabalhar, quero sabotar esta sessão, e é um milagre que os vasos de flores não voem do peitoril da janela aos cacos. Visivelmente, minha explosão fez bem a Gera. Porque explodi de uma maneira como ela provavelmente muitas vezes desejou, mas não se atrevia a fazer diante de S. «Muito bem», ela disse, e na minha rebeldia eu talvez tenha expressado uma insubordinação que ela também deve ter de vez em quando contra ele, a mesma que de tempos em tempos as pessoas sentem em relação a personalidades muito mais fortes.

Uma pessoa não deve nunca pensar antecipadamente, nem mesmo cinco minutos antes: agora vou ser assim e assado, e daqui a pouco vou dizer aquilo. Eu tinha planejado tudo o que diria a ele. «Coisas essenciais.» E acertar as contas com a quirologia etc. Tão severa e tão grave. E, pouco antes de ir até ele, meu estado de espírito era tal que eu não queria dizer mais nada.

E, assim que Gera saiu, de repente me envolvi numa luta-relâmpago com ele, atirei-o no divã depois de um breve combate, quase o matei ali, e em seguida tínhamos que trabalhar duro. Mas em vez disso S. de repente se sentou na larga poltrona reclinável no canto, tão lindamente encapada por Adri, e eu, como de costume, fiquei mais uma vez jogada a seus pés e de súbito nos envolvemos num debate apaixonado sobre a questão judaica. E, escutando-o, era como se eu bebesse de novo de uma fonte de energia. E num piscar de olhos vi outra vez com clareza aquela vida dele, que se desenvolve de maneira frutífera dia a dia, expondo-se diante de mim, já não distorcida pela minha própria irritabilidade.

Ultimamente tem acontecido, por vezes, de uma frase da Bíblia se iluminar para mim de maneira clara, nova, rica em conteúdo e significado. Deus criou o ser humano à sua própria imagem — «Ama o próximo como a ti mesmo» etc.

Também devo finalmente enfrentar de uma vez, com energia e amor, a relação com meu pai. Mischa me avisou da chegada dele no sábado à noite. Primeira reação: apavorante. Ameaçada na minha liberdade. Que difícil. O que vou fazer com ele? Em vez de: que ótimo que esse homem bom estará por alguns dias longe da sua esposa conturbada e daquela cidadezinha morta. Como posso, com minhas forças e recursos limitados, tentar tornar tudo o mais agradável possível para ele? Que megera canalha, detestável e preguiçosa eu sou. Isso mesmo. Sempre pensando primeiro em si mesma. No seu precioso tempo. Que no fim você só usa para encher essa sua cabeça oca com mais sabedoria livresca. «E de que me serve tudo, se não tenho Amor.» Uma teoria adorável para dar a si mesma uma sensação de conforto e sentimentos nobres, mas, para na prática realizar o menor ato de amor, você se apavora. Não, esse não é um pequeno ato de amor. É algo fundamental e significante e difícil. Amar seus pais profundamente. Quer dizer, perdoá-los por todas as dificuldades que, apenas por existirem, eles lhe causaram: em vínculos, aversões, no fardo das suas próprias vidas complicadas, que se soma à sua, já bastante difícil. Acho que estou escrevendo as coisas mais idiotas. Enfim, não tem problema. E agora tenho que ir arrumar de uma vez por todas a cama de Pa Han e preparar a aula para minha aluna Levie etc. Mas, em todo caso, esse é um assunto para este fim de semana: ter realmente um profundo amor pelo meu pai e perdoá-lo por vir me tirar do meu sossego. No fim das contas, eu o amo muito, mas esse é, ou melhor, era, um amor complicado: afetado, forçado, e tão misturado com compaixão que quase partia meu coração. Mas uma compaixão que se tornou masoquista. Um amor que levou a excessos de compaixão e sofrimento, mas não a um simples ato de amor. Sim, houve muita cordialidade e lisonjas, mas foi tão pesado que cada dia que ele ficou aqui me custou um tubinho inteiro de aspirinas. Mas isso tudo já passou, ficou lá atrás. Nos últimos tempos as coisas estavam bem mais normais. Mas sempre com um sentimento de ansiedade. E com isso certamente havia em mim uma sensação de incômodo com sua vinda. E é disso que agora tenho que perdoá-lo no meu íntimo. Pensar e também realmente acreditar: que ótimo ele sair um pouco. Veja só, essa foi uma bela oração matinal.

domingo [30 de novembro de 1941], 10h30

Não há espaço suficiente aqui dentro para destinar um lugar às muitas contradições, minhas e desta vida. No momento em que aceito uma coisa, sou infiel a outra.

Sexta à noite, diálogo entre S. e L. — Cristo e os judeus. Duas filosofias de vida, ambas claramente delineadas, muito bem documentadas, concluídas, defendidas com paixão e agressividade. Ainda assim, tenho sempre a sensação de que em qualquer filosofia de vida defendida conscientemente há certa dose de engano. Que a todo momento ocorre violação em detrimento da «verdade». E no entanto eu mesma preciso e quero lutar por isso, por um espaço de contornos próprios, primeiro conquistado de modo sangrento, depois defendido com paixão. No fim, vem de novo a impressão de estar em falta com a vida. Mas temo, de outra forma, naufragar na imprecisão, na incerteza e no caos.

De qualquer maneira, depois daquele debate fui para casa com um sentimento muito vivaz, estimulante. Mas há sempre em mim uma reação do tipo: será que isso tudo não é realmente bobagem? Por que as pessoas se preocupam tanto e de forma tão ridícula? Não estão enganando a si mesmas? Isso sempre transparece em segundo plano.

Então meu pai chegou. Esperado com tanto amor, um amor estudado. No dia anterior, depois daquela revigorante oração matinal, senti-me liberta, feliz, leve. Quando ele chegou, meu paizinho, quase desamparado, com um guarda-chuva que não era o seu e cachecol xadrez novo e muitos sanduíches embrulhados, então surgiram novamente o embaraço, o encolhimento das forças, a inibição e um enorme sentimento de tristeza. Ainda à luz da discussão da noite anterior, havia rejeição em relação a ele. E o amor não ajudava. Aliás, tinha desaparecido. Murchado por completo, muito estranho. De novo caos e confusão em mim. Algumas horas de crise e recaída, como nos piores momentos. Com isso pude avaliar outra vez, por um instante, o quanto alguns períodos do passado foram difíceis. Encolhida na minha cama de tarde. Achando a vida de todas as pessoas um grande calvário etc. Muito extenso para escrever a respeito.

Então uma relação ficou clara. Meu pai, em idade avançada, recobriu todas as suas inseguranças, dúvidas, talvez também complexos de inferioridade meramente físicos, dificuldades que não conseguiu resolver no seu casamento etc. etc. com um comportamento filosófico que é perfeitamente legítimo, gentil, cheio de humor e muito sagaz, mas ainda muito vago, apesar de toda a perspicácia. Sob sua filosofia, que minimiza tudo, que olha apenas para o anedótico, sem se aprofundar nas coisas, embora ele saiba que há profundidades, ou talvez justo por saber disso, saber quão imensuravelmente profundas são as coisas, e por isso já de antemão desistir de alcançar clareza. Sob a superfície dessa filosofia de vida resignada que diz: «Ah, quem é que sabe, de qualquer modo o caos se escancara». E é o mesmo caos que me ameaça, de que preciso escapar, no qual devo distinguir minha missão de vida e no qual sempre volto a incorrer.

E, na verdade, as menores expressões do meu pai, as expressões de resignação, de humor, de dúvida, apelam a algo em mim, algo que tenho em comum com ele, mas que ainda tenho que desenvolver mais.

Portanto, aquele debate esclarecedor da noite passada, tendo por trás, sem dúvida, todas as minhas reações de sempre: não será tudo bobagem? E esse ruído de fundo, quase inaudível, de repente é amplificado pela intromissão do meu pai no meu mundo. E com isso obviamente essa resistência contra ele; fico paralisada e impotente. Não tem de fato nada a ver com meu pai. Quer dizer, com sua pessoa, sua muito querida, tocante e amável pessoa. É, na verdade, um processo meu. A relação entre gerações. Pelo seu caos, pela sua falta de tomada de posição em relação às coisas, agora sou obrigada a me formar por meio de um posicionamento, por um confronto com as coisas, embora toda vez seja acometida por um: não será tudo bobagem?, ah, pois é, crianças, a vida é assim mesmo. Etc. etc.

Quando a relação se tornou clara, minhas forças voltaram e o amor também, e aquelas poucas horas de horror foram mais uma vez superadas.

quarta de manhã [3 de dezembro de 1941], 8h, no banheiro

Acordei no meio da noite. E de repente me lembrei de que tinha sonhado, muito e com grande significado. Esforcei-me intensamente por alguns minutos para rememorar o sonho. Ávida. Tinha a sensação de que o sonho também era um pedaço da minha personalidade, que me pertencia, sobre o qual eu tinha direito, que eu não podia deixar escapar, que eu tinha que saber para me sentir uma personalidade bem--acabada e inteira.

Acordei de novo às cinco da manhã. Enjoada e um pouco zonza. Ou seria apenas minha imaginação? Em seguida, durante cinco minutos senti passarem por mim todos os medos de todas as jovens que sem mais nem menos, para espanto delas, esperam um filho que não desejaram.

Acredito que sou completamente desprovida de instinto materno. Justifico isso a mim mesma da seguinte maneira: de modo geral, considero a vida um grande calvário e todas as pessoas seres infelizes, e não posso, perante mim mesma, assumir a responsabilidade de adicionar à humanidade mais uma criatura infeliz.

Mais tarde, obtive alguns méritos imortais para a humanidade:

Nunca escrevi um livro ruim nem tenho peso na consciência por haver mais um infeliz caminhando neste planeta.

Ajoelho-me de novo no áspero capacho, com as mãos no rosto, e peço: Ó Senhor, permite-me ser tomada por um sentimento grande e único. Permite-me realizar com amor os milhares de pequenas tarefas diárias, mas permite que cada pequeno gesto venha de um sentimento grande, central, de solicitude e amor. E então na verdade não importa o que se faz e onde se está. Mas por enquanto ainda estou bem longe disso.

Vou tomar uns vinte comprimidos de quinino hoje, estou me sentindo um pouco estranha ali, abaixo do diafragma.

sexta de manhã [5 de dezembro de 1941], 9h

Ontem de manhã, caminhando pela neblina, de novo aquela sensação de: cheguei ao limite, realmente, tudo já foi visto, já vivi tudo, por que ainda continuo a viver, afinal, já sei tudo, jamais poderei ir além do que já fiz, os limites estão se tornando muito estreitos e além do limite só há o manicômio. Ou a morte? Mas nisso eu ainda não cheguei a pensar. O melhor remédio: estudar um fragmento de gramática duro de roer ou dormir.

Minha única satisfação nesta vida: me perder num trecho de prosa, num poema que eu tenha que conquistar sangrando, palavra a palavra. Um homem não é o essencial para mim. Será talvez porque sempre houve tantos homens ao meu redor? Às vezes é como se eu estivesse saturada de amor, mas de uma boa maneira. A vida na verdade foi muito boa para mim, sempre, e ainda é. Às vezes é quase como se eu estivesse além do estágio «Eu» e «Você». Fácil dizer uma coisa dessas depois de uma noite assim. E, agora, meus queridos pezinhos em água quente. Até essa complicação com uma criança que ainda não nasceu é algo irreal para mim. Vai dar tudo certo.

à tarde, 4h45

O que importa agora é não me deixar dominar por isso que está me acontecendo. De uma maneira ou outra, isso tem que permanecer secundário. Quero dizer: na verdade não se pode jamais se deixar paralisar inteiramente por uma coisa, por mais grave que seja. A grande corrente da vida deve sempre continuar.

Toda vez me dou um puxão de orelha e digo: agora você tem que preparar aquela lição para amanhã e hoje à noite tem que começar *O idiota*, de Dostoiévski, não como um capricho, e sim porque você tem que trabalhar este livro continuamente. Como uma operária. E, entre uma coisa e outra, ocasionalmente me jogar da escada e fazer rituais com água quente. Ao mesmo tempo há a sensação de que existe um segredo em mim do qual ninguém sabe. Afinal isso também é tomar parte em um acontecimento elementar.

E então eu mesma constato, numa situação sempre um tanto embaraçosa, que esse é sem dúvida um forte sentimento de: não me deixar abater por isso. Vou cuidar para que fique tudo bem. E ficará tudo bem. Continue trabalhando com tranquilidade, não desperdice suas forças.

Fiz uma caminhada curta e vigorosa com S. às duas horas. Ele tinha de novo algo radiante e juvenil. Um verdadeiro amor ao próximo irradia dele por todos poros, também um pouco sobre mim, e eu irradio de volta. Crisântemos brancos. Tão nupcial. Intimamente, sou de fato fiel a ele. E também sou fiel a Han. Sou fiel a todo mundo. Caminho pela rua ao lado de um homem, com flores brancas que são como um buquê de noiva, e olho radiante para ele e há doze horas eu estava nos braços de outro homem e o amava e o amo.

É de mau gosto? É pervertido?

Para mim está tudo perfeitamente em ordem. Talvez porque o físico para mim não seja tão essencial, não mais. É outro amor, mais amplo. Ou estou tentando me enganar? Sou vaga demais? Também nos meus relacionamentos? Não sei. Como é que de repente cheguei a essa lenga-lenga que não tem nada a ver com nada?

sábado de manhã [6 de dezembro de 1941], 9h30

Primeiro, me paparicar um pouco para ganhar ânimo para este dia. Hoje cedo, ao acordar, senti por um instante aquela forte angústia, uma agitação nefasta, livre de qualquer sensacionalismo. O que, afinal, não é pouco.

Tenho a sensação de estar tentando salvar a vida de uma pessoa. Não, isso é ridículo: salvar a vida de uma pessoa mantendo-a com toda violência fora desta vida. Quero poupar alguém de entrar nesse vale de lágrimas. Vou deixá-lo na segurança de não ter nascido, serzinho em gestação, e seja-me grato por isso. Sinto quase ternura por você. Vou atacá-lo com água quente e instrumentos horríveis, vou combatê-lo paciente e constantemente, até que você se dissolva no nada, e então terei a sensação de ter realizado uma boa ação e de ter agido de maneira responsável. Não posso mesmo dar força suficiente a você, e doenças muito perigosas rondam minha sofrida família. Quando Mischa foi levado à força da última vez para uma instituição, totalmente confuso, e presenciei todo o tumulto, jurei a mim mesma que jamais permitiria que saísse do meu ventre uma pessoa tão infeliz.

Tomara que não dure muito. Ou então ficarei com muito medo. Passou apenas uma semana e já estou cansada e combalida por causa de todas essas medidas. Mas vou impedir sua entrada nesta vida e disso certamente você não terá nenhuma queixa.

sexta de manhã [12 de dezembro de 1941], 9h

As pessoas reclamam muito da escuridão de manhã. Mas às vezes é minha melhor hora: quando o dia que começa surge cinza e silencioso através das minhas pálidas vidraças. Há então um ponto de luz brilhante em todo esse acinzentado silente, minha pequena luminária, que ilumina a grande superfície preta da minha escrivaninha. Na verdade, essa foi minha melhor hora na semana passada. Eu estava absorta em *O idiota*, traduzi de modo muito solene algumas linhas num caderno, fiz uma breve anotação, e num instante eram dez horas. Então uma sensação de: sim, é dessa maneira que você deve estudar, assim está bom.

Hoje de manhã senti uma grande tranquilidade em mim. Como uma tempestade que passou. Percebo que essa sensação sempre volta. Após dias de vida interior incrivelmente intensa e busca por clareza, e dores de parto sobre frases e pensamentos que ainda estão longe de querer nascer, e de me impor grandes exigências, e achar que o mais importante e necessário é encontrar sua pequena forma própria etc. etc. Eis que num piscar de olhos isso tudo é de novo eliminado e um cansaço benéfico toma conta do meu cérebro, e então volta a diminuir, e depois surge quase uma espécie de suavidade sobre mim, também em relação a mim mesma; sou tomada por um adormecimento, que faz com que a vida me resulte mais tênue e, com frequência, mais amistosa também. E há uma reconciliação com a vida. E ainda: não que eu queira ou necessite de algo especial, a vida é grande, boa, interessante e eterna, e, quando se dá ênfase demais a si mesmo e se debate e se enfurece, então se perde a grande, poderosa e eterna corrente que é a vida. Esses são realmente aqueles momentos — sou tão grata por eles — em que todos os empenhos pessoais deixam de ser importantes, em que minha compulsão por conhecimento e sabedoria se acalma, então um pequeno pedaço de eternidade surge de improviso, batendo suas asas largas sobre mim.

Eu já sei e sei, como sei, que esse estado de espírito não permanece. Daqui a meia hora talvez já tenha desaparecido de novo, mas então já terei extraído forças outra vez. E, se agora a suavidade e a amplidão me envolvem, porque tomei seis aspirinas ontem por causa de uma forte dor de cabeça ou por causa da performance inquietante de Mischa ontem à noite e da cantiga de ninar de Brahms, ou por causa do semblante amável e lívido de S., que de repente se reavivou com a interpretação de Mischa, ou por causa do corpo quente de Hans esta noite, no qual me enterrei completamente, vá lá saber, o que importa?

Esses cinco minutos ainda são meus. O relógio bate às minhas costas. Os ruídos em casa e na rua são como uma arrebentação distante. Uma lâmpada redonda, branca, na casa dos vizinhos da frente, irrompe na palidez desta manhã chuvosa. Sinto-me aqui, nessa grande superfície preta da minha escrivaninha, como que numa ilha deserta. A jovem morena marroquina[39] olha fixamente para a manhã cinzenta lá fora,

---

39   Etty tinha pendurada sobre sua escrivaninha a fotografia de uma jovem marroquina.

com aquele olhar sério, tristonho, ao mesmo tempo animalesco e sereno. E que diferença faz se eu estudo uma página a mais ou a menos de um livro? O que importa é escutar o próprio ritmo que há em você e tentar viver de acordo com esse ritmo. Ouça o que emerge de você. Muito do que você faz é uma forma de imitação, ou então responde a obrigações inventadas, ou representações falsas de como uma pessoa deve ser. A única certeza de como se deve viver e o que se deve fazer só pode emergir das fontes que borbulham lá no fundo de si mesmo. E digo agora muito humilde e agradecida e honestamente, embora eu saiba que ficarei outra vez indócil e irritadiça: Meu Deus, agradeço-te por teres me criado assim, como sou. Agradeço-te por isso, por poder ser tão repleta de amplidão, e essa amplidão não é mais que estar preenchida por ti. Prometo-te que toda a minha vida será empenhada em chegar a essa bela harmonia e também à humildade e ao verdadeiro amor, cujo potencial sinto em mim nos meus melhores momentos.

E agora tirar a mesa do café da manhã e preparar a aula para Levie um instante e pintar um pouquinho o rosto.

domingo de manhã [14 de dezembro de 1941], 9h

Ontem à noite, pouco antes de ir para a cama, eu de repente estava de joelhos no meio dessa sala grande, entre as cadeiras de metal e sobre o tapete claro. Assim, sem mais nem menos. Compelida ao chão por alguma coisa mais forte que eu. Um tempo atrás, disse a mim mesma: vou me empenhar para ajoelhar-me. Eu ainda me envergonhava muito desse gesto, que é tão íntimo quanto os gestos de amor, sobre os quais também não se pode falar quando não se é poeta.

«Às vezes tenho a sensação de ter Deus em mim», disse certa vez um paciente a S., «quando ouço a *Paixão segundo São Mateus*, por exemplo.» E S. respondeu mais ou menos o seguinte: «Nesses momentos há uma ligação absoluta com as forças criadoras e cósmicas que atuam em cada pessoa. E essa força criadora é afinal uma parte de Deus, é preciso apenas ter a coragem de dizer isso».

Estas palavras já me acompanham há semanas: é preciso ter a coragem de dizer. Ter a coragem de dizer o nome de Deus. S. me disse uma vez que havia demorado muito tempo até que ousasse dizer o nome de Deus. Como se ele ainda achasse algo ridículo nisso. Embora ele tivesse fé. «E à noite eu também rezo, rezo pelas pessoas.» E eu perguntei, insolente e impassível como sempre, agora querendo saber tudo: «E o que o senhor pede nas suas orações?». Ele então foi tomado por uma timidez, e esse homem, que sempre tem uma resposta límpida e clara para minhas perguntas mais sutis e íntimas, disse muito acanhado: «Isso não lhe digo. Por ora ainda não. Mais tarde».

Pergunto-me como é possível que essa guerra e tudo o que se relaciona a ela me comovam tão pouco. Talvez por ser minha segunda guerra mundial? A primeira eu vivi, aguda e intensamente, por meio da literatura do pós-guerra. Toda a revolta, repulsa, paixão, debates, justiça social, luta de classes etc. etc., já passamos por tudo isso uma vez. Começar uma segunda vez, não dá. Vira um clichê. De novo, cada país rezando por sua justa vitória particular, de novo os muitos lemas, mas agora que vivemos isso pela segunda vez é ridículo demais e insípido demais para entusiasmar ou provocar paixão. Ontem à noite disse a Hans, que tem 21 anos, no meio de uma conversa: Isso acontece porque a política realmente não é o mais importante na vida. E ele: Você não precisa falar sobre isso o dia inteiro, mas é, sim, o mais importante. Entre os seus 21 e os meus 27 anos existe, afinal, toda uma geração.

São nove e meia da manhã agora, Han está ali, roncando de leve, como de costume, bem atrás de mim, no quarto indefinido. A manhã de domingo nublada, silenciosa, está se transformando num dia iluminado, e o dia ainda se transformará em noite, e eu me transformo junto. Nesses três últimos dias foi como se eu passasse por anos de um processo contínuo de transformação.

E agora volto obediente e disciplinada para a tradução e a gramática russa.

às 2h da tarde

De repente encontrei, ao catalogar a biblioteca de S., *O livro das horas*, de Rilke!

quarta [17 de dezembro de 1941] à noite

Ruth[40] recebe presentes de amantes do teatro numa pequena cidadezinha alemã, e Hertha os recebe de prostitutas, numa banquinha de livros, num parque de Londres. A loira estrela de operetas tem 22 anos e a melancólica garota morena tem 25; a segunda é a futura mãe da primeira. E a verdadeira mãe está «noiva» de um homem de 25 anos e age como se tivesse a mesma idade. E o ex-marido, pai e futuro esposo,

---

40   Filha de Spier.

vive em dois pequenos cômodos em Amsterdã, lê a Bíblia e tem que se barbear todos os dias, e os muitos seios femininos ao redor dele são tantos quantos os frutos num rico pomar, e para colhê-los basta estender suas garras ávidas. E a secretária russa tenta obter uma imagem disso tudo. Cresce uma amizade que ramifica cada vez mais suas raízes no seu coração inquieto. Ela ainda o trata por senhor, mas talvez isso recrie a cada vez a distância certa para manter a visão do todo. O sentimento tolo e apaixonado de querer «desvanecer» nele já desapareceu faz tempo, tornou-se ajuizado. A ideia de se «desvanecer» numa pessoa sumiu da minha vida, restou talvez um desejo de esvair-me em Deus ou num poema.

O grande crânio da humanidade. O poderoso cérebro da humanidade e o grande coração da humanidade. Todos os pensamentos, não importa quão contraditórios, afinal vêm deste grande cérebro: o cérebro da humanidade, de toda a humanidade. Eu o sinto como um grande todo, e talvez por isso de vez em quando venha aquele enorme sentimento de harmonia e paz, apesar das muitas contradições. É preciso conhecer todos os pensamentos e ser atravessado por todas as emoções para saber tudo o que foi incubado naquele crânio imensurável e o que trespassou aquele grande coração.

E assim é a vida, um salto de um momento de libertação a outro. E eu talvez devesse procurar frequentemente minha libertação num trecho de prosa ruim, assim como um homem em grande necessidade às vezes procura o que se chama em termos figurados de «puta», porque às vezes se clama por libertação, não importa como.

segunda à tarde [22 de dezembro de 1941], 5h

Conheço seus gestos íntimos em direção às mulheres e agora também gostaria de conhecer os gestos com que ele se dirige a Deus. Ele reza toda noite. Será que se ajoelha no meio daquele quartinho? E será que esconde sua face circunspecta atrás daquelas grandes, bondosas mãos? E o que ele diz então? E será que se ajoelha antes de tirar a dentadura da boca ou depois? Daquela vez em Arnhem: «Um dia lhe mostro como fico sem dentes. Fico parecendo muito velho e muito 'sábio'».

Da garota que não sabia se ajoelhar. Hoje de manhã, durante o amanhecer cinzento, lutando contra a insatisfação, de repente me vi no chão, ajoelhada entre a cama sem lençóis de Han e minha máquina de escrever, encolhida, com a cabeça no chão. Um gesto às vezes para forçar a serenidade. E, quando Han entrou e olhou um tanto espantado aquela cena, eu disse que estava procurando um botão. Mas essa última parte não é verdade.

E Tideman, a ruiva robusta de 35 anos, que com uma voz límpida e clara disse naquela noite fatídica: «Está vendo, nisso eu sou como uma criança; quando tenho algum problema, me ajoelho no meio do meu quarto e pergunto a Deus o que devo fazer». Ela beija como uma adolescente imatura, S. me demonstrou uma vez, mas seus gestos para com Deus são maduros e seguros.

Muitas pessoas são presas demais, muito fixadas nos seus pontos de vista, e sendo assim, em sua maneira de educar, acabam prendendo seus filhos também. Por isso há muito pouca liberdade de movimento. Na nossa família era justamente o contrário. Tenho a impressão de que meus pais foram completamente dominados, e são cada vez mais, pela interminável complexidade desta vida, e que nunca puderam fazer uma escolha. Deram uma liberdade de movimento grande demais a seus filhos, não tinham como oferecer um porto seguro, porque eles mesmos nunca encontraram um porto seguro, e jamais puderam contribuir para a nossa formação porque eles mesmos nunca tiveram uma formação. E sempre vejo de novo e mais claramente nossa missão: dar a oportunidade para que seus talentos desafortunados, errantes, que não puderam ganhar forma ou quietude, cresçam, amadureçam e encontrem sua forma em nós.

Como reação à falta de formação deles, em que não há amplitude, mas desleixo e insegurança, má gestão, «por assim dizer», talvez de vez em quando, embora não mais nos últimos tempos, houvesse um esforço nervoso por coesão, definição, sistematização. Mas a única coesão boa é aquela que encerra em si todos os opostos e momentos de irracionalidade; de outra forma é de novo nervosismo e prisão, que agridem a vida.

terça de manhã [30 de dezembro de 1941], 10h

A sensação ao acordar em Deventer era assim: eu me encravava na manhã gelada, determinada e perspicaz.

Apenas algumas palavras, mais pela ideia de estar visitando a mim mesma por alguns instantes junto a essa fiel luminária. Algumas coisas mundanas. Percebo que para mim é melhor levantar cedo. E ainda acho quase heroico usar aquela água fria. Na verdade, sou uma pessoa muito saudável; a questão, no meu caso, é o equilíbrio mental; o resto funciona bem por si. O café da manhã agraciado com uma

119

coxa de frango. Querida *mamushka* que manifesta todo o seu amor em coxas de frango e ovos cozidos.

Aquele trem para Deventer. Quando vejo tantos rostos ao meu redor, tenho vontade de escrever um romance — Abelardo e Heloísa. A vasta paisagem, pacífica e um pouco triste também; olhei pela janelinha e era como se eu atravessasse a paisagem da minha própria alma. Paisagem da alma. Tenho muito isso, como se a paisagem externa fosse um reflexo da interior. Quinta à tarde passei ao longo do Issel. Paisagem luminosa, vasta e clara. Também uma sensação de caminhar pela própria alma. Que jeito repugnante de dizer as coisas. Fique quieta.

Mãe. De repente aquela onda de amor e compaixão, que leva embora todas as pequenas irritações. Cinco minutos mais tarde, irritada de novo, claro. Mas depois, no fim da tarde ou à noite, outra vez uma sensação de: talvez chegue um momento, quando você for bem velha, em que estarei um pouquinho com você, e então lhe explicarei tudo o que existe dentro de você para, assim, eliminar sua aflição, pois começo muito lentamente a entender como você é.

Mãe, que num determinado momento disse: «Sim, no fundo sou religiosa». Tia Piet[41] há alguns dias disse quase o mesmo, aqui em frente à lareira: «No fundo eu sou religiosa». Este *no fundo* é que é a questão. Ensinar as pessoas a deixar de lado o *no fundo* e a ter coragem de dizer *sim* a seus sentimentos mais íntimos. O que querem dizer com este *no fundo*?

Sou agradecida, ainda não consigo encontrar as palavras para dizer quão agradecida, por conviver com ele no melhor momento da sua vida. Agradecida não é a palavra certa.

---

41   Petronella Smelik.

quarta [31 de dezembro de 1941], 8h da noite

Aquele cara dos pulmões caçoou dele por causa da sua larga caixa torácica. A tudo que ele perguntava, se tinha tosse ou catarro e Deus sabe mais o quê, S. dizia repetidas vezes: «Infelizmente não posso ajudá-lo». A primeira coisa que disse quando retornou à sala de espera: «Tenho que ir imediatamente para Davos». Insisti então que todo o harém fosse junto.

«Isso mesmo, a Suíça agradecerá.» Na rua, zombei dele sem cessar. E ele, ameaçador: «Espere só até sexta-feira, até as chapas de raio x». Com grande dificuldade, conseguimos três limões avulsos numa carreta, pagando dez cêntimos por unidade, em vez dos sete estabelecidos. E tínhamos muita vontade de comer torta com creme. E lá estávamos nós de novo a vagar pelas ruas, eu enroscada de maneira complicada no seu braço, com o gorro de cossaco torto na minha cabeça, e ele com aquela boina alpina esquisita sobre a paisagem antiga e lívida, como um bobo casal apaixonado. E agora já são quase oito e meia. A última noite de um ano que para mim foi o mais rico e frutífero e, sim, também o mais feliz de todos os precedentes. E, se eu tivesse que dizer numa única palavra por que este ano — a partir de 3 de fevereiro, quando timidamente toquei a campainha do número 27 da Courbetstraat e um cara assustador, com uma antena na cabeça, olhou para as minhas mãos —, então essa palavra seria: por causa da grande conscientização. Conscientização, e graças a isso ter à disposição as mais profundas forças em mim mesma. Antes eu também pertencia ao grupo de pessoas que de vez em quando tinham a sensação: sim, *no fundo* sou *sim* religiosa. Ou algo assim, positivo. E agora às vezes tenho que ajoelhar sem mais nem menos junto à minha cama, mesmo numa noite de inverno, no frio. Este ouvir o que vem de dentro. Este deixar-se guiar, não mais pelo que vem de fora, mas pelo que emerge de dentro. Ainda é só um começo. Eu sei. Mas já não é um começo titubeante, já é fundamentado.

Agora são oito e meia, um aquecedor a gás, tulipas amarelas e vermelhas, um chocolatinho Droste inesperado da tia Hes[42] e três pinhas dos campos de Laren, que ainda estão largadas perto da jovem marroquina e de Pushkin.

Sinto-me tão normal, tão demasiado normal, e bem, tão sem aqueles terríveis pensamentos profundos e aflitivos e sentimentos pesados, mas tão inteiramente normal, porém cheia de vida e muito profunda, mas uma profundidade que também é sentida como algo «normal». No mais, a salada de salmão que está pronta para hoje à noite ainda merece ser mencionada. E agora faço chá, tia Hes faz um casaquinho de crochê e Pa Han mexe numa máquina fotográfica, ah, por que não todos?; dentro dessas quatro paredes ou dentro de outras quatro, o que importa? O essencial está em outras coisas. E espero conseguir avançar em Jung esta noite.

7 de janeiro de 1942, quarta à noite, 8h

Hoje à tarde, ao longo do canal coberto de neve, após a inesperada sessão no Conselho Judaico: «Percentualmente, estou muito menos convencido do meu conhecimento que do conjunto das minhas qualidades humanas».

E, mais tarde, cada um se segurando a uma alça de apoio no bonde 24: «Foi bom que estivesse lá; a senhorita sempre me encoraja, porque sente grande empatia por tudo,

---

42   Hes Wegerif, irmã de Han.

e eu sou realmente um homem que precisa de um público, por assim dizer».

Tenho em algum lugar dentro de mim a pretensão de que devo formular algo muito espirituoso, impressionante e especial, ou então é melhor não dizer nada. E por isso nunca consigo escrever nenhum tipo de pequeno acontecimento cômico, porque não quero arriscar ser «sem graça» nem para mim mesma. Mas pelo menos uma vez vou me forçar a escrever de maneira absolutamente primária o ocorrido hoje à tarde, apenas os simples fatos. Embora simples fatos na verdade não existam em relação a S., porque a atmosfera que emana dele sempre exerce um papel importante.

Portanto: tínhamos que estar às quatro e meia no Conselho Judaico. Não havia muito ânimo para essa iniciativa. Interrogatórios, questões de bens, número de emigração, Gestapo e outras coisas excitantes do gênero. Um jovem atrás de uma mesinha. Rosto sensível, delicado, inteligente. A secretária russa saltita atrevida com ele por toda parte, como se devesse estar ali, fingindo que era por causa do ouvido ruim, mas na verdade é só para estar junto. E dessa vez valeu muito a pena. Depois de um pouco de conversa pacífica entre S. e o meigo rapaz, realmente muito simpático, de repente chegou um homenzinho todo entusiasta para cima de S. «Bom dia, sr. S.» S. olha para o sujeito, que tinha sobre o corpo miúdo uma cara de Mefistófeles encantadoramente sarcástica, não o reconhece, e então por acaso diz: «Ah, sim, o senhor certamente esteve num dos meus cursos».

Isso acontece por toda a Europa, eu imagino. Quando caminho com ele pela rua, de tantos em tantos metros aparece alguém lhe estendendo a mão e S. logo diz: «Ah, com certeza o senhor foi um dos meus pacientes». Esse homem, com seu rosto mordaz, diabolicamente sarcástico, contrastando de maneira inquietante com o rosto sensível e delicado do rapaz, parece não ter participado de um curso, e sim conhecer S. por meio dos Nethe, mas queria muito ser atendido como paciente um dia. E o mordaz disse ao delicado: «Cuidado com esse sr. S., ele já sabe tudo sobre você. Pelas suas mãos». E o delicado pôs imediatamente sua mão direita aberta sobre a mesa. S. tinha um pouco de tempo e a analisou. É realmente muito difícil descrever como se sucedeu. Também é verdade que, quando S. diz «isso é uma mesa» e um outro diz «isso é uma mesa», são duas mesas completamente diferentes. As coisas que ele diz, mesmo as mais simples, soam mais impressionantes, mais importantes, quase diria que têm «mais peso» do que quando outra pessoa diz a mesma coisa. E isso não acontece por ele assumir um ar solene, e sim porque, vindas dele, as coisas brotam de fontes mais profundas e vigorosas — também mais profundamente humanas. No seu trabalho ele busca o humano e nunca o sensacional, embora sempre trate de sensações, justamente porque sonda a pessoa de um jeito tão profundo.

Portanto, aquele escritoriozinho frio no Conselho Judaico. O jovem delicado que mantinha as mãos levantadas, o interessado Mefisto e S., que depois de alguns comentários teve um forte contato humano com o rapaz. E fomos até ali para ser interrogados sobre nossos bens, não se esqueça. Não consigo mais recordar exatamente o que S. disse, mas entre outras coisas ele falou: «Esse trabalho que o senhor faz aqui, o senhor faz bem feito, mas vai contra sua verdadeira natureza». E assim, casualmente: «É bastante introvertido, o homem». Não, acho difícil demais conseguir reproduzir. Eu participava intrépida, como uma boa aluna, e disse entre outras coisas: «Ele também tem algo feminino e sensível». E ao que parece havia habilidades naquele rapaz que não podiam se expressar por falta de autoconfiança. E também disse: «Quando lhe é pedido para fazer uma coisa o senhor a faz bem, mas, quando o senhor mesmo tem que escolher entre várias coisas, então fica inseguro». Etc. etc. Resumindo: em alguns minutos o jovem estava quase por terra e completamente perplexo, e disse: «Mas, sr. S., o que o senhor me disse aqui em dois minutos é exatamente o mesmo que está num teste que fiz». E na mesma hora ele marcou uma consulta e de repente veio com milhares de conselhos sobre o preenchimento dos formulários. Percebo que não consigo passar nem um milésimo da comicidade dessa sessão inesperada. Logo depois estávamos como colegiais eufóricos a bradar pelos canais cobertos de neve por causa do final inesperado daquele compromisso burocrático: uma consulta marcada e um funcionário público que, por um afeto repentino, estaria disposto a violar a lei por você, se pudesse.

domingo à noite, 11 de janeiro [1942], 11h30 da noite

Estou contente em saber que amanhã de manhã toda aquela pilha de louça suja me espera na cozinha bagunçada. É como uma espécie de penitência. Compreendo um pouco os monges que se ajoelham sobre pedras frias em hábitos rústicos. Também tenho que refletir muito a sério sobre essas coisas. Esta noite estou de novo um pouco triste. Mas fui eu mesma quem quis os afagos. E ele tinha justamente planejado levar uma vida casta por várias semanas, aquele amor de pessoa. E isso em conexão com a Gestapo, que o espera daqui a algumas semanas. Para, dizendo de maneira infantil, não irradiar nada além de bondade e pureza e com isso concentrar em si os bons espíritos do cosmos. Por que não acreditar nisso? E então surgiu uma indômita moça quirguiz e pôs em desordem os sonhos de castidade. E eu perguntei se ele agora de noite, na cama, repensando o dia, tinha se arrependido. «Não», ele disse, «eu nunca me arrependo de nada e foi bonito, e para mim é um aprendizado, saber que ainda existem 'resíduos mundanos' em mim.» Mas a súbita abordagem física sempre me vem de uma proximidade espiritual, e por isso é bom mesmo assim. E o que eu levo disso tudo? De novo tristeza. E uma constatação de que não consigo expressar em afagos o que sinto por alguém. E uma sensação de que alguém nos meus braços, bem nos meus braços, me foge. Acho que prefiro ver sua boca a distância e desejá-la a possuí-la na minha. Em momentos muito raros isso me dá uma espécie de felicidade, para usar uma vez essa palavra grandiloquente. E agora durmo esta noite ao lado de Han, por pura tristeza. Tudo é bastante caótico.

Veja só, agora eu sei, S. reza depois de ter «tirado» a dentadura. Na verdade é bastante lógico. Primeiro é preciso quitar todas as ações terrenas.

Aparentemente, agora estou num período de florescimento. S. diz que irradio para todos os lados, e ele também se deleita com isso. Um ano atrás eu estava realmente péssima, com minhas sestas de duas horas seguidas, meu meio quilo de aspirina por mês; quando penso nisso agora, era mesmo assustadoramente grave. Hoje à noite demos uma folheada nestes cadernos. Para mim, agora é realmente «literatura clássica», todos os problemas que eu tinha então me parecem bem distantes. Foi um caminho difícil reencontrar esse gesto íntimo para com Deus, à noite, na janela, e dizer: «Agradeço, ó Senhor». No meu reino interior regem a tranquilidade e a paz. Foi realmente um caminho difícil. Agora tudo parece tão simples e óbvio. Esta frase me perseguiu por semanas: é preciso ter a coragem de dizer que se crê. Dizer Deus. Agora, neste momento, um tanto fraca, cansada e triste, e não inteiramente contente comigo mesma, não sinto dessa forma, mas Deus continua muito próximo de mim. Esta noite com certeza não direi nada a Deus, embora haja um anseio pelas pedras frias e uma reflexão sobre as coisas e a intenção de levar as coisas a sério. Levar a sério as coisas do corpo. Porém meu temperamento ainda segue em demasia seu próprio caminho, ainda não está em harmonia com a alma. E no entanto acredito que tenho em mim a necessidade de harmonia também nisso. E mesmo assim acredito cada vez menos num único homem para mim, para o corpo e para a alma.

Agora fico triste de um jeito diferente de antes. Não caio mais tão fundo. Na tristeza já está incluída a retomada. Antes eu pensava que ficaria triste pelo resto da vida. E agora sei que esses momentos também fazem parte do meu ritmo de vida e que está bem assim. É outra vez aquela confiança, aquela enorme confiança, também em mim mesma. Também confio na minha própria seriedade e aos poucos compreendo que saberei conduzir bem minha vida.

Há momentos, e então em geral estou sozinha, em que há em mim um sentimento muito profundo e grato de amor por ele, um sentimento do tipo: «Você está tão próximo de mim que eu gostaria de compartilhar as noites junto de você». E estes são, para mim, os pontos altos da nossa relação. E é bem possível que uma noite assim se transforme, na verdade, numa catástrofe. Não há um estranho abismo aqui?

E agora boa noite, pois sinto que estou escrevendo tolices por causa do sono. Ah, a louça para lavar amanhã cedo.

E no entanto: não quero seu corpo, afinal de contas, ainda que eu às vezes fique loucamente apaixonada. Será por isso, porque o amo de maneira quase «cósmica», que o corpo não pode sequer se aproximar?

Tide e eu somos as duas pessoas mais íntimas de S., e somos dois opostos. Temos que amar muito uma à outra também. Hoje à tarde, quando Tide nos abriu a porta para sair e nos beijou a ambos, por um momento houve uma intimidade maravilhosa entre nós três. E será que agora você finalmente vai para a cama?

19 de fevereiro, 1942. quinta à tarde, 2h

Se eu tivesse que dizer o que mais me impressionou hoje? As grandes mãos roxas de frio de Jan Bool. Houve mais uma pessoa torturada até a morte. O rapaz gentil da Cultura.[43] Ainda me lembro de que ele tocava bandolim. Naquela época ele também tinha uma namorada simpática, que estava na minha turma no curso de russo. Nesse ínterim, ela se tornou sua esposa e também tiveram um filho. «Aqueles animais», disse Jan Bool no corredor estreito da universidade, «eles acabaram com ele.»

E Jan Romein e Tielrooy e outros daqueles professores mais velhos e vulneráveis agora estão presos num barracão frio na mesma região do Veluwe onde antigamente passavam as férias de verão numa agradável hospedaria. Não podem nem mesmo ter seu próprio pijama, não podem ter nenhum pertence, contou Aleida Schot na sala do café. A intenção é desumanizá-los totalmente e fazê-los sentirem-se inferiores.

---

43 Possivelmente Samuel Lobo, fuzilado em janeiro de 1942. Estava no comando da Livraria Cultura (mais tarde chamada Pegasus).

Esses homens são fortes o bastante em termos morais, mas a saúde da maioria é muito frágil. Pos conseguiu. Agora está num convento em Haaren e está escrevendo um livro. É o que contam. E assim por diante. O ambiente era bem desolador na faculdade hoje de manhã.

Não inteiramente desolador, houve um momento iluminado. Uma breve e inesperada conversa com Jan Bool pelo frio e estreito beco de Langebrug e na parada do bonde. «O que é isso que faz as pessoas quererem destruir os outros?», perguntou Jan com amargor.

Eu digo: «As pessoas, sim, as pessoas, mas pense que você mesmo também faz parte disso». E isso ele, o intratável e mal-humorado Jan, por acaso admitiu, inesperadamente. «A podridão dos outros também está em nós», continuei pregando. «E não vejo nenhuma outra solução, realmente não vejo nenhuma outra solução a não ser voltar-se para o seu próprio cerne e a partir de lá exterminar toda a podridão. Não acredito mais que possamos melhorar qualquer coisa no exterior se não melhorarmos antes em nós mesmos. E esta me parece a única lição que aprendemos desta guerra, que só temos a buscar em nós mesmos e em nenhum outro lugar.»

E Jan, que de repente estava de acordo comigo, acessível e questionador, e não mais com rígidas teorias sociais como antes, disse: «Também é muito vulgar externar esses sentimentos de vingança. Viver apenas à espera desse momento de vingança. Não precisamos disso». Ficamos ali no frio esperando o bonde, Jan com suas grandes mãos roxas e com dor de dente. E não eram teorias o que enunciávamos. Nossos professores estão presos, assassinaram mais um amigo de Jan e ainda há coisas demais para mencionar, mas dissemos um ao outro: «São tão vulgares os sentimentos de vingança».

Foi realmente um momento iluminado do dia.

E agora dormir um pouquinho, e depois ir conhecer a amiga de Rilke.[44] A vida continua, por que não?

Eu deveria voltar a escrever mais regularmente nestas linhas azuis.

Mas o tempo é escasso.

quarta, 25 de fevereiro de 1942

Agora são sete e meia da manhã. Cortei as unhas dos pés, tomei uma caneca do verdadeiro cacau Van Houten e comi uma fatia de pão com mel junto à lareira, fiz tudo isso com o que se pode chamar de entusiasmo. Abri a Bíblia num ponto aleatório, mas ela não deu nenhuma resposta esta manhã.

Isso também não é grave. Na verdade, não havia perguntas; há apenas uma grande confiança e gratidão pelo fato de a vida ser tão bonita. E, por isso, este é um momento histórico: não porque eu agora tenho que ir imediatamente com S. até a Gestapo, e sim porque eu, apesar desse fato, sei que a vida é tão cheia de perspectivas, não importa o que aconteça. Desde que eu tenha permissão para entrar com ele.

27 de fevereiro [1942]. sexta de manhã, 10h

Uma pessoa cria seu próprio destino de dentro para fora. Escrevi isso nessa quarta-feira de manhã bem cedo, depois

---

44   Ilse Blumenthal-Weiss (1899-1987), estudiosa de Rilke.

me senti um tanto perturbada por essa declaração imprudente e fui eu mesma procurar as provas disso. E de repente ficou tão cristalino. Claro que cada pessoa cria seu próprio destino de dentro para fora. As situações em que uma pessoa pode se encontrar nesta terra não são muitas: ou se é esposo, ou pai, ou esposa, ou mãe, ou se está numa prisão ou se é guarda de uma prisão, não faz muita diferença, são as mesmas paredes ao redor. E assim por diante — mais tarde elaboro melhor. Mas é a postura interior da pessoa em relação aos acontecimentos da vida que determina seu destino. Essa é a sua vida. Não se conhece a vida de alguém conhecendo os fatos exteriores. Os fatos exteriores, ah, não se diferenciam muito na vida de cada um. Para conhecer a vida de alguém é preciso conhecer seus sonhos, seus estados de espírito, saber que tipo de relação existe entre ele e sua esposa e a morte e suas decepções e doenças.

Estávamos num grupo grande naquela sala da Gestapo, na quarta-feira de manhã bem cedo, e naquele instante os fatos de todas as vidas eram os mesmos: estávamos todos no mesmo recinto, tanto os homens atrás da mesa quanto os interrogados. O que determinava a vida de cada um era sua postura interior.

Logo de cara um rapaz que andava pra lá e pra cá chamou atenção, rosto descontente e sem esconder em absoluto esse descontentamento, inquieto e atormentado. Muito interessante de ver. Ele procurava pretextos para gritar com os infelizes judeus: «Mãos para fora dos bolsos, por favor» etc. Achei-o mais digno de pena do que os que eram tratados aos gritos, e os tratados aos gritos, dignos de pena na medida em que tinham medo.

Quando fui para a frente da sua mesa com S., ele de repente vociferou: «O que é que a senhora está achando engraçado aqui?». Eu adoraria ter dito: «Além do senhor, não acho nada engraçado aqui», mas por considerações diplomáticas me pareceu melhor deixar isso pra lá. «A senhora ri o tempo todo», ele continuou vociferando. E eu, muito inocente: «Não faço por querer, essa é minha cara normal». E ele: «Faça-me o favor, não me venha com despropósitos, saia já daqui», com uma cara de: daqui a pouco converso com a senhora. E esse talvez tenha sido o momento em que eu devia ter me sentido aterrorizada, mas logo percebi o truque.

Na verdade, não tenho medo. Não por um sentimento de bravura, mas por sentir que estou sempre lidando com pessoas, e que devo tentar compreender qualquer manifestação, na medida do possível, não importa de quem seja. E isso é o que foi histórico nessa manhã: não o fato ter sido alvo da vociferação de um infeliz rapaz da Gestapo. Talvez eu devesse estar indignada ou amedrontada, mas o importante dessa manhã me parece estar nisto, que eu tenha tido sincera compaixão pelo rapaz, que gostaria mesmo de ter lhe perguntado: «Você teve uma infância muito infeliz ou sua namorada o traiu?». Ele parecia atormentado e inquieto — além disso, era muito desagradável e sem graça. Por mim, ele começaria imediatamente um tratamento psicológico. Tendo consciência de que esses jovens são dignos de pena desde que não possam fazer nenhum mal, mas são perigosíssimos, devendo ser exterminados, quando incidem sobre a humanidade. Mas criminoso mesmo é o sistema que explora esses rapazes.

Mais uma coisa sobre essa manhã. A percepção muito forte de que, apesar de todo o sofrimento e injustiça em curso, não consigo odiar as pessoas. E que tudo de apavorante e horrível que está acontecendo não é algo secretamente ameaçador, novo e exterior a nós; mas está muito perto de nós, dentro de nós, origina-se nas pessoas. Por isso me é muito mais familiar, e não mais assustador. O assustador é que os sistemas sobrepujam as pessoas e as prendem em garras satânicas, tanto seus criadores quanto suas vítimas, assim como grandes edifícios e torres construídos com as próprias mãos das pessoas num determinado momento se elevam acima de nós, nos dominam e podem desmoronar sobre nossa cabeça, soterrando-nos.

12 de março de 1942. quinta à noite, 11h30

Foram indescritivelmente belos, Max, nossa xícara de café e o cigarro ruim e nossa caminhada pela cidade escura, de braços dados, e o fato de que andávamos ali os dois juntos. Dissemos um ao outro: «É preciso ser russo para isso, para vivenciar isso tão copiosamente». Aqueles que conhecem nossa história achariam esse encontro bizarro e estupendo, assim, no meio do ano, na verdade sem motivo — a não ser pelo fato de que Max quer se casar e queria um conselho, e, engraçado, veio pedi-lo justo a mim.

E foi tão bonito — rever o namoradinho de juventude e poder se espelhar na sua própria maturidade majorada. Ele disse, no começo da noite: «Não sei o que mudou em você, mas algo mudou. Acho que você agora se transformou numa mulher de verdade». E no fim: «Não, você não mudou de um jeito ruim, não foi o que eu quis dizer; seus traços, sua fisionomia, tudo continua tão vivaz e expressivo como antes, mas agora há uma grande maturidade por trás disso. É bom estar com você». Ou algo assim. E embaixo da marquise daquele café na Ceintuurbaan ele por um instante apontou a pequena lanterna direto para o meu rosto e riu,

133

assentindo com a cabeça e falando decidido: «Sim, é você». E então nossas bochechas resvalaram uma na outra, meio desajeitadas, meio familiares, e depois seguimos em direções opostas. Foi mesmo bonito, de um jeito que não sei descrever. E por mais que possa soar paradoxal: talvez essa tenha sido a primeira vez que estivemos juntos e que foi realmente bom. E, ao caminhar, ele de repente disse: «Acho que daqui a muitos anos ainda poderemos ser verdadeiros amigos». E assim nada se perde. As pessoas retornam a você, e no seu íntimo você pode continuar a viver com elas, até que elas voltem alguns anos mais tarde.

Dia 8 de março escrevi a S.: «Minha paixão antigamente nada mais era que um desespero de me agarrar a, a quê, na verdade? A alguma coisa à qual não é possível agarrar-se com o corpo».

E foi ao corpo do homem que esta noite caminhava comigo tão fraternalmente que eu então, no meu humano desespero, me agarrei. E isso de alguma forma foi o mais gratificante; que ainda tivesse restado isto, esse jeito generoso e familiar de trocar ideias, esse permanecer no universo do outro, a recuperação de lembranças que já não nos atormentam, enquanto no passado literalmente arruinamos a vida um do outro. E ainda constatar com muita tranquilidade: sim, no final estávamos extremamente esgotados.

Mas outra vez Max, que de repente perguntou: «Durante aquele período, você se relacionou com outro?». E eu ergui dois dedos. E mais tarde, quando por um instante mencionei que eu eventualmente me casaria com um imigrante para poder ajudá-lo, caso ele fosse para um campo de concentração, ele franziu o cenho. E na despedida ele disse: «Promete não fazer nenhuma loucura? Tenho tanto medo que você possa se destroçar». E eu: «Não vou me destroçar nunca e em lugar nenhum», e ainda queria dizer, mas então estávamos muito longe um do outro: «Se a gente tem vida interior, provavelmente nem há tanta diferença entre viver dentro ou fora dos muros de um campo de concentração». Será que conseguirei justificar essas palavras a mim mesma mais tarde? Poderei vivê-las? Não podemos criar muitas ilusões. A vida se tornará muito dura. Seremos novamente separados de todos aqueles que nos são queridos. Acredito que esse momento já nem esteja tão longe. É preciso cada vez mais nos prepararmos interiormente.

Gostaria muito de ler mais uma vez as cartas que escrevi para ele nos meus dezenove anos.

Ele disse, entre outras coisas: «Sempre achei que você chegaria longe, esperava que fosse escrever livros grossos». Eu disse: «Max, eles ainda virão. Você tem pressa? Eu posso escrever e sei que também terei algo a dizer. Mas por que não ter paciência?». «Sim, sei que você pode escrever. De vez em quando ainda leio as cartas que você escreveu para mim, você sabe escrever.»

Foi indescritivelmente belo. Que nesse mundo dilacerado e ameaçado coisas assim ainda sejam possíveis. É um grande consolo. Talvez seja possível muito mais do que queremos admitir. Que um amor de juventude de repente se reencontre ali, sorrindo a relembrar do próprio passado. E reconciliado com esse passado. Foi assim comigo. Dei o tom desta noite e Max acompanhou. Isso já foi muito. Não sei como ele vai elaborar esta noite interiormente. Mas também foi uma bonita aventura para ele, disso eu tenho certeza. E assim tudo deixa de ser uma mera coincidência, uma brincadeirinha aqui e ali e uma aventura emocionante. As pessoas têm a sensação de ter um destino, no qual cada fato se encadeia logicamente. E, quando penso em como caminhávamos ali, pela cidade escura, amadurecidos e enternecidos com nosso próprio passado e com uma sensação de que ainda teríamos muito a contar um ao outro, mas deixando indefinido quando nos veríamos outra vez, talvez demore novamente alguns anos, então sinto uma sincera e profunda gratidão por algo assim ser possível numa vida. Agora é quase meia-noite e vou para a cama, para a cama mesmo. Sim, foi muito bonito. E no fim de cada dia tenho necessidade de dizer: a vida é muito bonita, é mesmo muito bonita. Sim, tenho uma opinião muito própria sobre a vida, uma opinião que eu até defendo diante dos outros, e isso significa muito para uma criança tímida como eu sempre fui. E há conversas como a desta noite com Jan Polak,[45] em que nossas palavras se tornam testemunhos.

terça [17 de março de 1942], 9h30

Ontem à noite, quando fui de bicicleta até a casa dele, havia em mim um grande e agradável anseio pela primavera. E, enquanto suspirava por ele e sonhava pedalando sobre o asfalto da Lairessestraat, senti-me de súbito acariciada por uma tépida brisa primaveril. E de repente pensei: também é bom assim. Por que não se poderia viver uma grande e terna euforia amorosa pela primavera e por todas as pessoas? E pode-se também fazer amizade com o inverno, com uma cidade, com um país. Lembro-me da faia cor de vinho dos meus tempos de adolescente. Tinha um tipo especial de relação com aquela árvore. À noite, de repente eu às vezes ansiava por ela e então ia visitá-la, a meia hora de distância de bicicleta, e então

---

45   R. J. Polak, advogado.

andava ao seu redor, cativada e encantada por aquela visão vermelho-sangue. Sim, por que não se poderia sentir amor por uma primavera. E a carícia da brisa primaveril foi tão delicada e tão absoluta, que mãos masculinas, mesmo que fossem as dele, pareceriam grosseiras comparadas a ela.

E assim cheguei à casa dele. O pequeno quarto recebia um pouco de luz do seu escritório, e, quando entrei, vi sua cama pronta para dormir e arcado sobre ela aquele pesado ramo de orquídeas perfumando o ar. E sobre a mesinha de cabeceira, perto do seu travesseiro, havia narcisos, tão amarelos, tão incrivelmente amarelos e tenros. Aquela cama preparada para dormir e as orquídeas e os narcisos — não era nem preciso deitar juntos numa cama assim: enquanto fiquei por um instante no quarto semi-iluminado, foi como se tivesse vivido toda uma noite de amor. Ele estava sentado atrás da sua pequena escrivaninha, e novamente me dei conta de como seu rosto era lívido, marcado pelo tempo, como uma antiga paisagem.

Sim, está vendo?, é preciso ter paciência. Seus desejos devem ser como um navio lento e majestoso, navegando por oceanos intermináveis, e não à procura de um ancoradouro. Ontem à noite, os desejos encontraram seu porto por um instante — faz apenas catorze dias que fui tão indômita e temperamental que o puxei, de maneira que ele caiu sobre mim, e depois fiquei tão triste que pensei que mal poderia seguir vivendo. E faz só uma semana desde que deslizei nos seus braços e, mesmo assim, de um jeito ou de outro, continuei triste, porque ainda foi um tanto forçado.

E no entanto esses estágios foram necessários para chegar a essa suave aproximação de um em direção ao outro, a essa intimidade, a esse querer bem um ao outro. E uma noite assim permanece imensa na memória. E talvez nem seja preciso muitas dessas noites para ter a sensação de levar uma vida plena e rica de amor.

domingo [22 de março de 1942], 9h da noite

Minha séria morena marroquina está outra vez olhando para um canteiro de flores, ou melhor, ela olha novamente ao longe, sempre com seu olhar tristonho, que é ao mesmo tempo sereno e animalesco. Os pequenos crocus, amarelos, roxos e brancos, estão pendurados, combalidos e esgotados, sobre a borda da latinha de chocolate granulado, ficaram assim de ontem para hoje. E mais as campânulas amarelas no pote de vidro verde. Como é que vocês se chamam mesmo? S. as comprou num impulso primaveril. E ontem à noite ele já veio com o maço de tulipas.

Um pequeno botão vermelho e um botãozinho branco, tão fechados, tão inacessíveis e tão inexplicavelmente adoráveis, tive que ficar olhando o tempo todo para eles hoje à tarde, enquanto escutava Hugo Wolf. O Rijksmuseum também ficava ali atrás da janela, tão desafiadoramente contemporâneo e novo nos seus contornos e ao mesmo tempo tão antigo e familiar. Não podemos mais caminhar pela Wandelweg, porque qualquer grupelho infeliz de duas ou três árvores foi declarado bosque e teve afixadas placas: «Proibido aos judeus». Estão aparecendo cada vez mais dessas plaquinhas, por toda parte. Embora ainda exista bastante espaço onde se pode estar e viver e ser feliz e fazer música e amar uns aos outros. Glassner[46] levou

---

46   Evaristos Glassner, amigo de Mischa. Foi organista e professor de piano em Amsterdã depois da Segunda Guerra.

um saco de carvão, Tide um pouco de lenha, S. açúcar e biscoitinhos, eu levei chá e nossa pequena artista vegetariana suíça chegou de repente com um grande bolo. S. primeiro nos leu alguma coisa sobre Hugo Wolf. E, em alguns trechos de frases sobre aquela vida trágica, algo tremia em torno da sua boca. É também por isso que gosto tanto dele. Ele é tão verdadeiro. E cada palavra que diz, ou canta, ou lê em voz alta, também é vivida por ele. Logo, se ele lê algo triste, também fica verdadeiramente triste naquele momento. E eu acho comovente quando ele fica tão emocionado que parece que pode chorar a qualquer instante. Então quero com prazer chorar uma toada com ele.

E Glassner, que está cada vez melhor ao piano. Esta tarde, bradei em silêncio: «Estamos acompanhando sua evolução, silencioso Glassner».

Há momentos em que de repente compreendo, fisicamente, por assim dizer, por que artistas criativos acabam na bebida, se entregam a excessos, decaem etc. Para ser artista, é preciso ser dono de um caráter muito forte, para não sair dos trilhos moralmente. Para não cair na ausência de limites. Ainda não consigo descrever bem. Sinto isso de maneira muito intensa em alguns momentos. Toda a minha ternura, todas as minhas fortes emoções, gostaria de derramar, de deixar correr num único poeminha, o ondulante mar da alma, lago da alma, oceano da alma, ou como queira chamar, mas também sinto que, quando conseguisse fazer isso, então teria vontade de me atirar num abismo sem refletir, de me embriagar. Depois de um ato criativo seria preciso ser amparado pela própria força de caráter, por uma sólida moral, ou por sei lá o quê, para não desabar, só Deus sabe quão profundamente. E por qual impulso sinistro? Sinto em mim, nos meus momentos mais frutíferos e criativos, como demônios também acordam aqui dentro, como forças destrutivas e autodestrutivas ficam à espreita. Contudo não é o desejo ordinário pelo outro, pelo homem, é algo mais cósmico, abrangente, e não pode ser freado. Mas sinto que também nessas horas poderei me controlar. Tenho então repentinamente necessidade de me ajoelhar em algum canto e me conter e me centrar e cuidar para que minhas forças não se irrompam na ausência de limites.

No fim da tarde, por um átimo esbarrei e fui fisgada pelo olhar cinza-claro transparente de S., que me envolveu completamente por um instante, e pela querida boca grande. Num piscar de olhos fui abarcada e retida por aquele olhar. Mas durante toda a tarde fiquei vagando num espaço sem fim, onde nenhuma fronteira me barrava, e então de repente surge uma fronteira — a fronteira onde já não se pode suportar a ausência de limites e por desespero vem a entrega a excessos. E aqueles galhos escuros contra o claro, translúcido céu de primavera. De manhã, ao acordar, encontrei a copa das árvores atrás da minha janela. E encontrei os troncos hoje à tarde, um andar abaixo, atrás das amplas vidraças. Os botões de tulipa branco e vermelho, inclinados um em direção ao outro, o nobre piano de cauda preto, intrincado e cheio de segredos, um ser em si, e atrás das vidraças os galhos escuros contra o céu claro e, mais adiante, o Rijksmuseum. E S., ora estranho, ora de novo familiar, ao mesmo tempo tão distante e tão próximo, de repente um velho duende feio, depois um tio bonachão, devorador de biscoitos, em seguida novamente o sedutor de voz calorosa, sempre diferente, meu companheiro e mesmo assim sempre distante.

26 de abril [1942], domingo de manhã, 10h

Agora essa é apenas uma pequena anêmona vermelha achatada. Mas daqui a muitos anos eu a reencontrarei entre estas páginas, então terei me transformado numa matrona e aí pegarei essa flor seca nas minhas mãos e direi, um tanto nostálgica: «Veja, usei essa anêmona vermelha nos cabelos no 55º aniversário do homem que foi o maior e mais inesquecível companheiro da minha juventude. Foi no terceiro ano da Segunda Guerra, nós comemos macarrão clandestino e bebemos o verdadeiro café de grão, com o qual Liesl se inebriou»; estávamos todos tão alegres e nos perguntávamos em que pé estaria a guerra no próximo aniversário, se já teria acabado, e eu usava a anêmona vermelha nos cabelos e alguém disse: «Você agora parece uma mistura de russa e espanhola», e um homem, o suíço loiro, disse com suas sobrancelhas bastas: «uma Carmen russa», e eu então lhe perguntei se ele não queria recitar para nós um poema de Guilherme Tell, com seu simpático erre suíço.

E no final caminhávamos outra vez por algumas daquelas ruas conhecidas da região sul de Amsterdã. Primeiro subimos até seu jardim, e Liesl então seguiu adiante até sua casa e pôs um vestido de seda preta brilhante, colado no seu corpo magro, com mangas largas de um azul-celeste transparente e o mesmo azul-celeste sobre os pequenos seios brancos. E ela é mãe de duas crianças. E tão magra e frágil. E no entanto também: trazendo oculta em algum lugar aquela força primordial.

E Han estava tão elegante e arrojado, e no seu cartão sobre a mesa estava escrito: «Amante eternamente jovem, criador de heroínas», definição que ele aceitava sob protesto. Liesl mais tarde me disse: «Eu poderia me apaixonar por esse homem».

Mas a razão da noite de repente ter ganhado relevo, pelo menos para mim, foi esta: era perto de onze e meia, Liesl estava sentada ao piano na outra sala, S. estava sentado numa cadeira em frente a ela e eu estava inclinada sobre ele, quando Liesl perguntou alguma coisa, de repente estávamos em plena psicologia, os traços de S. adquiriram novamente aquela intensidade e expressividade e, com o mesmo vigor e solicitude que nunca o abandonam, ele começou a lhe explicar algo em palavras claras, entusiasmadas. Ele tivera um dia longo, de flores e cartas, e pessoas e movimentação e organização de um jantar e de estar à cabeceira da mesa e mais tarde vinho e mais vinho, que ele nem tolera muito bem, devia também estar muito cansado, mas de repente surge alguém com uma pergunta ao acaso sobre as coisas graves desta vida e de repente seus traços se tensionam, ele «entra» completamente no assunto; S. também poderia estar num púlpito diante de uma sala atenta; e Liesl subitamente faz uma cara comovida por sobre todo aquele azul translúcido e olha para ele com olhos arregalados e gagueja daquele seu jeito enternecedor: «Acho tão comovente que o senhor seja assim».

E eu me inclino ainda mais para perto de S. e acaricio sua cabeça bondosa e expressiva e digo a Liesl: «Sim, está vendo, essa é na verdade a grande experiência com S. Ele está sempre pronto e sempre tem uma resposta para você. Isso acontece porque há uma grande tranquilidade e solicitude nele, sempre, sempre presentes, e também por isso cada hora passada com ele tem um profundo sentido, nunca se desperdiça tempo a seu lado». E S. olhou com certa surpresa pueril, com uma expressão que não sou capaz de descrever, para a qual ainda estou procurando as palavras, já há um ano, e disse: «Mas isso é assim com todas as pessoas, não?». Ele beijou a pequena Liesl na bochecha e na testa e me puxou firme contra seu joelho, e eu imediatamente tive que pensar no desejo de Liesl, mencionado algumas semanas antes no seu terraço ensolarado: «Gostaria de passar alguns dias junto com S. e com você, em algum lugar fora da cidade, no campo».

E da forma como estávamos lá ontem à noite, nós três, de repente acreditei que isso poderia ser bom. Então os outros começaram a entrar através das cortinas e por um instante pensamos que ficaríamos até as quatro da madrugada, mas S. disse: «Não se deve jamais querer chegar ao limite, algo deve ser deixado para a fantasia».

[segunda, 18 de maio de 1942]

Ameaças exteriores cada vez maiores, o terror aumenta a cada dia. Abrigo-me na oração como se ela fosse uma escura parede protetora, recolho-me na oração como numa cela de convento e depois vou de novo para fora, mais unificada, forte e novamente recomposta. Recolher-me dentro da cela fechada da oração é para mim uma realidade e uma necessidade cada vez maiores. Essa concentração interior ergue paredes altas ao meu redor, nas quais me reencontro, reunindo todas as dispersões novamente num todo. E sou capaz de imaginar que possam vir tempos em que eu passe dias sucessivos ajoelhada, até que finalmente sinta que paredes protetoras surgiram ao meu redor, dentro das quais eu não possa me desintegrar e me perder e ser destruída.

26 de maio [1942]. terça de manhã, 9h30

Caminhei ao longo do cais num vento que era ao mesmo tempo tépido e refrescante. Passamos por pequenas rosinhas lilases e soldados alemães de sentinela. Falamos sobre nosso futuro e do quanto certamente gostaríamos muito de permanecer juntos.

Não consigo de modo nenhum descrever como tudo aconteceu ontem. Quando eu caminhava para casa pela noite tépida, ao mesmo tempo tão leve e entorpecida pelo Chianti italiano, de repente tive outra vez a certeza que agora, com a caneta entre os dedos, desapareceu de novo completamente: vou escrever no futuro. Minhas noites longas, quando eu sentar e escrever, serão minhas noites mais bonitas. Vai fluir de mim, delicada e incessantemente, num fluxo interminável, tudo o que agora recolho em mim.

sexta, 29 de maio [1942], à noite, após a refeição

Ainda hoje: Michelangelo e Leonardo. Eles também estão na minha vida, povoam minha existência. Dostoiévski, Rilke e santo Agostinho. E os Evangelistas. Estou em ótima companhia. E já não há ligação com o esteticismo de antigamente. Cada um, à sua maneira, teve algo real e muito pessoal a me dizer. Houve algumas coisas de Michelangelo que me deixaram com um inesperado nó na garganta e, sinceramente, causaram-me forte comoção.

«As pessoas se entregaram sem freios às suas tristezas, até se destruírem» — essa se tornou realmente uma frase lendária. Isso já não existe. Mesmo nos meus dias mais cansativos e tristes não me deixo mais cair tão fundo. A vida continua sendo um fluxo contínuo e ininterrupto, talvez fluindo mais lentamente nestes dias e encontrando mais resistências, mas continua fluindo. Também não posso mais dizer de mim mesma, como antes: «Sou tão infeliz, não sei mais o que fazer», isso se tornou completamente estranho para mim. Antes eu às vezes tinha de fato a pretensão de ser a criatura mais infeliz deste mundo.

Às vezes é quase impossível aceitar e compreender, Deus, o que aqueles feitos à tua imagem e semelhança estão fazendo uns aos outros neste mundo, nestes tempos enfurecidos. Mas nem por isso me tranco no meu quarto, Deus, continuo a enfrentar tudo e não quero fugir de nada e tento entender e analisar um pouco os piores crimes, tento sempre rastrear o ser humano, pequeno, desnudo, que muitas vezes é difícil de ser encontrado em meio às monstruosas ruínas dos seus atos sem sentido. Não estou simplesmente sentada aqui num quarto tranquilo, com flores, deleitando-me com poetas e pensadores, venerando a Deus; isso não seria nenhum grande feito, e também não acredito que eu seja tão alienada, como dizem meus bons amigos com ternura. Cada pessoa tem, afinal, sua própria realidade, eu sei, mas não sou nenhuma sonhadora, Deus, uma bela alma ainda meio adolescente (sobre meu «romance», Werner[47] disse: «De uma bela alma a uma grande alma»). Estou olhos nos olhos com teu mundo, Deus, e não fujo à realidade em belos sonhos — quero dizer que há lugar para belos sonhos junto à mais

---

47   Werner Levie, marido de Liesl Levie; diretor do teatro Hollandsche Schouwburg.

cruel realidade — e continuo a louvar tua criação, Deus — apesar de tudo!

Quando daqui a pouco ele ligar de novo e perguntar com aquele seu tom inquisitivo, «Então, como vai a senhora?», poderei responder com sinceridade: «Em cima muito bem, embaixo muito mal!».

A maioria das questões já é em grande parte solucionada apenas por ter sido tocada. Ao menos na psicologia é assim; na «vida» talvez seja muito diferente. Ao me dar conta de repente, sentindo-me doente, de que faço coisas demais ligadas a ele e colocando isso no papel numa frase meio desajeitada, desliguei-me mais um pouco dele com um súbito puxãozinho e logo o reencontrarei, já num novo espacinho de liberdade recém-conquistado. E assim correm paralelos os processos de crescer-em-direção-um-ao-outro e progressivamente-se-desligar-um-do-outro.

E nesses dias em que me sinto muito frágil e cansada, talvez eu involuntariamente me apegue com mais intensidade à sua força, como se esperasse nessa força a salvação. E, ao mesmo tempo, essa força transbordante me abate, porque não me sinto capaz de lidar com ela e temo não mais poder acompanhá-la. E nem uma nem outra é a reação correta. A cura e a regeneração devem vir das minhas próprias forças, não das dele. E nesses momentos aquela vitalidade forte e ininterrupta às vezes pode me irritar e amedrontar, mas isso pode frequentemente ser o caso de um doente diante de alguém muito sadio, a partir de uma espécie de sentimento de privação.

sábado de manhã [30 de maio de 1942], 7h30

Os troncos lisos que sobem pela minha janela agora estão cheios de folhinhas verdes, tenras. Uma penugem encaracolada ao longo dos seus duros corpos nus e ascéticos.

Bem, como foi aquilo ontem à noite no meu quartinho? Fui cedo para a cama e fiquei deitada olhando para fora pela grande janela aberta. E mais uma vez foi como se a Vida, com todos os seus segredos, estivesse bem junto de mim, como se eu pudesse tocá-la. Tive a sensação de estar repousando encostada ao seio nu da Vida e ouvi a batida suave e regular do seu coração. Eu estava nos braços nus da Vida e sentia-me muito segura e protegida. E pensei: como isso é estranho. Estamos em guerra. Há campos de concentração. Pequenas crueldades se acumulam sobre pequenas crueldades. Quando ando pela rua, sei de muitas casas pelas quais passo: ali um filho foi preso e ali o pai é refém e ali eles têm que suportar a sentença de morte de um filho de dezoito anos. E essas ruas e casas estão bem ao redor da minha própria casa. Sei da aflição das pessoas, sei do grande sofrimento humano, que se acumula e se acumula, sei da perseguição e opressão e arbitrariedade e ódio impotente e enorme sadismo. Sei de tudo isso e continuo olhando nos olhos de cada pedacinho de realidade que se impõe a mim. E mesmo assim, num momento de descuido em que me abandono em mim mesma, de repente repouso encostada ao seio nu da Vida, e seus braços são tão macios e tão protetores em torno de mim que nem consigo descrever como era o bater do seu coração: tão lento e regular e tão suave, quase abafado, mas tão inalterável, como se nunca mais fosse parar, e tão bondoso e misericordioso.

Essa é a forma como sinto a vida e acredito que nenhuma guerra ou crueldade humana infundada possam modificá-la.

quinta de manhã [4 de junho de 1942], 9h30

Num dia de verão como hoje sua oração repousa como que em mil braços macios. Faz você ficar tão lenta e preguiçosa, mas por dentro há um mundo fermentando rumo a um destino desconhecido.

E o que eu também queria dizer: quando ele cantou «Lin-denbaum» da última vez (achei tão bonito que pedi que ele cantasse todo um bosque de tílias),[48] as rugas e linhas no seu rosto eram como veredas antigas, antiquíssimas, atravessando uma paisagem tão antiga como a própria criação.

Na pequena mesinha de canto de Geiger[49] recentemente se juntou a nós o rosto jovem e finamente talhado de Münsterberger entre o dele e o meu, e num lampejo fiquei quase chocada com o quanto seu rosto é velho, como se muitas vidas tivessem passado por ali em vez de apenas a vida dele. E então houve uma pequena reação em mim, um instantâneo: não gostaria de ter minha vida ligada à dele para sempre, isso é algo impossível. Mas na verdade uma reação assim é muito vulgar e baixa. Ela parte de um conceito convencional: casamento. Minha vida já é vinculada à dele, ou melhor, é ligada à dele. E não são nem mesmo nossas vidas, mas nossas almas — admito que acho essa formulação muito pomposa logo de manhã cedo, mas isso talvez seja porque você ainda não aprove (respalde) totalmente a palavra «alma». E é tão raso e mesquinho e realmente de baixo nível pensar, num instante, no momento em que o rosto dele a agrada: «é, bem que eu

---

48   A canção em alemão leva o nome da árvore conhecida como tília em português. [N. T.]

49   O casal suíço Geiger tinha um restaurante vegetariano na Nicolaas Maesstraat, onde Spier comia com frequência.

gostaria de casar com ele e ficar para sempre a seu lado», e, nos momentos em que ele parecer muito velho, muito, mas muito velho, sobretudo quando eu vir um rosto jovem e fresco ao lado do dele, pensar: «não, melhor não». Esse é o tipo de critério que você deveria eliminar da sua vida. Essa é uma maneira de reagir que eu avalio como — bem, nem consigo expressar —, como incômoda e obstruente para os verdadeiros grandes sentimentos de união que ultrapassam todas as fronteiras de convenções e casamento. E nem se trata aqui de convenções e casamento, mas da ideia que se tem disso.

Simplesmente não pode acontecer de se pensar num instante, por causa de uma determinada expressão facial ou seja o que for: «Eu bem que gostaria de me casar com ele». E no instante seguinte reagir exatamente ao contrário. Isso de fato não deveria acontecer, porque não tem nada a ver com as coisas essenciais, que é o que importa. De novo uma coisa que não consigo expressar de jeito nenhum. Porém: é preciso arrancar e exterminar muita coisa em si para que um espaço amplo e indivisível seja liberado para os grandes sentimentos e afinidades em sua totalidade, sem que sejam constantemente atravessados por reações mesquinhas de uma ordem mais baixa.

sexta de manhã [5 de junho de 1942], 7h30, no banheiro

Hoje à tarde vi gravuras japonesas com Glassner. E imediatamente de novo senti: é assim que quero escrever. Com bastante espaço em torno de umas poucas palavras. Detesto palavras demais. Quero escrever apenas palavras inseridas organicamente num grande silêncio, não palavras que existem só para abafar o silêncio e quebrá-lo. As palavras na verdade devem acentuar o silêncio. Como naquela gravura japonesa com o ramo de flores embaixo, no canto. Algumas suaves pinceladas — mas que reprodução dos mínimos detalhes! —, e ao redor o grande espaço, mas não um espaço que é um vazio, e sim, digamos, um espaço com alma. Detesto aglomerações de palavras. Na verdade, é possível dizer as grandes coisas, as que importam na vida, com pouquíssimas palavras. Se eu algum dia for escrever — o quê, realmente? —, gostaria então de pincelar poucas palavras contra um fundo silencioso. E será mais difícil retratar a quietude e o silêncio e conferir alma do que encontrar as palavras. Trata-se então de alcançar a justa relação entre palavras e silêncio, um silêncio no qual acontece mais do que em todas as palavras que se possam reunir. E em cada romance — ou o que quer que seja — esse fundo silencioso deverá ter um tom diferente e outro conteúdo, como também é o caso das gravuras japonesas. Não se trata de um silêncio vago e inapreensível; também esse silêncio deverá ter contornos angulosos e sua própria forma. E portanto as palavras deveriam apenas servir para fornecer ao silêncio sua forma e delineamento. E cada palavra é como um pequeno marco ou como um pequeno relevo ao longo de infinitas planuras, extensos caminhos e vastas planícies.

É uma coisa tão engraçada em mim: eu poderia escrever volumes sobre como gostaria de escrever, e é bem possível que, além das receitas, eu nunca ponha uma letra no papel. Mas nas gravuras japonesas de súbito vi de modo perfeitamente gráfico como eu realmente gostaria de escrever. E gostaria de alguma vez poder caminhar pelas paisagens japonesas para entender ainda melhor. Assim como acredito que um dia, no futuro, partirei rumo ao Leste, para encontrar lá no dia a dia aquilo que aqui se pensa estar vivenciando sozinho, como uma dissonância.

9 de junho [1942]. terça à noite, 10h30

Hoje cedo no café da manhã, notícias mais ou menos detalhadas sobre a situação no bairro judeu. Oito pessoas num quartinho pequeno, com todo o conforto que isso implica. E assim por diante. Tudo ainda é imprevisível e incompreensível, e é difícil imaginar que isso acontece poucas ruas adiante e que será o próprio futuro. E esta noite, durante a caminhada de retorno da casa do amigo vegetariano suíço até a sua — onde o gerânio continua a crescer —, de repente lhe perguntei: «Diga-me, afinal, o que devo fazer com os sentimentos de culpa que se apoderam de mim quando ouço que oito pessoas têm que viver juntas num espaço apertado, enquanto eu tenho aquele quarto grande e ensolarado só para mim». Ele então me olhou de soslaio, inegavelmente um tanto diabólico, e disse: «Duas coisas são possíveis: ou você deve deixar aquele quarto (e ele me olhou de soslaio de maneira bem irônica-inquisitiva-bem-humorada, com uma expressão de: já vejo você saindo de lá), ou você tem que considerar o que realmente está por trás desses sentimentos de culpa. Talvez a sensação de achar que você não trabalha o suficiente?». E então de repente ficou claro para mim e eu disse: «Sim, veja, no meu trabalho eu sempre permaneço nas mais altas esferas do espírito, e, quando ouço sobre essas situações intoleráveis, talvez inconscientemente eu me pergunte, e agora aliás muito conscientemente: será que eu poderia continuar trabalhando dessa maneira, com a mesma convicção e dedicação, se eu morasse com oito pessoas famintas num quarto sujo?». Pois esse trabalho espiritual, essa intensa vida interior, na minha opinião, só tem valor quando pode ter continuidade sob quaisquer condições externas; e, ainda que não se possa continuar na prática, em ações, que seja ao menos internamente, de maneira conceitual. De outra forma, tudo o que faço agora é apenas esteticismo. E talvez isso tenha uma ação tão paralisante (antigamente algo assim podia me paralisar durante semanas no meu trabalho, mas naquela época eu talvez não acreditasse na necessidade daquele trabalho), o medo de saber se eu, sob iguais circunstâncias, seria a mesma. A incerteza sobre se eu poderia ou não suportar essa provação. Ainda tenho que comprovar a validade desse meu Ser, terei que viver sempre como faço agora, não sirvo para assistente social ou revolucionária política, isso eu já posso tirar da cabeça para sempre, embora meus sentimentos de culpa possam me levar a seguir esses caminhos.

Claro que não disse tudo isso a ele naquele curto trecho de caminhada. Disse apenas: «Talvez seja o medo disso, de que eu não possa suportar essa provação».

E ele, muito sério e contido: «Essa provação ainda virá para todos nós». E então comprou cinco botõezinhos de rosa e os depositou nas minhas mãos e disse: «Você nunca espera nada do mundo exterior, não é verdade?, e por isso sempre irá receber alguma coisa».

quarta de manhã [10 de junho de 1942], 7h30

Ele é tão arrebatador e apaixonante, meu Agostinho-em-jejum.

Um resfriado já não me tira tão completamente o equilíbrio, mas bom não é.

Bom dia, minha escrivaninha bagunçada. O pano de tirar pó oscila indiferente ao redor dos meus cinco tenríssimos botões de rosa, e *Sobre Deus* de Rilke está meio esmagado embaixo do *Russo para comerciantes*. O anarquista Kropotkin está amarrotado num canto, já não se sente completamente em casa aqui. Tirei-o da prateleira empoeirada do meu próprio quarto para ler de novo como ele reagiu na primeira vez que viu sua cela do cárcere, onde seria obrigado a passar alguns anos. E o relato da primeira impressão da sua cela, traduzido e transferido a um plano íntimo, pode ser considerado o símbolo de como devem ser nossas reações às medidas que cada vez mais limitam nosso campo de ação. Partindo do espaço deixado a alguém, examinar imediatamente aquele espaço, ainda que seja pequeno, e suas possibilidades, e transformar as possibilidades em pequenas realidades.

Disse a mim mesma: o que mais tenho que cuidar é para que minha constituição permaneça forte, não quero ficar doente aqui. Deixe-me imaginar que, estando numa expedição ao Polo Norte, sou obrigada a passar alguns anos no extremo norte. Movimentarei o corpo tanto quanto puder, farei exercícios de ginástica e não me deixarei debilitar pelo ambiente. Dez passos de um lado ao outro da minha cela já é alguma coisa; isso repetido 150 vezes já é uma versta.[50] Eu me propus a caminhar sete verstas diariamente, mais ou menos cinco milhas: duas verstas de manhã, duas antes do almoço, duas depois, e uma antes de dormir.

Essa hora antes do café da manhã é algo como um balcão na fachada, como uma plataforma do meu dia. Tudo está tão silencioso à minha volta, mesmo que os vizinhos estejam com o rádio ligado e Han esteja roncando atrás de mim, ainda que muito suavemente. Não há portanto nenhuma pressa ao redor.

---

50   Medida russa para distâncias, equivalente a 1.067 metros. [N. T.]

Às vezes, quando ando pelas ruas com minha bicicleta, bem devagar e terrivelmente mergulhada em algo que acontece no meu íntimo, sinto a possibilidade de uma força de expressão em mim, tão compulsória e tão segura, que de fato me surpreendo que cada frase que escrevo seja tão desleixada e rala. Dentro de mim as palavras e as frases às vezes têm uma rota tão certeira e convincente que parece que poderiam sair e seguir seu caminho com a mesma segurança numa folha de papel qualquer.

Mas isso parece que ainda está longe de ser assim. Só me pergunto às vezes se não deixo por demais que minha fantasia faça seu jogo dentro de mim, e que a encare muito pouco por fora para forçá-la a moldes. Mas não é só uma fantasia desregrada e errante. De fato, há coisas se moldando em mim de maneira cada vez mais delineada e concentrada, e às vezes é como se houvesse uma grande oficina dentro de mim, onde se trabalha duro, a marteladas e deus sabe mais o quê. E às vezes é como se eu fosse um granito por dentro, um pedaço de rocha contra o qual correntes d'água batem sem parar e vão escavando. Uma gruta de granito que fica cada vez mais profunda e onde são esculpidos contornos e formas. E talvez, algum dia, as formas fiquem prontas com contornos bem definidos em mim e eu apenas precise copiar o que encontro em mim. Não estou imaginando isso de maneira muito simplista? Não estou confiando demais num trabalho que é feito para mim? Quero dar toda a seriedade e atenção a isso, e a atenção e a seriedade estão presentes no «trabalho» em meu nome, estão ali como minhas representantes nessa oficina, mas estão apenas por estar, não servem a nenhuma ajuda efetiva.

sexta de manhã [12 de junho de 1942]

E agora parece que os judeus não podem mais entrar nas grandes lojas; e devem entregar as bicicletas; e não podem mais andar de bonde; e têm que se recolher antes das oito da noite.

Quando me sinto deprimida sobre essas medidas, como hoje de manhã, quando elas tentam me sufocar como uma ameaça de chumbo, então o problema não são realmente as medidas. Sinto apenas uma grande tristeza em mim que procura coisas ao seu redor para se justificar. E uma aula chata que eu deveria dar me infunde tanta angústia e sensação de opressão como as piores medidas das forças de ocupação. Não são nunca as coisas que vêm de fora, é sempre o sentimento em mim, depressão, insegurança ou o que seja, que dá a face triste ou ameaçadora às coisas exteriores. Comigo sempre funciona de dentro para fora, nunca de fora para dentro. Em geral as medidas mais ameaçadoras — e há tantas hoje em dia — colidem com minha própria certeza e confiança interior; e, uma vez assimiladas, perdem muito do seu caráter ameaçador.

Também preciso fazer algo em relação ao frio e ao desconforto, porque eles consomem minha energia e minha vontade de trabalhar. Devo me livrar completamente da ideia de que, por me incomodar tanto com o frio, os resfriados e o nariz entupido, eu tenho direito de relaxar um pouco e não trabalhar tão bem. Deveria ser quase o contrário, eu diria, embora também aqui não se deva forçar. Por causa da situação alimentar, que se torna cada vez pior, também teremos cada vez menos resistência ao frio — comigo pelo menos é assim. E ainda vem aí o inverno. E é preciso seguir adiante e manter-se produtivo. Acredito que eu já deva me ajustar à deficiência física que se instala em mim, de maneira que não represente toda vez um obstáculo externo inesperado e me paralise por curto ou longo prazo, mas tenho que, por assim dizer, me aclimatar à minha situação cotidiana, a toda a minha pessoa, de maneira que eu tenha controle e não me incomode mais; e que portanto não seja toda vez um fator inibitório, que eu toda vez tenha que suprimir gastando tempo e energia, mas um fator que já esteja assimilado em mim, de forma que eu não precise dar atenção a ele toda vez e possa seguir meu caminho sem me preocupar. Isso deve estar formulado de maneira terrivelmente desajeitada, mas sei muito bem o que quero dizer.

sábado de manhã [13 de junho de 1942]

Tão cansada e desanimada e desgastada como uma velha solteirona. E tão modorrenta quanto a fria garoa lá fora. E tão sem energia. Então seria melhor não ficar lendo no banheiro até a uma da manhã, quando já mal consegue manter os olhos abertos de tanto sono. Mas não se trata disso, claro. Um crescente descontentamento e cansaço. Talvez apenas físico? Tantas pequenas lasquinhas do verdadeiro eu que bloqueiam o caminho para áreas mais amplas. É preciso erradicar e extinguir esse eu limitado, com seus desejos que estão ali apenas para satisfação daquele eu altamente restrito. Quanto mais cansada e sem energia me sinto, mais confusa fico sobre a força e o amor dele, sempre disponíveis para todos e em toda parte. Então fico simplesmente chocada com que ele tenha tanta energia de sobra nestes tempos.

E a qualquer instante as pessoas podem ser enviadas para um barracão em Drente,[51] e nas quitandas há plaquinhas escrito

---

51   Província onde ficava o campo de concentração de Westerbork. [N. T.]

«Proibido aos judeus». Uma pessoa comum já está saturada disso hoje em dia. Mas ele, ainda por cima, recebe seis pacientes e passa horas intensas com cada um deles; ele os abre e retira o pus e perfura as fontes onde em muitos Deus se mantém escondido, sem que eles mesmos saibam; trabalha com eles até que a água flua de novo em suas almas ressecadas; as confissões se empilham na sua pequena mesinha, e quase todas terminam com um: «Oh, por favor, me ajude». E ele está ali para todos e os ajuda. Ontem à noite, no meu romance de banheiro, li o seguinte sobre um padre: «Ele era um intermediário entre Deus e os homens. Nada na vida cotidiana o afetava. E exatamente por isso entendia tão bem a agonia de todos em evolução».

E há dias em que não consigo acompanhá-lo, por cansaço ou o que seja. E então eu gostaria que sua atenção e seu amor fossem só para mim. Então sou apenas aquele eu limitado, e os espaços cósmicos em meu íntimo estão trancados para mim mesma. E daí, é claro, perco o contato com ele. Então gostaria que ele também fosse só um «eu», limitado, e só meu. Um desejo feminino muito compreensível. Mas já caminhei bastante em direção a esse eu próprio e devo continuar nesse caminho. Quedas fazem parte desse percurso. Antes, eu às vezes escrevia espontaneamente, de improviso: «Eu o amo tanto, amo tão infinitamente». E esse sentimento agora acabou. Talvez isso me dê essa sensação tão pesada e triste e desgastada. E nos últimos dias também não consigo rezar. E não amo a mim mesma. Essas três coisas certamente estão relacionadas. E então de repente fico amedrontada como uma mula que não quer mais dar nenhum passo avante na trilha pedregosa. E, quando tenho um sentimento assim morto por ele — sem espaço e sem força para vivenciá-lo em mim e vivenciar-me nele —, então de repente me pergunto: será que ele também me abandonou? Será que suas forças são tão consumidas por aqueles tantos que precisam dele todos os dias que ele teve que se afastar de mim? Etty, você me dá nojo. Tão egocêntrica e tão mesquinha. Em vez de estar ao lado dele com seu amor e sua dedicação, fica se perguntando como uma criança manhosa se ele, pelo amor de Deus, lhe dá atenção suficiente. É aquela mulherzinha que exige toda a atenção e amor para si.

Acabei de ter uma conversa breve, objetiva e monótona com ele ao telefone. E acho que também isso acontece comigo: um galgar num dito sentimento trágico. E não apenas sentir-se cada vez mais infeliz, mas também querer sentir-se cada vez mais infeliz. Levar situações dramáticas ao extremo para depois sofrer com gosto. Um resquício do meu masoquismo? E não ajuda argumentar de maneira sensata e madura com a «camada superior» quando, lá na camada inferior, plantas tóxicas e invasivas não são arrancadas com raiz e tudo. Ele provavelmente daria gargalhadas se soubesse de todas as minhas fantasias de «sentimentos mortos» por ele etc. Ele diria, muito objetivo, paciente e sério: «Em todas as relações acontecem momentos de declive. Deve-se deixá-los passar tranquilamente, tudo ficará bem de novo».

Eis que mais uma vez absolutizo esses momentos. E isso é tolo demais da minha parte, nestes tempos que consomem tanto todas as forças, sentir-se infeliz porque a tensão entre você e um homem enfraqueceu um pouco. Você, que não precisa passar horas numa fila. E a comida está todos os dias na sua mesa — Käthe cuida disso. E a escrivaninha com os livros, que a espera todas as manhãs e é sempre hospitaleira. E o homem, que é o mais importante na sua vida, mora a poucas ruas de você e ainda está ao seu alcance e não foi levado embora. Durma até mais tarde, em vez disso. E tome vergonha. E lute consigo mesma e não trate os outros com irritação — mesmo que não a demonstre, ela está em você; precisa começar a fazer uma limpeza também nisso. E não viva tanto por conta de um estado de espírito e um instante, ainda mais por um instante sonolento, e sim continue vendo as grandes linhas e o grande trajeto. E fique triste, então, pura e sinceramente triste, mas não construa dramas em torno disso. Uma pessoa deve ser mais simples também na tristeza, de outra forma não é mais que histeria.

Você precisava ser trancada numa cela vazia e ficar ali sozinha consigo mesma até recobrar o bom senso e até que todas as histerias se aquietassem.

19 de junho [1942]. sexta de manhã, 9h30

Sabe o que me deixa doente em você, menina? A semifranqueza e a semigrandiloquência. Ontem à noite eu ainda queria escrever algumas palavras, mas na verdade eram vagas bobagens. Às vezes tenho medo de chamar as coisas pelo nome. Será porque talvez depois não sobre mais nada? As coisas têm que suportar serem chamadas precisamente pelo nome. Se não aguentarem isso, então não têm direito de existir. As pessoas tentam salvar muita coisa na vida com uma espécie de vago misticismo. O misticismo deve se basear numa verdade cristalina. Mas antes é preciso reduzir as coisas à sua nua realidade.

E então chego em casa, e com certeza acho que vivi coisas incríveis e já vou querendo formular algo imortal a respeito. Não escrever o que vivi em palavras simples e, se necessário, desajeitadas, porque afinal um diário é para isso, mas de preferência já quero logo ir destilando aforismos e sabedoria infinita sobre as vivências mais simples. Menos que isso, decididamente não pode ser. Nesse ponto começa toda a indefinição e generalização. Pareço ter convicção de que está abaixo da minha alta dignidade intelectual escrever sobre minha barriga (e que nome estranhamente tosco e grosseiro para essa parte tão importante do corpo). Se eu quisesse escrever algo sobre meu estado de espírito ontem à noite, então primeiro deveria escrever muito sincera e objetivamente: era um dia antes da menstruação, e por isso sou apenas parcialmente responsável pelos meus atos. Se Han não tivesse me mandado para a cama à meia-noite e meia, eu estaria até agora na minha escrivaninha. E não acredito que aqueles sejam verdadeiros momentos de criatividade, e sim momentos de aparente criatividade. Quando tudo em mim está em agitação e movimento. E eis que surge em mim uma inquietação e uma desintegração e às vezes também uma insensatez, que saem desse processo mensal, no meu caso infelizmente trissemanal, abaixo do meu diafragma. E diversas reações minhas ontem à noite foram determinadas por esse mesmo processo.

«Em breve estaremos aqui com manchas de gordura nos livros e borrões de tinta no pão», diz Pa Han, «você é bem capaz disso.» A família ainda está almoçando, eu pus meu prato de lado e estou copiando Rilke entre os extraordinários morangos e a estranha espécie de ração de coelho que comemos... E agora a sala está vazia e eu fiquei sozinha com as migalhas na toalha da mesa, um solitário rabanete e alguns guardanapos sujos. Käthe já está lavando a louça na cozinha. É uma e meia.

Agora vou dormir uma hora até que o pior da cólica tenha passado. Às cinco vem um homem, enviado por Becker, que talvez queira fazer aulas de russo. Hoje à noite mais uma horinha para ler Pushkin. Não preciso ficar em filas e mal tenho que me preocupar com tarefas domésticas. Não acredito que haja uma só pessoa na Holanda que viva sob condições tão boas quanto eu, ao menos assim me parece. Devo fazer um bom uso de todo o tempo que tenho à disposição e que não é consumido por preocupações cotidianas, devo aproveitá-lo minuto a minuto, é uma grande resposabilidade. Dia após dia, acho que não trabalho ou me ocupo de maneira suficientemente concentrada e intensiva. De fato tenho obrigação, obrigação moral quanto a isso.

sábado à noite [20 de junho de 1942], meia-noite e meia

São necessários dois para humilhar. Aquele que humilha e aquele a quem se quer humilhar, e principalmente: que se deixa humilhar. Portanto, se falta este último: se a parte passiva é imune a qualquer humilhação, então as humilhações se evaporam no ar. O que remanesce são apenas medidas difíceis que intervêm na vida cotidiana, mas não humilhações ou opressões que comprimem a alma. É preciso educar os judeus para isso. Eu passei de bicicleta pelo Stadionkade hoje de manhã e desfrutei da amplitude do céu lá no limite da cidade e inspirei o ar fresco, não racionado. E por toda parte placas que barravam os caminhos e a natureza aos judeus. Mas, sobre aquele pedaço de rua, que continua nosso, também está todo o céu. Não podem nos fazer nada, não podem realmente nos fazer nada. Podem nos incomodar um pouco, podem nos roubar alguns bens materiais, alguma liberdade de movimento externo, mas nós mesmos cometemos o maior roubo, roubamo-nos nossas melhores forças com nossa atitude incorreta. Por nos sentirmos perseguidos, humilhados e oprimidos. Pelo nosso ódio. Pela bravata, que esconde o medo. As pessoas podem muito bem se sentir tristes e deprimidas com o que nos fazem, isso é humano e compreensível. Mas mesmo assim: o maior roubo é o que cometemos a nós mesmos. Acho a vida bonita e me sinto livre. Os céus dentro de mim são tão amplamente extensos como sobre minha cabeça. Acredito em Deus e acredito nas pessoas, e aos poucos ouso dizê-lo com sinceridade, sem falso pudor. A vida é difícil, mas isso não faz mal. É preciso começar a levar sua seriedade a sério e o resto vem por si só. E «trabalhar em si mesmo» sem dúvida não é individualismo doentio. A paz só pode ser uma paz verdadeira mais tarde, quando cada indivíduo, depois de estabelecer a paz em si mesmo, erradica e supera o ódio ao seu semelhante, independentemente de raça ou povo, e o transforma em algo que já não é ódio, talvez com o tempo possa ser até amor, ou será que isso é exigir muito? Entretanto é a única solução.

E assim eu ainda poderia seguir por muitas páginas. Também posso parar. Aquele pedacinho de eternidade que as pessoas trazem em si pode ser tratado tanto em uma palavra como em dez volumes grossos. Sou uma pessoa feliz e valorizo esta vida, sim, no ano do Senhor, ainda do Senhor, 1942, e que ano da guerra?

domingo de manhã [21 de junho de 1942], 8h

Meu café da manhã está ao meu lado: um copo de leite desnatado, duas fatias de pão integral com pepino e tomate. Deixei de fora, propositalmente, a caneca de chocolate com a qual costumo me mimar em segredo no domingo de manhã, e quero me acostumar a esse café da manhã monástico, porque é melhor para mim. Dessa forma descubro meus «desejos» até nas áreas mais obscuras e despercebidas e os elimino. É melhor. Precisamos aprender a ser muito independentes, tornar-nos cada vez mais independentes das necessidades físicas que vão um pouco além do estritamente necessário. Temos que educar nosso corpo para isso, para que não peça mais que o estritamente necessário, sobretudo no que se refere à alimentação, pois ao que parece estamos caminhando para tempos difíceis. Ou melhor, já são tempos difíces. E no entanto acho que ainda estamos milagrosamente bem. Mas, em tempos de relativa abundância, é melhor se educar a uma determinada abstinência, de espontânea vontade, do que ser forçado a isso em tempos de escassez. O que se conquista por conta própria tem uma base mais firme e é mais permanente do que o que foi estabelecido à força. (Lembre-se do professor Becker e suas patéticas guimbas de cigarro.) Temos que nos tornar tão independentes de coisas materiais e superficiais que, não importa sob quais circunstâncias, a mente possa continuar a seguir seu caminho e fazer seu trabalho. E por isso: nada de chocolate, e sim leite desnatado. Isso mesmo!

Quanta coisa para fazer na minha escrivaninha. O gerânio de Tide, que ela me deu na semana passada (na verdade só um domingo atrás) depois de uma repentina onda de lágrimas, ainda está ali. E minha moreninha marroquina se esconde atrás de uma nuvem cor-de-rosa de finas flores miudinhas, não sei como se chamam. E entre uma coisa e outra ainda vagueiam as pinhas, ainda me lembro quando as apanhei. Foi no terreno bem atrás da casinha de campo da sra. Rümke.[52] Creio que foi

---

52   Jet Rümke-Everts.

a primeira vez que passei um dia inteiro com ele na natureza. Tivemos uma conversa sobre o demoníaco e o não demoníaco. Agora é certo que por muito tempo não veremos um campo, uma vez ou outra, num momento difícil, sinto isso como uma coisa opressiva e empobrecedora, mas em geral eu sei: mesmo que só nos reste uma rua estreita pela qual possamos passar, sobre essa rua está todo o céu. E aquelas três pinhas irão me acompanhar, se for preciso, até a Polônia. Nossa, essa escrivaninha. Parece o mundo no primeiro dia da criação. Um caos e tanta coisa misturada. Além de exóticos lírios japoneses, gerânios, flores de chá mortas, pinhas que se tornarão relíquias sagradas, uma menina marroquina com um olhar que ainda é ao mesmo tempo animalesco e sereno, também vagueiam por ali santo Agostinho e a Bíblia, algumas gramáticas e dicionários russos e Rilke, além de incontáveis bloquinhos com Deus sabe que anotações importantes e lápis e uma garrafa de imitação de limonada e papel para a máquina de escrever e papel-carbono e Rilke, compilado, e mais Jung. E isso é apenas o que está espalhado ali por acaso.

terça de manhã [23 de junho de 1942], 8h30

Algumas noites atrás eu pensava nisso, quase vingativa e injustiçada. Hoje de manhã de repente eu estava gargalhando na cama pela tolice tão infantil. Estava diante do rosto de Hertha, que olhava fixo do alto da cômoda com seu sorriso ininterrupto, e a cama dele já estava preparada para a noite, com a coberta leve e florida que ainda terá o papel principal no meu romance mais famoso. Eu me despedi e já estava na porta quando olhei, com um olho, para aquele sorriso que já se prolongava para mim por dezesseis meses e, com o outro olho, para a cama preparada para dormir, com a colcha de cretone, e ainda com um outro olho para o nosso terreno de combate, onde nossos desejos, nossos fatigados desejos tinham se reacendido num último encontro, e pensei, ao mesmo tempo furiosa, triste e solitária: Bem, aquela cama colorida é para aquela enfadonha senhorita com seu sorriso sem vida sobre a cômoda e aquele pedaço de chão duro é para mim. A risada dele provavelmente faria tremer todas as paredes se ele lesse esse desabafo-de-mulher-magoada. Pobre Hertha, como sou injusta com você. E tão sem amor. Como se você fosse a última barricada para mim, que eu devo destruir para ter o homem inteiro sob minha posse. Pobre Hertha. De repente, num lampejo, por vezes me pergunto como é que você vive em Londres. Eu me pergunto isso às vezes quando entro de bicicleta na sua rua silenciosa e de longe percebo sua figura se inclinando pela janela e vejo o aceno impaciente do seu braço. Ele então se inclina sobre os ramos alastrados do gerânio que está ali a sangrar atrás da sua vidraça. Então subo os degraus de alvenaria até a porta da frente, que ele já deixou aberta para mim, depois ainda tenho que subir alguns lances de escada e chego ofegante aos seus dois pequenos cômodos. Às vezes ele está lá no meio e parece tão poderoso e impressionante, como se fosse esculpido na pedra cinzenta de uma rocha que já existia no terceiro dia da criação. E outras vezes ele não é nem um pouco impressionante, bonachão e tosco como um urso desajeitado, e doce, tão doce como nunca acreditei que um homem pudesse ser, sem com isso jamais ser chato ou afeminado. Às vezes um pensamento de repente modela seus traços, que se retesam, assim como o vento faz com as velas de uma embarcação, e ele diz: «Ouça...». E então vem algo com o que em geral eu aprendo alguma coisa. E sempre há suas grandes e bondosas mãos, que são constantes condutoras de calor, de uma ternura que não é nem mesmo do corpo, mas da alma. Pobre Hertha, lá em Londres. Sou eu que tenho a maior parte daquilo que nossas vidas têm em comum. Poderia no futuro ensinar muita coisa sobre ele a você. Aprendo com o sofrimento e também aprendo a aceitar que se deve compartilhar o amor com toda a criação, com todo o cosmos. Com isso também se ganha acesso ao cosmos. Porém o preço para o bilhete de acesso é salgado e alto, e deve-se economizar por muito tempo em sangue e lágrimas. Mas nenhum sofrimento e lágrimas o tornam caro demais. E você terá que passar por tudo isso do princípio. Nessa hora estarei viajando pelo mundo como uma desvairada, porque ainda não estarei inteiramente incorporada no cosmos e, seja como for, continuarei sendo sempre uma mulherzinha. E você talvez tenha que seguir um caminho semelhante ao meu, porque esse homem é tão impregnado e permeado de eternidade por todos os lados que não vai se modificar muito mais na sua vida. E eu acho que você e eu temos muito em comum; de outra forma, essa amizade entre ele e mim não poderia ter acontecido, não é? Você deve ser mais tímida e solitária do que eu sou agora. Você deve ser mais solene, enquanto em mim há mais bizarrice. Mas ambas temos em comum a grande seriedade. Você agora tem que se privar de tudo aquilo que para mim flui em grande abundância diariamente. E minhas carências começarão com sua entrada nas nossas vidas fisicamente. Ele achará essas palavras tolas, pois pode dar em abundância e para mais de uma e, se depender dele, ninguém precisa ficar carente. Mas nós mulheres somos de um fabrico tão peculiar. Minha vida com frequência se cruza com a sua, sabia? Como será realmente no futuro? Se algum dia de fato nos encontrarmos, temos que combinar desde agora de sermos amistosas uma com a outra, seja como for. Pois significará que a história terá seguido os trilhos que nos possibilitarão outra vez viver e respirar livremente. E na vivência conjunta desse grande bem todas as contradições entre as pessoas deveriam desaparecer. Você às vezes não fica desesperada aí do outro lado do Canal? Claro que sim, afinal eu conheço todas as suas cartas. E que você, uma garota tão pequenina na grande cidade bombardeada, tenha que aguentar tudo sozinha, como faz? Na verdade eu te admiro, e, se em algum momento começasse a sentir pena de você, isso não teria mais fim.

Existe uma mulher em Amsterdã que ora por você todas as noites, isso é realmente magnânimo por parte dessa mulher, pois ela o ama, ao lado de Deus, com um amor que é o primeiro e o último na sua vida. Estou contente que haja alguém que ora por você, com isso sua vida está mais protegida, mas ainda não posso fazer isso por você. Não sou realmente magnânima, com exceção de um ou outro momento iluminado; no mais, sou carregada de todos os vícios que tornam mais difícil cada degrau do ser humano no caminho para o céu. Ciúme e indisposições mesquinhas e o que mais queira. Mas nada disso é tão grave quanto o que escrevo aqui, todos os dias me livro de um pouco de mesquinhez e sei quais são as poucas coisas importantes na vida, e talvez até chegue uma noite em que eu vá rezar por você, liberta de todo pensamento mesquinho e de todo ciúme. E nessa noite você de repente se sentirá muito bem e bastante reconciliada com a vida, como há tempos não se sentia, e você mesma não compreenderá de onde vem esse sentimento. Mas ainda não cheguei a esse ponto. E agora tenho que trabalhar. O que você está fazendo neste instante? São dez horas da manhã. Sua luta diária pela existência é tão mais difícil e dura que a minha, eu poderia me forçar a ter sentimentos de culpa em relação a você, se eu não ocupasse cada minuto dos meus dias. Enquanto os outros ficam em longas filas diante das quitandas, eu coleciono riquezas espirituais, mas vivo com a constante consciência de que não o faço só por mim.

Uma das minhas principais ocupações é o estudo da língua russa e do grande e doce país onde essa língua é falada. No dia em que você puser os pés no cais, irei cegamente para a estação e comprarei um bilhete que me levará direto ao coração daquele país. O que você me diz de tanto romantismo infantil logo de manhã cedo? Num período como este? Sim, com certeza me envergonho, mas a verdade é que às vezes é assim na minha fantasia. Ou quem sabe não vá para a estação e fique aqui...? Ah, Hertha, se você ao menos soubesse o quanto nossa vida está ameaçada aqui. Escrevo com tanta ingenuidade nesta manhã ensolarada sobre «pôr os pés no cais» e «nos encontrarmos», mas talvez antes que chegue esse momento já tenhamos definhado num inóspito campo de concentração. Embora eu mal possa imaginar algo assim, há tanta energia nele e o que ele ainda tem a dar, a tantos e tantos, eles necessitam como o pão de cada dia. Não acredito num fim sem sentido para ele; sua vida, como ele a vive de minuto a minuto, tem sentido e conteúdo demais para que isso aconteça. Mas nossas vidas são ameaçadas aqui dia a dia e não sabemos qual será o fim de tudo isso.

quinta à tarde [25 de junho de 1942]

De uma carta do meu pai com seu humor inimitável: — Hoje entramos aqui na era sem bicicletas. Entreguei pessoalmente a bicicleta de Mischa. Em Amsterdã, segundo leio nos jornais, os *yehudims*[53] ainda podem andar de bicicleta. Que privilégio! Não precisamos mais ficar com medo de que nossas bicicletas sejam roubadas. Isso é certamente uma vantagem para os nossos nervos. No deserto, naquele tempo, também tivemos que nos virar por quarenta anos sem bicicleta.

27 de junho [1942], sábado de manhã, 8h30

Com muitas pessoas numa cela abafada. E não é nosso dever, então, em meio às exalações pútridas dos nossos corpos, manter a alma perfumada?

Mischa e «Eukalyptus»[54] com seus inocentes perfis de óculos e com a maestria das suas mãos. Depois do Schubert a quatro mãos e em seguida Mozart, S. disse: «Com Schubert tenho que pensar nos limites do piano, com Mozart, nas virtudes».

E Mischa, hesitante e procurando as palavras ao formular, mas perspicaz no efeito: «Sim, Schubert abusa do piano nesta peça para produzir música».

«É estranho», disse a S. em nossa curta caminhada até sua casa ontem à noite, «que nós três tenhamos procurado parceiros com quem não temos nenhuma possibilidade de futuro.» E ele: «Pelo menos se você tomar o conceito de futuro de maneira tão materialista».

---

53   Os judeus.
54   Eukalyptus era o apelido de Evaristos Glassner.

«É possível viver sem café e sem cigarros», disse Liesl, revoltada, «mas, sem a natureza, não é possível, não se pode tirar isso das pessoas.» Eu disse: «Considere que fomos condenadas à prisão, por alguns anos se necessário, e viva como se aquelas poucas árvores em frente à sua casa fossem um bosque. E, para uma prisão, ainda temos relativa liberdade de movimento».

Liesl às vezes é como um pequeno elfo, uma banhista ao luar em noites quentes de verão. Mas ela também lava espinafre três horas por dia e espera na fila para pegar batatas até quase desmaiar. E às vezes saem dela pequenos suspiros, que começam bem lá embaixo e então sobem, fazendo tremer aquele corpo magro da cabeça aos pés. Há grande recato e pudor nela, embora os fatos da sua vida não soem nem um pouco pudicos, e ao mesmo tempo há algo forte, uma força original da natureza. Aquele breve sentimento de contrariedade em relação a ela foi de essência extremamente transitória. E ela ficaria muito surpresa se soubesse o que escrevi aqui: na verdade ela é minha única amiga do sexo feminino.

segunda de manhã [29 de junho de 1942], 10h

Deus não nos deve nenhuma explicação, e sim nós a ele. Sei o que pode estar nos esperando. Agora estou separada dos meus pais e não posso contatá-los, ainda que estejam a apenas duas horas de viagem de onde estou. Mas ainda me lembro exatamente em que tipo de casa eles vivem e sei que não estão passando fome e que há muitas pessoas bondosas ao seu redor. E eles também sabem onde estou. Mas sei que poderá vir um tempo em que eu não saiba onde estão, que eles sejam deportados Deus sabe para onde e que morram miseravelmente em algum lugar, como agora tantos já morrem miseravelmente. Sei que isso pode acontecer. A última notícia é que todos os judeus serão deportados da Holanda para a Polônia, via Drente. E a rádio inglesa disse que desde abril do ano passado 700 mil judeus morreram na Alemanha e nos territórios ocupados. E, se continuarmos vivos, essas também serão feridas que carregaremos por toda a vida.

E ainda assim eu não acho a vida sem sentido, Deus, não há nada que eu possa fazer. E Deus também não é responsável pelos desatinos que nós mesmos causamos: somos os responsáveis. Já morri mil mortes em mil campos de concentração, já sei de tudo isso e também já não me perturbo diante de novas notícias. De uma forma ou de outra, já sei de tudo isso. E ainda assim acho esta vida bela e plena de sentido. De minuto a minuto.

[quarta] 1o de julho [1942], de manhã

Meu espírito já superou tudo, tudo dos últimos dias — até agora os boatos são mais devastadores que os fatos, ao menos os fatos para nós, na Polônia o massacre parece estar em pleno andamento —, mas meu corpo pelo visto ainda não. Desintegrou-se em mil pedaços e cada pedacinho tem uma dor diferente. Engraçado como meu corpo ainda tem que processar as coisas depois.

Quantas vezes não rezei, menos de um ano atrás: «Ó Senhor, faz-me mais simples». E, se este ano me trouxe algo, foi essa grande simplicidade interior. E acredito que no futuro também poderei dizer as coisas difíceis desta vida em palavras muito simples. No futuro —??

E agora não consigo mais mexer nenhum membro no meu corpo e nenhum pensamento no meu cérebro, de tão em frangalhos que estou fisicamente. Agora são quinze para a uma. Depois do café vou tentar dormir um pouco e estar às quinze para as cinco na casa de S. Meu dia às vezes é formado por mil dias. Agora estou em frangalhos. Hoje de manhã, por volta das sete, vivi em mim por um instante o inferno da ansiedade e agitação por causa de todos os novos regulamentos, e isso é bom, com isso posso sentir um pouco o medo dos outros, pois esse medo se tornou cada vez mais alheio para mim.

E às oito eu era de novo a «devoção» e a calma em pessoa. E estava quase orgulhosa de que, naquele estado físico quebrantado, eu ainda tivesse feito uma hora e meia de aula de conversação de russo. Antigamente, numa situação assim, eu teria telefonado para desmarcar.

E esta noite será outra vez um novo dia, então virá de novo uma pessoa com problemas, uma garota católica. Que um judeu possa ajudar um não judeu nas suas dificuldades hoje em dia é algo que dá uma estranha sensação de força.

à tarde, às 4h15

Sol nesta varanda envidraçada e uma brisa ligeira passa pelo jasmim branco. Está vendo, agora começou outra vez um novo dia para mim — quantos foram mesmo desde as sete desta manhã? Vou ficar mais dez minutos junto ao jasmim e depois sigo na nossa bicicleta autorizada até meu companheiro, que está há dezesseis meses na minha vida e a quem parece que já conheço há mil anos e que às vezes de repente é tão novo para mim que minha respiração chega a ficar suspensa de admiração. Ah, sim, o jasmim. Como é possível, meu Deus, ele está ali prensado entre o muro sem pintura dos vizinhos de trás e a garagem. Espreita por cima do teto plano, escuro e lodoso da garagem. Entre aquele cinza e aquele lodoso escuro, ele fica tão radiante, tão imaculado, tão exuberante e tão delicado, uma jovem noiva imprudente, perdida num bairro pobre. Eu não entendo nada desse jasmim. Também não é preciso entender. Ainda se pode acreditar em milagres neste século xx. Este é um milagre. E eu acredito em Deus, mesmo que em breve os piolhos estejam me devorando na Polônia.

2 de julho [1942]. quinta de manhã, 7h30

O sofrimento não está abaixo da dignidade humana. Quero dizer: pode-se sofrer de maneira digna e não digna. Quero dizer: a maioria dos ocidentais não compreende a arte do sofrimento e adquire mil medos em seu lugar. Isso já não é vida, o que a maioria faz dela: medo, resignação, amargura, ódio, desespero. Meu Deus, é tão fácil compreender isso tudo. Mas, quando lhes é tirada essa vida, então não lhes é tirado tanto, não? E me pergunto se é tão grande a diferença entre ser devorado por mil medos aqui ou na Polônia por mil piolhos e pela fome. As pessoas precisam aceitar a morte como parte da vida, mesmo a morte mais terrível.

Não vivemos toda uma vida a cada dia? E faz diferença se vivemos alguns dias a menos ou a mais? Estou todos os dias na Polônia, nos campos de batalha, podemos chamar assim; às vezes me vem uma visão de campos de batalha de um verde brilhante; estou junto com os famintos, com os maltratados e os moribundos, todos os dias, mas também estou junto ao jasmim e àquele pedacinho de céu atrás da minha janela, e há lugar para tudo em uma vida. Para acreditar em Deus e para uma morte miserável.

Também é preciso ter forças para sofrer sozinho e não sobrecarregar os outros com os próprios medos e fardos. Ainda temos que aprender isso e as pessoas terão que educar umas às outras, se não com delicadeza, então com rigidez. Se eu digo: «de uma maneira ou de outra, acertei as contas com esta vida», isso não é resignação. Tudo é apenas um mal-entendido. Se alguma vez digo algo assim, as pessoas interpretam de outra forma. Não é resignação, nunca. O que quero dizer então, precisamente? Talvez: que já vivi esta vida tantos milhares de vezes e já morri tantos milhares de vezes que nada de novo pode acontecer.

Isso é uma espécie de descaso? Não. É viver a vida milhares de vezes de minuto a minuto e faz parte disso dar espaço ao sofrimento. E na verdade não é um lugar insignificante este que o sofrimento reivindica hoje em dia. E, em última instância, faz diferença se em um século é a inquisição e em outro século são as guerras e pogroms que causam sofrimento às pessoas? Sem sentido, como elas mesmas dizem? O sofrimento sempre exigiu seu lugar e seus direitos, e faz alguma diferença em que formato ele vem? O que importa é como a pessoa o suporta e se a pessoa sabe categorizá-lo na sua existência e, ainda assim, continua aceitando a vida. Será que estou teorizando na minha escrivaninha, onde cada livro me circunda com uma intimidade própria, e com o jasmim lá fora, aquele imprudente e delicado jasmim que não se deixa amansar? Será só teoria ainda não comprovada por nenhuma prática? Não acredito mais nisso. Meu corpo dói e daqui a pouco vou andar com S. até o outro extremo da cidade e veremos muitos bondes passarem, bondes que poderiam nos levar mais rápido que nossas pernas, e em breve parece que vamos realmente ser registrados, agora os holandeses e também as meninas («A senhorita não pode partir», disse S. ontem, decidido; e Käthe apontou para seus morangos em conserva e disse: «Espero que você ainda possa apreciá-los». Frases assim escapam em conversas cotidianas), e ontem Mischa teve que andar até a estação central, e eles vão se matar lá em casa depois das oito[55] nessas longas noites de verão, e os dois pálidos rostinhos infantis de Mirjam e Renate e as preocupações com tantos, eu sei de tudo, tudo, cada instante, também sei dos medos das pessoas e às vezes tenho que abaixar a cabeça de repente sob um grande peso que recai no meu pescoço, e, enquanto eu abaixo minha cabeça e sei como tudo é e como é este período, nesse momento tenho simultaneamente a necessidade de cruzar minhas mãos, num gesto quase automático, e assim eu poderia ficar durante horas, e sei de tudo e também posso suportar tudo e torno-me cada vez mais forte nesse suportar, e, ao mesmo tempo, há uma certeza: acho a vida tão bonita e tão digna de ser vivida e também plena de sentido, apesar de tudo. E isso não significa que se esteja sempre com o estado de espírito mais elevado e piedoso. Pode-se estar cansado como uma mula, da longa caminhada, da espera na fila, mas isso também é parte da vida e em algum lugar há algo em você que nunca mais irá abandoná-lo.

---

55   Havia um toque de recolher às 20h. [N. T.]

3 de julho de 1942. sexta à noite, 8h30

É verdade, ainda estou sentada na mesma escrivaninha, mas sinto como se devesse riscar tudo o que escrevi antes e continuar num novo tom. As pessoas precisam criar espaço para essa nova certeza em sua vida, é preciso achar um lugar para ela: trata-se da nossa destruição e nossa aniquilação, ninguém precisa mais se iludir a respeito disso. Querem nossa total destruição, é preciso aceitar também isso nas nossas vidas, e depois tudo segue em frente. Hoje, pela primeira vez, fui tomada por um grande desânimo e agora tenho que de alguma forma pôr fim nisso. E talvez, ou melhor: com certeza, isso também foi provocado pelas quatro aspirinas de ontem. E, já que vamos para os infernos, que seja da maneira mais graciosa possível. Mas eu não queria dizer isso de modo tão vulgar. Por que só agora esse sentimento? Porque tenho uma bolha no pé da longa caminhada pela cidade quente, porque tanta gente tem pés destruídos de tanto caminhar, já que não podem mais pegar o bonde; por causa do rostinho pálido de Renate, porque ela tem que andar até a escola aguentando o calor com suas perninhas curtas, uma hora para ir e uma para voltar? Porque Liesl fica horas na fila e não consegue nenhuma verdura? Por muitas coisas, por si só ninharias, mas tudo parte da grande luta de extermínio contra nós. E todo o resto por enquanto é apenas grotesco e praticamente inacreditável: S. não pode mais vir a esta casa, não pode mais ter seu piano e seus livros, eu não posso mais visitar Tide etc.

Ainda está valendo: carregar em mim a certeza de que meus desejos serão realizados, que algum dia irei à Rússia, que algum dia serei um dos pequenos elos de ligação entre a Rússia e a Europa. Essa é uma certeza em mim que não é perturbada pela nova certeza: querem nossa aniquilação. Isso eu também aceito. Agora eu sei. Não vou incomodar os outros com meus medos, não ficarei amargurada se os outros não compreenderem do que se trata para nós, judeus. Uma certeza não será corroída ou enfraquecida pela outra. Trabalho e continuo a viver com a mesma convicção e acho a vida plena de sentido, apesar de tudo, plena de sentido, ainda que eu já não me atreva a dizer isso em público. O viver e o morrer, o sofrimento e a alegria, as bolhas e os pés destruídos de tanto caminhar e o jasmim atrás do meu quintal, as perseguições, as incontáveis crueldades sem sentido, tudo e tudo é em mim como um grande todo e aceito tudo como um todo e começo a compreender cada vez melhor, assim, para mim mesma, sem que eu ainda consiga explicar a alguém, como tudo se encaixa. Gostaria de viver muito, para algum dia mais tarde poder explicar tudo isso, e, se isso não me for concedido, bem, então outra pessoa o fará, e então outra pessoa continuará a viver minha vida, a partir do ponto em que a minha foi interrompida, e por isso tenho que viver tão bem e tão completa e tão convictamente possível até o último suspiro, de maneira que aquele que vier depois de mim não precise começar tudo de novo e não tenha tanta dificuldade. Isso também não é fazer algo pela posteridade? Quando saíram os últimos decretos, o amigo judeu de Bernard mandou perguntar se eu, agora, ainda não achava que todos eles deviam ser abatidos, de preferência filetados um a um.

[sexta, 3 de julho de 1942]

Ah, afinal temos tudo em nós, Deus e céu e inferno e terra e vida e morte e séculos, muitos séculos. Um cenário e ações que mudam pelas circunstâncias externas. Mas carregamos tudo dentro de nós e as circunstâncias afinal não são decisivas, nunca, porque sempre haverá circunstâncias boas e más e é preciso aceitar o fato de que há circunstâncias boas e más, o que não impede que uma pessoa dedique sua vida a melhorar as que são más. Mas é preciso saber por que razões se está lutando e deve-se começar por si mesmo, todos os dias novamente, por si mesmo.

Antes eu achava que podia produzir muitos pensamentos geniais por dia, e agora às vezes sou como uma terra não cultivada, onde nada cresce, mas sobre a qual paira um céu baixo, silencioso. E é melhor assim. Hoje em dia, desconfio de uma pluralidade de pensamentos borbulhando em mim, às vezes prefiro ficar desaproveitada, esperando. Aconteceram muitas e muitas coisas em mim nos últimos dias, mas agora finalmente algo se cristalizou. Olhei nos olhos da nossa destruição, nossa suposta e catastrófica destruição, que já começou agora nas muitas pequenas coisas da vida cotidiana, e a possibilidade de isso acontecer ganhou um lugar na minha maneira de sentir a vida, sem que minha vontade de viver tenha diminuído em intensidade. Não estou amargurada e não estou revoltada, tampouco estou desanimada, e resignada definitivamente não estou. Meu crescimento segue sem impedimentos, dia a dia, mesmo que a possibilidade de destruição esteja logo ali. Não vou mais fazer floreios com as palavras, pois acabam causando mal-entendidos: acertei as contas com a vida, nada mais pode me acontecer, e de fato não se trata de mim pessoalmente, não faz diferença se eu morrer ou um outro, o que importa é que há pessoas morrendo. De vez em quando digo isso aos outros, mas não tem muito sentido e não deixa claro o que quero dizer. Isso também não importa. Com «ter acertado as contas com a vida», quero dizer: tomei a possibilidade da morte de maneira absoluta na minha vida, como se tivesse ampliado minha vida com a morte, por assim dizer, com o enfrentamento e a aceitação da morte, da destruição, de qualquer tipo de destruição, como parte desta vida. Portanto, por assim dizer, não oferecer desde já um pedaço desta vida à morte, com o medo da morte e a não aceitação da morte. Com a não aceitação e com todos os medos, restou à maioria das pessoas uma vida pobre e mutilada, que mal pode ser chamada de vida. Soa quase paradoxal: ao manter a morte fora da sua vida, a pessoa não vive uma vida plena, e, ao incorporar a morte na sua vida, a pessoa a amplia e a enriquece.

Esse é meu primeiro confronto com a morte. Nunca soube bem como lidar com a morte. Sou virgem em relação a isso. Nunca vi um morto. Imagine uma coisa assim: neste mundo, semeado com milhões de cadáveres, eu, aos 28 anos, nunca vi um morto. E até já me perguntei: qual é realmente minha posição diante da morte? Mas nunca me aprofundei nisso para mim mesma, ainda não era hora para isso. E agora a morte está aí, em tamanho natural, pela primeira vez, e mesmo assim como uma velha conhecida que faz parte da vida e que é preciso aceitar. É tudo tão simples. Não é preciso fazer nenhuma observação profunda a respeito. De repente, a morte está ali, grande, simples e óbvia, e quase silente, entrando na minha vida. Ela hoje tem um lugar e agora sei que ela é parte da vida. Bem, agora posso ir dormir tranquila, são dez horas da noite, não fiz muita coisa hoje, fiquei pensando em todos os pés com bolhas nesta cidade quente e em outras coisinhas assim, que tinham que ser comiseradas e superadas. Então surgiu o grande desânimo e a insegurança. E aí fui um pouco até S. Ele estava com dor de cabeça e por isso estava preocupado, afinal, tudo funciona sempre tão perfeitamente no seu corpo forte. Deitei um pouco nos seus braços e ele foi tão suave e tão doce, quase melancólico.

Parece-me que inicia agora uma nova era na nossa vida. Ainda mais grave e mais intensa e com uma maior concentração no que é essencial. A mesquinhez vai desaparecendo mais e mais a cada dia. «Trata-se da nossa destruição, está claro, não precisamos nos enganar sobre isso.» Amanhã à noite vou dormir na cama de Dicky e ele dormirá um andar abaixo e vai me acordar de manhã. Isso tudo ainda existe. E a forma como poderemos ajudar um ao outro nestes tempos é algo que vem se intensificando.

um pouco mais tarde

E, se este dia não tivesse me trazido nada, nem mesmo o bom e completo confronto com a morte e a destruição, ainda assim eu não poderia esquecer aquele soldado alemão *kosher*[56] no quiosque, com seu saco de cenouras e couve-flor. Primeiro ele pôs aquela cédula na mão da garota do bonde e então veio aquela carta, que ainda terei que reler: ela o fez pensar na falecida filha de um rabino, de quem ele cuidou no leito de morte, na Inglaterra, durante dias e noites. E hoje à noite ele vem fazer uma visita.

E, quando Liesl me contou tudo isso, de súbito me dei conta: esta noite também terei que rezar por esse soldado alemão. Um dos muitos uniformes agora ganhou um rosto

---

56   «Ritualmente puro» (de comida), mas no uso comum se diz de pessoas «corretas», «de bem». [N. E.]

particular. Deve haver mais rostos particulares nos quais se leia alguma coisa que possamos compreender. E ele também sofre. Não há fronteiras entre as pessoas que sofrem, sofre-se de ambos os lados de todas as fronteiras e é preciso rezar por todos. Boa noite.

Desde ontem envelheci ainda mais, de uma tacada só tantos anos mais velha e mais séria. E o desânimo sumiu, surgindo no seu lugar uma força maior que antes.

E também isto: graças ao conhecimento e à aceitação das suas próprias fraquezas e imperfeições, aumenta-se a própria força.

É tudo tão simples e fica cada vez mais claro para mim, e eu gostaria de viver muito para deixar claro também para os outros. E agora, realmente, boa noite.

sábado de manhã [4 de julho de 1942], 9h

Parece-me que há grandes mudanças acontecendo em mim e creio que se trata de mais do que simplesmente estados de espírito.

Aquilo ontem à noite foi um grande avanço num novo ponto de vista, ao menos se algo assim puder ser chamado de ponto de vista, e esta manhã havia novamente uma tranquilidade em mim e uma alegria e uma certeza, como há muito não acontecia. Tudo isso graças àquela pequena bolha na sola do meu pé esquerdo?

Meu corpo é repositório de muitas dores, elas ficam guardadas em todos os cantos, e agora, de repente, aparece essa e depois outra. Também me reconciliei com isso. E me surpreendo pelo fato de conseguir trabalhar e me concentrar bem com tudo isso. Mas também tenho que aceitar que só a força de espírito não será o bastante quando as coisas se agravarem. Aquela pequena caminhada de ida e volta até a administração fiscal me ensinou.

Primeiro caminhávamos como turistas alegres pela cidade ensolarada, bonita. Sua mão sempre voltava a encontrar a minha durante a caminhada e elas estavam tão bem juntas, nossas mãos. E, quando num determinado momento eu fiquei muito cansada, e por um instante houve uma sensação estranha pelo fato de não podermos nos sentar em nenhum dos bondes da grande cidade de ruas extensas nem no terraço de nenhum café (pude lhe contar coisas sobre muitos terraços: «olhe, já me sentei ali com muitos amigos dois anos atrás, depois da minha defesa de mestrado» etc.), então pensei, na verdade não pensei, mas estava em algum lugar em mim: por séculos e séculos as pessoas se cansaram e destruíram seus pés de tanto andar por esta terra de Deus, no frio e no calor, e isso também faz parte da vida. Isto está cada vez mais forte em mim nos últimos tempos: até em minhas menores ações e sensações cotidianas esgueira-se um toque de eternidade. Não estou só cansada ou doente ou triste ou com medo, mas sinto isso junto com outros milhões, há muitos séculos, e faz parte da vida e a vida é bonita ainda assim, além de plena de sentido. É plena de sentido até mesmo em sua falta de sentido, desde que as pessoas liberem espaço nas suas existências e levem a vida integralmente dentro de si como uma unidade, e então, de uma maneira ou outra, será um todo. E, enquanto as pessoas quiserem eliminar e não aceitar partes disso, quiserem admitir uma coisa da vida e não outra, arbitrária e aleatoriamente, bem, então de fato se tornará sem sentido, porque já não será um todo e tudo se tornará arbitrário.

E no final da nossa longa caminhada nos esperava uma sala segura com um sofá, no qual podíamos nos jogar depois de ter tirado os sapatos, a generosa hospitalidade dele, e alguns amigos tinham enviado uma cesta de cerejas de Betuwe.[57] Tempos atrás, um bom almoço era algo natural para nós; agora se transformou num presente inesperado, e, embora a vida por um lado tenha se tornado mais dura e mais ameaçada, por outro lado é mais rica, porque já não há exigências e tudo de bom transformou-se em presente inesperado, que aceitamos com gratidão. Ao menos é assim para mim e também para ele; às vezes dizemos um ao outro que é tão estranho não sentirmos nem um pingo de ódio ou indignação ou amargura; já não se pode dizer isso de modo tão aberto em público, e devemos estar completamente a sós para expressar nossa forma de pensar.

Enquanto andávamos, eu sabia que no fim do nosso percurso nos esperava uma casa segura. Também sabia que haverá um momento em que não mais nos esperará uma casa assim, então simplesmente percorreremos aquelas ruas a esmo e haverá um barracão, onde pereceremos ao lado de muitos outros. Enquanto caminhava ali, eu tinha tudo isso muito claro na minha mente, não só com relação a mim mesma, como também com relação a todos os outros, e aceitei.

E ainda aprendi mais com aquela caminhada e tenho que encarar: nas quase duas horas em que andamos, ganhei uma dor de cabeça tão terrível que meu crânio parecia que ia rachar em todas as suas juntas, ameaçando rebentar todas as suturas. E meus pés estavam em tal estado que pensei: como é que vou voltar a andar enquanto não melhorarem?

---

57   Região na província holandesa de Guéldria. [N. T.]

E as muitas aspirinas que tomei (achei que devia, porque de outra maneira teria que ir direto para a cama, mas será que as pessoas não precisam, aos poucos, aprender a lidar com suas dores sem recursos artificiais?) ainda mantiveram meu corpo preso a uma sensação de torpor e intoxicação por todo o dia seguinte. E para mim isso não foi mau, não foi mau nem por um instante, minha vida não foi menos intensa e bela por isso, mas tive que constatar objetivamente a mim mesma: você não aguenta nada, garota. Se até mesmo depois de uma agradável caminhada de menos de duas horas, com todo o conforto, você já reage com tamanha dor de cabeça e cansaço... Seu corpo está completamente destreinado e sem resistência, e, num campo de trabalho, você desabaria em três dias, nem toda a força de espírito do mundo poderia salvá-la nessa situação. Mas para mim mesma nada disso é grave. Eu me estico no chão e me rendo e tudo passa, e ainda vou louvar a vida e a Deus. Ao menos é o que acho agora.

Mas havia de novo o medo e a tristeza de ser um fardo para os outros e de ser como um peso dependurado nos outros, tornando seu caminho ainda mais difícil. Antes eu sempre dissimulava quando me esforçava fisicamente além dos meus limites, não queria incomodar, caminhava junto, festejava junto, ia tarde para a cama, acompanhava as pessoas em tudo. E nisso não havia também um pouquinho de ansiedade? Medo de que os outros não me achassem assim tão agradável e ficassem irritados e me deixassem de lado se eu dependurasse o peso do meu corpo cansado no divertimento deles? Essa também é a raiz de um dos meus complexos de inferioridade. E depois daquela caminhada também isto: S. tinha combinado comigo de ir amanhã de manhã dar uma olhada em alguns endereços no bairro judeu onde talvez possamos oferecer assistência, e é ainda mais longe que a caminhada até a administração fiscal de quinta-feira de manhã. E até ontem à noite eu ainda não tinha tido coragem de dizer que não conseguiria andar aquela distância. Pois sei que para ele uma caminhada assim é uma distração. E devo ter pensado mais ou menos assim: com Tide ele pode caminhar por horas, então eu também consigo, não é?

De novo, é sempre aquele medo infantil de perder um pouco do amor dos outros, por não se adequar inteiramente. Mas começo a me desprender cada vez mais dessas coisas. As pessoas têm que reconhecer suas limitações, também as físicas, e é preciso aceitar quando não se pode ser para o outro o que se desejaria ser. Reconhecer as fraquezas não quer dizer reclamar delas, pois isso sim daria início a aborrecimentos, também para o outro. E acredito que essa tenha sido a forte necessidade que, ontem à noite, pouco antes das oito horas, me fez correr até ele e até desmarcar com um aluno, contrariando meus hábitos, para estar mais um pouquinho com ele. E, quando eu estava deitada ao seu lado no sofá, de repente lhe disse que estava muito triste, não por mim mesma, mas por causa do cansaço da caminhada, porque com isso constatei quão poucas ilusões posso ter em relação à minha forma física. E ele logo disse, como se fosse a coisa mais óbvia do mundo: «Então talvez também seja melhor que não caminhemos toda aquela distância no domingo de manhã». Então sugeri levar minha bicicleta na mão, assim poderia me sentar nela no caminho de volta. Parece uma bobagem, mas para mim é um feito. De outra forma eu provavelmente teria caminhado até acabar com meus pés, só para dar-lhe esse prazer e não ter a menor possibilidade de ele ficar bravo por eu ter estragado o passeio. São coisas que, naturalmente, só existem na minha imaginação. E agora digo, de maneira muito simples e explícita: veja, minhas forças chegam só até aqui, não consigo ir além disso, não posso fazer nada, você tem que me aceitar como sou. Para mim, esse é um passo em direção ao amadurecimento e à independência, e parece que a cada dia me aproximo mais deles.

Muitos dos que hoje em dia estão indignados com as injustiças na verdade estão apenas indignados porque as injustiças acontecem a eles. Então não é uma indignação verdadeira, profundamente enraizada.

Eu sei que morrerei em três dias num campo de trabalho, vou me deitar e morrer, e, não obstante, não acharei a vida injusta.

fim da manhã

Cada camisa limpa que visto ainda é uma espécie de festa. E cada vez que se pode tomar banho com um sabonete perfumado num banheiro que, durante aquela meia hora, é inteiramente seu. Como se eu estivesse constantemente celebrando uma despedida dessas maravilhas da civilização. E, quando mais tarde eu já não dispuser disso, ainda saberei que elas existem e que podem tornar a vida mais agradável, e as apreciarei como coisas boas da vida, ainda que não estejam ao meu dispor. Pois que por acaso estejam agora ao meu dispor é o que importa, não é?

É preciso superar tudo o que surge, mesmo que surja alguém na forma de um semelhante, no momento em que você acaba de sair da farmácia onde comprou pasta de dentes, e o cutuque com o indicador e pergunte com uma cara

inquisitória: «A senhora tem permissão para comprar ali?».
E eu disse, acanhada mas decidida e com a costumeira simpatia
de sempre: «Sim, meu senhor, pois esta é uma farmácia». «Sei»,
ele disse, muito sucinto e desconfiado, e continuou andando.
Não sou boa em ser rápida e perspicaz. Posso fazer isso num
diálogo, de intelecto a intelecto. Com a corja das ruas, para
usar por uma única vez uma expressão forte, fico completamente indefesa. Torno-me tímida e triste, e fico espantada que
as coisas possam ser assim entre as pessoas, mas não me vem
uma resposta astuta ou um modo de me defender dentro dos
limites do permitido. Aquele homem provavelmente não tinha
autoridade para me interrogar. Era um desses idealistas, que
um dia vai ajudar a livrar a sociedade de elementos judeus.
Cada um com seu prazer nesta vida. Mas um pequeno contato
desse tipo com o mundo exterior tem que ser superado.

No fundo não tenho o menor interesse em fazer figura
de fortona para um ou outro algoz lá fora, e por essa razão
também jamais me forçaria a isso. Eles podem ver minha tristeza e também minha impotência. Não tenho nenhuma necessidade de dar a impressão de ser forte por fora, tenho minha
força interior e isso é suficiente, o resto não é importante.

[domingo, 5 de julho de 1942] 8h30 da manhã

Ele estava vestindo um pijama azul-claro e tinha uma cara
encabulada quando entrou. Isso lhe dava um ar tão encantador. S. sentou-se na beirada da cama para conversar. Agora
ele saiu e demora uma hora até estar pronto: tomar banho,
fazer ginástica, «ler». Essa «leitura» eu posso fazer junto com
ele. Quando ele disse: «Ainda preciso de uma hora», fiquei

tão triste como se tivesse que me despedir dele para sempre; então uma repentina onda de tristeza inunda minha cabeça. Ah, deixar alguém que se ama completamente livre, deixar que viva sua própria vida por inteiro, é a coisa mais difícil que existe. Estou aprendendo, estou aprendendo com ele.

Uma verdadeira orgia de sons de passarinhos lá fora, um telhado plano com seixos e uma pomba atrás da minha janela escancarada. E logo cedo já faz sol. Tossiu hoje de manhã e ainda sente o ponto dolorido na cabeça. Ele disse: «Esgotamento». Não vamos comer na casa de Adri, ele teve um sonho estranho que chamou de «sonho premonitório». Acordei às cinco e meia. Às sete e meia me lavei toda nua e fiz um pouco de ginástica e depois fui deitar de novo sob as cobertas e então ele entrou hesitante no seu pijama azul-claro e estava encabulado e tossiu e disse: «Esgotamento». Vamos ao médico esta manhã, em vez de fazer aquela longa caminhada. Hoje vou me recolher e descansar no meu silêncio interior. No espaço íntimo de silêncio onde agora peço guarida por um dia inteiro. Talvez eu então descanse. Corpo e mente estão muito cansados e em más condições. Mas hoje não preciso trabalhar e tudo ficará bem. Há sol no telhado e uma orgia de sons de pássaros, e este quarto já está tão em torno de mim que eu poderia rezar.

Nós dois temos uma vida pregressa turbulenta, ele com mulheres, eu com homens, e ele se sentou com um pijama azul-claro na beirada da minha cama e deixou a cabeça descansar por um instante sobre meu braço nu e conversamos um pouco e depois ele foi embora. Isso na verdade é muito tocante. Nenhum de nós tem a deselegância de tirar proveito de uma situação fácil. Tivemos no passado uma vida turbulenta e desregrada em camas estranhas e no entanto sempre podemos ser de novo tímidos. Acho muito bonito e me alegro por isso. Agora vou vestir meu roupão colorido e vou lá para baixo ler a Bíblia junto com ele. Depois vou passar o dia inteiro sentada num cantinho da câmara de silêncio que há em mim. Ainda levo uma vida muito privilegiada. Hoje não tenho que trabalhar, nem fazer tarefas domésticas, nem dar aulas. Meu café da manhã está num saquinho de papel e Adri vai nos trazer comida quente. Vou só ficar sentada naquele cantinho do meu silêncio, agachada como um buda e também com aquele sorriso, interior, bem entendido.

9h45

Aqueles salmos, que as pessoas agora sabem como colocar na vida diária, foram boas provisões para o estômago em jejum. Acabamos de passar juntos o início de um dia e isso foi muito bonito. E foi um alimento vital. E outra vez aquela pontada estúpida no meu coração quando ele disse: «Agora vou fazer ginástica e me vestir». E eu senti: agora tenho que voltar lá para cima, para o meu próprio quarto, como se de súbito estivesse mais uma vez completamente abandonada e sozinha no mundo. Certa ocasião, escrevi: «Gostaria de compartilhar minha escova de dentes com ele». Aquela vontade de estar junto com alguém até nos menores gestos cotidianos. Contudo, essa distância é boa e frutífera. E sempre nos encontramos; logo ele vem me buscar para o café da manhã na sua mesinha redonda ao lado do gerânio, que continua florescendo dia a dia. Ah, os pássaros e o sol naquele telhado de seixos. E em mim uma meiguice e resignação tão grandes. E um contentamento, esse repouso em Deus. Uma coisa extremamente forte emana do Antigo Testamento, e há algo «popular» nele.

Personagens maravilhosos vivem ali. Poéticos e rigorosos. Na verdade, a Bíblia é um livro extremamente emocionante, rude e terno, ingênuo e sábio. Não só interessante pelo que é dito, como também para conhecer aqueles que o dizem.

à noite, 10h

Agora só mais isto: cada minuto deste dia foi, por assim dizer, anulado num piscar de olhos, o dia como um todo jaz em mim tal qual uma totalidade íntegra e reconfortante, uma lembrança que em algum momento será necessária e que levarei comigo como uma realidade sempre presente. Mas cada fase deste dia foi seguida por uma nova, que fazia empalidecer e anular num piscar de olhos tudo o que havia antes. As pessoas não podem se preparar para o Milagre nem para a Destruição. Ambos estão presentes como possibilidades extremas, mas não podemos nos preparar nem para um nem para o outro. O que conta, na verdade, é que se encarem as coisas urgentes de todos os dias. Ontem à noite falamos sobre campos de trabalho. Eu disse: «Não preciso criar nenhuma ilusão sobre isso, sei que estarei morta em três dias porque meu corpo é frágil». Werner era da mesma opinião no que dizia respeito a ele. Mas Liesl disse: «Não sei, tenho a sensação de que apesar de tudo vou sobreviver». Posso compreendê-la bem, eu também sentia isso antigamente. Uma sensação de uma força primordial indestrutível. E ainda tenho essa sensação, seu cerne está em mim. Mas isso também não pode ser entendido de um ponto de vista materialista. Não é questão de aquele corpo destreinado aguentar ou não, isso é relativamente secundário, a força primordial está ali, de maneira que, mesmo que se tenha um fim miserável, até o último piscar de olhos sabe-se que a vida é plena de sentido e é bela e que cada um traz todas as suas realizações em si mesmo e que a vida foi boa da forma que foi. Não posso dizer isso assim, uso sempre as mesmas palavras.

segunda de manhã [6 de julho de 1942], 11h

Talvez eu agora possa escrever uma horinha inteira sobre as coisas mais essenciais. Em algum lugar Rilke escreve sobre seu amigo paralítico, Ewald: «Mas também há dias em que ele envelhece, em que minutos passam por ele como anos». Assim passaram por nós, ontem, as muitas horas do dia.

Na despedida, inclinei-me um pouco em direção a ele e disse: «Eu ainda gostaria de ficar tanto tempo quanto possível junto a você». E sua boca estava tão suave, indefesa e melancólica no seu rosto e ele disse, quase sonhador: «Sim, então todo mundo ainda tem seus desejos particulares?». E eu agora me pergunto: não devemos nos despedir desses desejos também? Quando se começa a aceitar, não se deve então aceitar tudo? Ele estava encostado na parede do quarto de Dicky e eu me inclinei de leve contra ele; aparentemente, não era distinto de incontáveis momentos desse tipo na nossa vida, mas para mim foi como se de repente se estendesse à nossa volta um céu como o das tragédias gregas. Por um instante tudo se tornou vago para os meus sentidos e eu estava junto dele no meio de um espaço infinito, permeado de ameaças, mas também de eternidade. Talvez, ontem, esse tenha sido o momento em que a grande mudança se realizou de uma vez por todas em nós. Ele ainda continuou encostado na parede mais um pouco e disse, com uma voz quase melancólica: «Hoje à noite tenho que escrever para minha namorada, que está prestes a fazer aniversário, mas o que devo escrever? Faltam-me vontade e inspiração». E eu disse a ele: «Você já tem que começar a tentar acostumá-la à ideia de que ela talvez nunca mais o veja, tem que lhe dar um alicerce para que ela possa continuar sua vida. Tem que lembrá-la de como vocês, apesar da separação física, estiveram juntos todos esses anos e como ela tem a obrigação de seguir vivendo de acordo com seu espírito e dessa maneira manter algo do seu espírito para este mundo, isso é o que importa». Sim, é assim que as pessoas falam umas com as outras hoje em dia, e nem sequer soa irreal, entramos numa nova realidade e tudo ganhou outras cores e outros relevos.

E entre nossos olhos, mãos e bocas agora vai e vem uma corrente ininterrupta de suavidade e ternura na qual cada pequeno desejo foi extinto, agora o que importa é ser bom um para o outro com toda a bondade que há em nós. E cada encontro também é uma despedida. E esta manhã ele telefonou e disse, quase sonhador: «Foi bonito ontem», e: «Durante o dia, temos que estar juntos tanto quanto possível». E ontem à tarde, quando estávamos como dois solteiros mimados, como de fato ainda somos, num almoço copioso na sua mesinha redonda, um almoço no qual não havia nenhuma correlação com este momento histórico, e então eu disse que não queria me afastar dele, de repente ele se tornou rígido e de modo impressionante disse: «Não se esqueça de tudo o que a senhorita sempre diz, não deve se esquecer». E eu já nem tinha a sensação de ser uma menininha interpretando um papel numa peça de teatro que está muito além da minha compreensão (como foi o caso tantas vezes no passado), mas aqui se tratava da minha vida e do meu destino e eu podia assumi-los, e meu destino, com todas as ameaças e inseguranças e crenças e amor, fechava e me servia como uma peça de roupa feita sob medida. Eu o amo com toda a abnegação que ensinei a mim mesma e jamais poria sobre ele o menor peso dos meus medos e desejos. Abandonaria até mesmo o desejo de ficar junto dele até o último instante. Todo o meu ser está se transformando numa grande oração por ele. E por que só por ele? Por que não também por todos os outros?

Há meninas de dezesseis anos que também são mandadas para campos de trabalho. Nós, mais velhos, deveríamos protegê-las, caso isso também aconteça mais tarde com nossas meninas holandesas.

Ontem à noite de repente ainda quis dizer a Han: «Sabia que meninas de dezesseis anos também estão sendo chamadas?». E me segurei e pensei: por que eu não deveria ser boa também para ele, por que sobrecarregá-lo ainda mais? Posso muito bem processar essas coisas sozinha, não? Todos precisam saber o que está acontecendo, é verdade, mas também é preciso ser bom para os outros e não querer sempre lhes impor aquilo que se pode muito bem suportar sozinho, não é?

Alguns dias atrás eu ainda pensei: o pior de tudo para mim será quando eu não puder mais ter lápis e papel para de vez em quando esclarecer as coisas para mim mesma; isso é para mim o mais imprescindível; de outra forma, com o tempo algo irá explodir em mim e me destruir de dentro para fora. E agora eu sei: uma vez que se renuncia às exigências e desejos, então também é possível renunciar a tudo. Aprendi isso naqueles poucos dias.

Talvez eu ainda possa ficar aqui por um mês e então aquela fresta no regulamento também será descoberta. Vou pôr ordem nos meus papéis e me despedir todos os dias. E a verdadeira despedida então será apenas uma pequena exteriorização daquela que dia após dia já foi consumada em mim.

Estou com um estranho ânimo. Sou realmente eu, escrevendo aqui, com uma calma e uma maturidade tão grandes em mim, e será que alguém conseguiria entender se eu dissesse que me sinto tão estranhamente feliz, sem exagero nem nada, mas de um jeito muito simples, porque dia após dia crescem em mim uma delicadeza e uma confiança? Porque tudo de confuso e ameaçador e grave que me atinge em nenhum momento me leva à insanidade. Porque continuo a ver e viver a vida de maneira clara e nítida em todos os seus contornos. Porque nada se torna turvo no meu pensar e no meu sentir. Porque posso suportar e assimilar tudo, e a consciência de todo o bem que há na vida e que também houve na minha vida não será destituída por todo o resto, mas cresce cada vez mais forte comigo. Quase não ouso continuar a escrever, não sei o que é isso, como se eu já fosse longe demais no meu arrebatamento de tudo aquilo que leva a maioria das pessoas praticamente à loucura. Se eu soubesse, soubesse com certeza, que morreria na próxima semana, ainda assim poderia passar a semana inteira estudando na minha escrivaninha, com toda a paz de espírito, sem que isso fosse uma fuga, e agora sei que vida e morte estão profundamente ligadas, será um transcorrer, mesmo que o fim seja, em sua aparência, triste ou horrendo.

Ainda temos que passar por muita coisa. Ficaremos miseráveis e, se esse processo continuar por muito tempo nos empobrecendo, continuaremos a perder forças diariamente, não só pelo medo e insegurança, como também pelas besteiras mais simples, como ser cada vez mais excluído de lojas e cobrir longas distâncias a pé, o que para muitos que conheço já é extenuante. Nossa destruição se aproxima sub-repticiamente por todos os cantos e logo o círculo se fechará à nossa volta, de maneira que nenhuma ajuda de pessoas bem-intencionadas será possível. Agora ainda há muitas frestas, mas elas serão tapadas.

É tudo tão engraçado com as pessoas: agora está chuvoso e frio. Como se do planalto daquela noite quente de verão a gente de repente desabasse por uma encosta íngreme num vale frio e úmido. Da última vez que passei a noite com Han, também estava nessa fronteira desnivelada entre calor e frio. Quando tive aquela conversa com ele ontem à noite, em frente à janela aberta, sobre as últimas coisas e as mais difíceis, que são o que importa agora, e olhei em seu rosto retesado, então tive a sensação: esta noite vamos nos deitar nos braços um do outro e chorar. Acabamos nos deitando nos braços um do outro, mas não choramos. Apenas, quando seu corpo estava sobre o meu no último êxtase, de repente se ergueu de mim uma enorme onda de tristeza, simplesmente tristeza humana, e por um instante me inundou e senti uma compaixão por mim mesma e por todos e, com isso, senti que tudo devia ser como era. Mas, no escuro, pude esconder meu rosto entre seus ombros nus e saboreei sozinha minhas lágrimas. E então de repente me lembrei da torta da sra. Witkowski[58] esta tarde, como de uma hora para a outra ela foi coberta pela camada de morangos, e tive que rir sozinha com um humor quase radiante. E agora tenho que ir cuidar do almoço e às duas horas vou me encontrar com ele. Ainda poderia escrever que meu estômago não está em ordem e que no meu corpo há ainda outras coisas que não estão em ordem, mas me propus a não escrever mais sobre minha saúde, gasta muito papel e isso logo passa. Antes tinha que escrever muito a esse respeito porque nem sempre conseguia lidar bem com isso, mas agora já superei. Ao menos é o que penso. Será que sou leviana e imprudente? Não sei.

---

58   A sra. Witkowski era a esposa do médico de Spier.

7 de julho [1942]. terça de manhã, 9h30

Mien[59] acaba de ligar avisando que ontem Mischa foi submetido a inspeção médica para ser enviado a Drente. Ainda não se sabe o resultado. Minha mãe está acabada, ela disse, e meu pai lê muito, fica no seu próprio mundo.

As ruas pelas quais as pessoas passam de bicicleta já não são as mesmas, o ar é pesado e ameaçador, e sobre nós parece haver um céu de tempestade, mesmo com o sol brilhando. As pessoas agora vivem lado a lado com o Destino, ou como se quiser chamar; também se encontram todo dia maneiras de lidar com ele e tudo é muito distinto do que podíamos ler antigamente em todos os livros.

Quanto a mim, agora sei: devemos deixar de nos preocupar com os outros a quem amamos. Quero dizer: toda a força e amor e confiança em Deus que a pessoa tem dentro de si, e que nos últimos tempos crescem em mim de forma tão miraculosa, devem estar disponíveis para qualquer um que por acaso cruze nosso caminho e deles precise. «Acostumei-me mal a você», S. disse ontem. E Deus sabe o quanto me acostumei mal a ele. E mesmo assim também tenho que renunciar a ele. Quero dizer: tenho que extrair do meu amor por ele força e amor para qualquer um que necessite, mas meu amor e atenção para com ele não podem me consumir tanto a ponto de roubar todas as minhas forças. Pois mesmo isso é prisão-do-eu. E mesmo do sofrimento é possível extrair forças. E com o amor que sinto por ele posso me alimentar por uma vida inteira, e a outros também. É preciso ser consequente até o fim. Pode-se dizer: até este ponto posso aguentar tudo, mas, se algo acontecer com ele ou se eu tiver que me afastar

---

59   Mien Kuyper dava aulas de piano e organizava concertos caseiros.

dele, então não posso seguir adiante. Mesmo assim deve-se ser capaz de seguir adiante. Atualmente é um ou outro: a pessoa ainda pode pensar inescrupulosamente em si mesma e em sua autopreservação ou renunciar a todos os desejos pessoais e se render. E para mim essa rendição não se trata de se resignar, ou de uma morte, mas ali, onde Deus por acaso me coloca, ainda apoiar o que posso e não ser apenas tomada pela própria tristeza e privação. Continuo com um estranho ânimo. Eu poderia dizer: como se eu flutuasse em vez de andar, como se eu não estivesse tão inserida na realidade e não soubesse exatamente do que se trata.

Alguns dias atrás ainda escrevi: Gostaria de passar horas sentada na minha escrivaninha estudando a sós. Isso já não é possível. Quer dizer, ainda pode acontecer algum dia, mas é preciso desistir dessa condição. É preciso desistir de tudo e fazer num dia os milhares de pequenas coisas que há para fazer para os outros, sem se perder aqui e ali. Ontem Werner disse: «Não vamos nos mudar, já não vale a pena». E ele me olhou e disse: «Se pelo menos partíssemos juntos». O pequeno Weyl olhou tristonho para suas pernas magras e disse: «Tenho que arranjar duas ceroulas para mim esta semana. Como posso consegui-las?», e para os outros: «Se eu ao menos fosse na mesma cabine que vocês».

Na próxima semana, à uma e meia da madrugada, é a partida. A viagem de trem é grátis, sim, realmente grátis, e eles não podem levar plantas ou animais. Estava tudo especificado na convocação. Também que deviam levar sapatos pesados para trabalhar e dois pares de meia e uma colher, mas nada de ouro e prata e platina, não, isso não; aliança de casamento sim, ela pode ser mantida, o que é comovente. «E eu não vou levar nenhum chapéu», disse Fein, «mas um gorro, com certeza vai ficar bem.»

Sim, era assim que estávamos na nossa «hora do aperitivo». Quando voltei para casa ontem à noite depois do tradicional «aperitivo», no caminho pensei: pelos céus, como é que ainda vou conseguir dar uma hora de aula, e com aquela hora e meia com Wermeskerken,[60] com seu cabelinho curto e grandes olhos azuis desafiadores, eu também poderia escrever um livro inteiro. Espero mais tarde poder me lembrar deste período e no futuro poder contar algo a respeito. É tudo muito diferente daquilo que se lê nos livros, muito diferente. Ainda não consigo escrever sobre os mil detalhes que vivencio diariamente, gostaria muito de me lembrar de cada um deles. Eu mesma percebo: minha aptidão para a observação registra tudo de maneira impecável e ainda com uma particular alegria. Mesmo com todo o colapso das coisas, com todo o meu cansaço, sofrimento e tudo o mais, ainda permanece isto: minha alegria, a alegria do artista em observar as coisas e transformá-las na sua mente a fim de criar uma imagem própria. Lerei com interesse a última expressão nos rostos dos moribundos e a conservarei. Sofro junto com aqueles com quem agora converso todas as noites e que na semana seguinte deverão trabalhar em algum local ameaçado deste mundo, numa fábrica de munição ou sabe-se lá em quê — se é que ao menos ainda poderão trabalhar —, mas registro em mim cada pequeno gesto, cada pequena manifestação, cada expressão do seu rosto e faço isso com um pragmatismo quase frio e objetivo. Tenho mentalidade de artista e acredito que mais tarde, quando sentir que é necessário contar tudo, também haverá talento suficiente em mim.

---

60   Swiep van Wermeskerken tinha aulas de russo com Etty.

à tarde

Um amigo de Bernard encontrou na rua um soldado alemão que lhe pediu um cigarro. Desenvolveu-se uma conversa na qual ele descobriu que o soldado era um austríaco que antigamente era professor em Paris. Quero memorizar uma frase dessa conversa contada por Bernard, que disse: «Na Alemanha, morrem mais soldados por causa da caserna do que por causa do inimigo».

O corretor da bolsa no domingo de manhã no terraço da casa de Leo Krijn: «Temos que rezar de todo o coração para que as coisas melhorem enquanto ainda temos mentalidade para algo melhor. Porque, se nosso ódio nos transformar em cães selvagens como eles, daí já não importará mais nada».

O que ainda me causa a maior preocupação são meus pés inutilizáveis. E espero que minha bexiga tenha se recuperado quando chegar a hora, de outra forma com certeza serei uma figura incômoda para uma comunidade onde se é obrigado a viver amontoado. E então finalmente terei que ir ao dentista. Coisas importantes que foram adiadas por uma vida toda agora têm que ser feitas com urgência, acho. E também vou parar de ficar fuçando na gramática russa: conheço o suficiente para ensinar meus alunos pelos próximos meses e será melhor terminar de ler *O idiota*. Também não vou mais fazer resumos de livros, uma vez que tomam muito tempo e de qualquer maneira não poderei levar tanto papel comigo. Agora vou destilar todo o essencial com meu espírito e poupar para tempos minguados. E também é melhor que eu me acostume à ideia de ir embora daqui, tomando consciência dessa despedida com diversas pequenas ações, de forma que no fim das contas não seja um golpe muito pesado: dar fim em cartas e papéis e muita bagunça na minha escrivaninha. Mas acho que Mischa não será aprovado.

Também tenho que ir mais cedo para a cama, senão me sinto muito sonolenta durante o dia e não é bom. Ainda tenho que conseguir pegar a carta do nosso soldado alemão *kosher* antes de Lizzy[61] ir para Drente, para guardá-la como *document humain*. Depois do primeiro grande e avassalador preâmbulo, aquela história deu muitas voltas estranhas. A vida é tão engraçada e tão surpreendente e tão infinitamente cheia de nuances, e a cada curva do caminho de repente há uma paisagem completamente diversa. A maioria das pessoas tem ideias clichês sobre a vida, mas elas têm que se libertar de tudo internamente, de cada ideia fossilizada, de cada lema, de cada vínculo; é preciso ter coragem de se desvencilhar de tudo, de cada norma e cada arrimo convencional; é preciso ter a ousadia de se arriscar a dar o grande salto no cosmos e, então, então a vida é tão infinitamente rica e transbordante, até mesmo nos sofrimentos mais profundos.

Gostaria de ler tudo de Rilke antes que chegue a hora em que eu talvez não possa ter um livro nas mãos por muito tempo. Eu me identifico fortemente com o pequeno grupo de pessoas que conheci por acaso na casa de Werner e Liesl, que será deportado na semana que vem para trabalhar na Alemanha sob vigilância policial. Esta noite sonhei que tinha que arrumar minha mala. Foi uma noite de dar nos nervos: sobretudo os sapatos me deixaram desesperada, todo tipo de sapato me causava dor. E como será com roupas de baixo e tudo o mais, e com a comida para três dias, e cobertas, tudo numa mala ou mochila? Mas decerto vai sobrar espaço num

---

61   Lizzy é Liesl.

cantinho para a Bíblia? E se possível para *O livro das horas* e *Cartas a um jovem poeta* de Rilke? E eu gostaria tanto de levar meus dois pequenos dicionários de russo e *O idiota*, para manter o idioma. Isso pode naturalmente me deixar numa posição muito estranha, se na hora do registro eu der como profissão: professora de russo. Com certeza será um caso único, e as consequências disso ainda são difíceis de avaliar. Só Deus sabe por quais desvios não planejados algum dia chegarei à Rússia, caso eles, com meu conhecimento de idiomas e tudo, me tiverem nas suas garras.

8h

Muito bem, agora ponho uma tampa sobre todos os rumores deste dia e desta noite, com toda a calma e concentração que há em mim, que são minhas. Uma rosa-chá amarela está sobre minha escrivaninha entre dois vasinhos de violetas roxas. A «hora do aperitivo» já passou. S. perguntou, completamente exausto: «Como é que os Levie aturam isso toda noite? Eu não aguento mais, estou completamente acabado». E agora deixo todos os rumores e verdades para trás para estudar e ler a noite inteira. Como é que isso realmente funciona comigo: nem uma única preocupação ou ameaça deste dia se fixou em mim, agora estou aqui sentada na minha escrivaninha, tão despreocupada e recém-nascida, tão completamente inserida nos estudos, como se nada estivesse acontecendo no mundo. Libertei-me de tantas coisas e nada deixou rastro em mim, sinto-me mais receptiva do que nunca. Na semana que vem, provavelmente todos os holandeses serão controlados. De minuto a minuto renuncio a mais vontades, desejos e vínculos com os outros; estou preparada para tudo, para qualquer lugar neste mundo para onde Deus me mande, e estou preparada para testemunhar em qualquer situação, e até na morte, que esta vida é bela e plena de sentido e que não é culpa de Deus que as coisas sejam como são agora, e sim nossa. Tivemos possibilidades de ter todos os paraísos ao nosso alcance, ainda temos que aprender a lidar com nossas possibilidades. É como se a cada piscar de olhos eu me livrasse de mais fardos, como se todas as fronteiras que existem entre pessoas e povos atualmente caíssem diante de mim. Em alguns instantes é como se a vida tivesse se tornado mais transparente para mim, assim como o coração humano, e vejo e vejo e compreendo cada vez mais, e interiormente tenho cada vez mais paz e há em mim uma grande confiança em Deus, que inicialmente quase me amedrontava por seu rápido crescimento, mas que cada vez mais me pertence. E agora, ao trabalho.

quinta de manhã [9 de julho de 1942], 9h30

E é preciso esquecer novamente palavras como Deus e Morte e Sofrimento e Eternidade. E é preciso se tornar outra vez muito simples e sem palavras, como o grão que cresce ou a chuva que cai. Precisamos apenas ser.

Será que já cheguei mesmo ao ponto em que seria sincero dizer: «Espero que eu vá para o campo de trabalho para poder ajudar as meninas de dezesseis anos que também vão»? Para poder dizer de antemão aos pais que ficarão para trás: «Não se preocupem, vou cuidar das suas filhas».

Quando digo aos outros: «Fugir ou se esconder não tem o menor sentido, já não há escapatória, vamos juntos e vamos tentar ajudar uns aos outros como podemos», isso soa como resignação demais. Algo aí soa de uma maneira que não é nem um pouco o que quero dizer. Ainda não consigo encontrar o tom correto para essa sensação radiante e ininterrupta em mim — na qual também estão incluídos todo o sofrimento e tristeza. Ainda falo num tom muito filosófico e literário, como se eu tivesse criado uma teoria reconfortante para me aliviar um pouco da vida. Por enquanto, é melhor eu aprender a ficar quieta e a *ser*.

sexta de manhã [10 de julho de 1942]

Uma hora é um Hitler e outra hora é, da minha parte, Ivan, o Terrível. Num século é a inquisição e no outro, guerras, ou a peste, terremotos e fome. Em última instância, trata-se de como as pessoas suportam, aturam e processam o sofrimento, que afinal é essencial nesta vida, e de que possam manter uma parte da sua alma intacta ao atravessar isso tudo.

mais tarde

Eu penso e penso e me preocupo e tento me conformar, no menor tempo possível, com as ameaçadoras aflições diárias, e há um botão na gente que torna a respiração dolorosa, e você calcula e procura e tem que deixar o estudo de lado uma parte da manhã, andar de lá pra cá pelo quarto, ter também dor de barriga etc., e de repente a certeza brota novamente em você: mais tarde, quando tiver sobrevivido a tudo, então escreverei histórias sobre esse período que serão como finas pinceladas contra um grande pano de fundo, sem palavras, de Deus, Vida, Morte, Sofrimento e Eternidade. As muitas preocupações às vezes nos assaltam como pragas. Bem, daí é preciso se coçar um pouquinho, e com isso também ficar mais feio fisicamente, mas é preciso dar um jeito de se livrar delas.

Vou considerar um presente a mais o pouco tempo que ainda poderei estar aqui, um período de férias. Nos últimos dias sigo pela vida como se houvesse em mim uma chapa fotográfica que registra tudo ao meu redor de maneira impecável, até os mínimos detalhes. Tenho consciência disso, tudo vai para dentro de mim com contornos incisivos. Mais tarde, talvez muito mais tarde, vou revelar e imprimir tudo isso.

Para descobrir o novo tom, que se adapta ao novo estilo de vida, deve-se ficar quieto. Porém é preciso encontrá-lo ao falar, não dá para ficar quieto, isso também seria uma fuga. A transição do velho para o novo tom também deve ser acompanhada em todas as suas etapas.

Um dia difícil, um dia muito difícil. Um destino coletivo que é preciso aprender a suportar com a eliminação de qualquer infantilidade pessoal. Qualquer um que ainda queira se salvar sabe muito bem que, se ele não for, outro terá que ir no seu lugar. E o que importa se sou eu ou outro, este ou aquele? Isso agora se tornou um destino coletivo, e isso as pessoas têm que saber. Um dia muito difícil. Mas eu constantemente me reencontro numa oração. E isso sempre posso continuar fazendo, mesmo no menor espaço: rezar.

E a parte desse destino coletivo que posso carregar, amarro-a cada vez mais forte e firme como um feixe às minhas costas, cravo-me a ela e já saio assim com ela pelas ruas.

E eu deveria empunhar essa fina caneta-tinteiro agora como se fosse um martelo e as palavras deveriam ser golpes na tarefa de contar sobre o destino e sobre um pedaço de história, como nunca antes existiu. Ao menos não dessa forma maciçamente organizada e totalitária por toda a Europa. Algumas pessoas têm que restar para serem no futuro cronistas desta época. Eu gostaria muito de ser uma dessas cronistas futuramente.

Sua boca tremulava quando disse: «Então também já não será permitido a Adri nem a Dicky me trazer comida».

11 de julho de 1942. sábado de manhã, 11h

Só se deve falar sobre as coisas mais definitivas e sérias desta vida quando as palavras jorram de você de maneira simples e natural, como água de uma fonte.

E, se Deus não me ajudar mais, então eu ajudarei, sim, a Deus.

Aos poucos, um grande combate toma conta de toda a superfície da terra e quase ninguém poderá ficar de fora. Essa é uma fase que temos que atravessar. Os judeus aqui contam coisas extraordinárias uns aos outros: que são emparedados na Alemanha ou exterminados com gases venenosos. Não é muito sensato contar histórias assim, e, além do mais, se tudo isso acontece, bem, então não seria de uma maneira ou de outra sob nossa responsabilidade?

Desde ontem à noite chove com uma fúria quase demoníaca. Já arrumei uma gaveta da minha escrivaninha. Encontrei aquela foto dele perdida há quase um ano, mas que tinha certeza de reencontrar. E, de repente, lá estava ela, no fundo de uma gaveta bagunçada. E isso em mim é típico, sobre determinadas coisas, grandes ou pequenas, eu sei: vai dar tudo certo. Tenho isso muito forte, sobretudo com coisas materiais. Nunca me preocupo pelo dia seguinte; sei, por exemplo, que em breve deverei ir embora daqui e não faço a menor ideia de onde irei parar, e está difícil ganhar dinheiro, mas nunca me preocupo comigo, sei que algo virá. Quando sobrecarregamos todo tipo de coisas futuras com nossas preocupações, não podemos nos desenvolver organicamente. Tenho dentro de mim uma confiança muito grande. Não uma confiança de que tudo sempre andará bem na vida exterior, mas uma confiança de que, mesmo quando as coisas estiverem mal, ainda aceitarei esta vida e a acharei boa.

Dou-me conta nas mínimas coisas do quanto estou me preparando para um campo de trabalho. Caminhava ontem à noite com ele ao longo do cais usando um par de sandálias confortáveis e de repente pensei: também vou levar estas sandálias, daí posso de vez em quando alternar com os sapatos mais pesados.

O que está acontecendo comigo? Uma alegria tão leve e quase brincalhona? Ontem foi um dia difícil, muito difícil, no qual muita coisa teve que ser sofrida e processada dentro de mim. E de novo incorporei tudo o que me assolou e outra vez posso suportar um pouco mais do que ontem. E talvez seja isto que me dá essa tranquilidade e alegria interiores: sempre percebo a maneira pela qual lido com as coisas, completamente sozinha, e meu coração não resseca de amargura com isso, e mesmo meus momentos de mais profunda tristeza e desespero deixam rastros frutíferos em mim e me fortalecem. Não me iludo sobre o real estado das coisas e abandono até a pretensão de ajudar os outros. Partirei sempre do princípio de ajudar Deus tanto quanto possível e, se conseguir isso, bem, então estarei ajudando os outros também. Mas não é possível ter ilusões heroicas a esse respeito.

E o que de fato faria agora, eu me pergunto, se andasse por aí com o cartão de convocação para a Alemanha no bolso e tivesse que partir daqui a uma semana? Imagine que a convocação chegue amanhã, o que você faria então? Para começar, eu não diria nada a ninguém, eu me recolheria no canto mais silencioso da casa e em mim mesma e reuniria forças de todos os quadrantes do meu corpo e da minha alma. Cortaria o cabelo curtinho e jogaria fora o batom. Naquela semana, tentaria terminar de ler as cartas de Rilke. Do tecido para casaco que ainda tenho, mandaria fazer calças compridas e uma jaqueta curta. Naturalmente, ainda gostaria de visitar meus pais e contar-lhes muitas coisas sobre mim, coisas reconfortantes. E a cada minuto que me restasse eu gostaria de escrever para ele, o homem do qual já sei que irei morrer de saudade. Assim como agora, em alguns momentos, acredito morrer quando penso que terei que me afastar dele e ficar sem saber o que lhe acontecerá. Daqui a alguns dias irei ao dentista para tapar os muitos buracos nos meus molares, porque isso, sim, seria realmente grotesco: sofrer de dor de dente. Vou tentar conseguir uma mochila e levar comigo o estritamente necessário, mas tudo deve ser de boa qualidade. Vou levar uma Bíblia e com certeza consigo acomodar os dois livrinhos finos *Cartas a um jovem poeta* e *O livro das horas* em algum lugar num cantinho da mochila, não? Não vou levar nenhum retrato de pessoas queridas comigo, mas nas espaçosas paredes do mais íntimo do meu ser estão muitos rostos e gestos que colecionei e que sempre estarão comigo. E essas duas mãos vão comigo, com seus dedos expressivos, que são como ramos fortes e jovens. E frequentemente essas mãos estarão protetoras sobre mim numa oração e não me deixarão até o fim. E esses olhos escuros vão comigo com seu olhar bondoso, meigo e questionador. E, quando os traços do meu rosto se tornarem feios e arruinados pelo sofrimento em demasia e pelo trabalho pesado, então toda a vida da minha alma poderá se recolher nos meus olhos e todo o resto se reunirá nos meus olhos.

Etcetera, etcetera.

Claro que esse é um estado de espírito, um dos muitos que uma pessoa descobre em si nas novas circunstâncias. Mas também é uma parte e uma possibilidade de mim mesma. Um pedaço de mim que cada vez mais começa a ser predominante. No entanto, no mais: um ser humano é apenas um ser humano. Desde agora acostumo meu coração à ideia de que irei continuar, mesmo que seja separada daqueles sem os quais creio não poder viver. Torno-me mais liberta de instante a instante, concentrando-me cada vez com mais força numa sobrevivência interior na qual permaneceremos unidos, não importa o quanto estejamos distantes. Mas por outro lado: quando caminho de mãos dadas com ele ao longo do cais, que ontem à noite estava outonal e tempestuoso, ou quando me aqueço nos seus gestos bons e generosos no seu pequeno quarto, então sou novamente tomada pela esperança e desejo humanos: por que não podemos ficar juntos? Todo o resto não importa, se ao menos pudermos ficar juntos. Não quero me separar dele. Mas às vezes penso comigo mesma: talvez seja mais fácil rezar por uma pessoa a distância do que vê-la sofrendo ao seu lado.

Neste mundo selvagem e confuso, as comunicações diretas entre duas pessoas nos dias que correm passam apenas pela alma. Por fora, somos desmantelados e os caminhos que levam ao outro ficam tão enterrados sob escombros que, em muitos casos, as pessoas não conseguem mais encontrar aquele que as liga. A continuação ininterrupta de um contato, de uma vida em comum, é possível apenas interiormente, e não há sempre a esperança de que ainda nos encontremos neste mundo?

Claro que não sei como me sentiria se estivesse realmente diante do fato de ter que me afastar dele. Agora ainda tenho sua voz do telefonema de hoje de manhã no meu ouvido e esta noite jantarei com ele na mesma mesa, e amanhã de manhã passearemos e depois comeremos juntos na casa de Liesl e Werner, e à tarde faremos música. Ele ainda está sempre presente. E nos meus sentimentos mais profundos eu talvez ainda não acredite que deverei me afastar dele e também de outras pessoas.

Um ser humano é apenas um ser humano. Nessa nova situação seria preciso primeiro conhecer de novo a si próprio.

Muitos repreendem minha indiferença e passividade e dizem que estou me entregando com muita facilidade. E dizem: «Todos que puderem escapar das garras deles têm que tentar fazê-lo, e isso é uma obrigação». E que tenho que fazer algo por mim mesma. Esse é um cálculo que não bate. A saber, todo mundo está preocupado em fazer algo para si mesmo e tentar escapar neste momento, e de fato uma quantidade, uma quantidade muito grande, terá que ir, não? E o mais louco é que: não me sinto nas garras deles. Nem se eu ficar nem se eu for deportada. Acho isso tudo tão clichê e primitivo, não consigo mais seguir esses raciocínios, não me sinto nas garras de ninguém, sinto-me apenas nos braços de

Deus, para dizer de uma forma linda, e, não importa se é aqui nesta terrivelmente amada e íntima escrivaninha, ou daqui a um mês num quarto austero no bairro judeu ou talvez num campo de concentração sob vigilância da ss, acho que sempre me sentirei nos braços de Deus. E talvez consigam me destruir fisicamente, mas não mais que isso. E talvez eu seja vítima de desespero e privações que mesmo nas minhas fantasias mais engenhosas eu não possa imaginar. E mesmo assim tudo isso é minúsculo em comparação à imensurável amplidão da confiança em Deus e às possibilidades de experiências interiores. Pode ser que eu subestime tudo. Vivo diariamente com todas as duras possibilidades que a qualquer instante podem se concretizar para a minha pessoa, e que para muitos, para tantos, já se concretizaram. Dou-me conta de tudo até os mínimos detalhes; acredito que eu, nos meus confrontos internos, me mantenho com os dois pés no chão mais duro da mais dura realidade. E minha aceitação não é resignação ou apatia. Ainda há lugar para a indignação moral básica com um regime que trata as pessoas dessa forma. Mas as coisas nos atingem de maneira muito grande e demoníaca para que se possa reagir com ressentimento pessoal e amargura. Isso me parece muito infantil e não adequado a esses acontecimentos fatídicos.

As pessoas ficam perturbadas quando digo: não é essencial se vou eu ou outro, o principal é que tantos milhares têm que ir, não? E não é que eu queira me entregar aos braços do meu suplício com um sorriso resignado, também não é isso. É o pressentimento do inevitável e a aceitação do inevitável e de saber que, em última instância, nada nos pode ser retirado. Não quero ir por alguma espécie de masoquismo e ter arrancados meus meios de subsistência dos últimos anos, mas ainda nem sei se me sentirei bem se for poupada daquilo a que tantos têm que se submeter. As pessoas me dizem: «Alguém como você tem obrigação de se colocar em segurança, você ainda tem que fazer muita coisa mais tarde na vida, ainda tem tanto a oferecer». Tudo o que tenho ou não a oferecer, poderei oferecer onde quer que eu esteja, aqui, num círculo de amigos ou num outro lugar, num campo de concentração. E é um raro excesso de confiança achar-se valioso demais para se submeter a um destino coletivo. E, se Deus achar que ainda tenho muito a fazer, bem, então eu o farei, após ter passado por tudo o que outros também puderam passar. E se eu sou uma pessoa de valor só será sabido dependendo de como me comportar sob as novas circunstâncias. E, mesmo que eu não sobreviva, então a maneira como morrerei será crucial para saber quem sou. Já não se trata de manter-se, custe o que custar, fora de uma situação, e sim de como a pessoa se comporta e continua a viver, não importa em que situação. Vou fazer as coisas que são razoáveis que eu faça. Meus rins ainda flutuam e minha bexiga também não está muito bem e por isso vou pedir um atestado, se conseguir. As pessoas também me recomendaram um emprego de fachada no Conselho Judaico. Eles receberam permissão para contratar 180 pessoas na semana passada e agora os desesperados vão em turba aos empurrões, como pedaços de madeira boiando no oceano imensurável depois de um naufrágio, nos quais tantos tentam se agarrar o máximo possível. Mas fazer alguma tentativa aqui me parece sem sentido nem lógica. E não é da minha natureza fazer uso de bons contatos. Aliás, parece que há muita intriga ali, e a aversão àquele estranho órgão mediador aumenta de hora em hora. E além do mais: mais cedo ou mais tarde, será a vez deles. Mas, bem, então pode ser que os ingleses já tenham desembarcado. Isso é o que dizem aqueles que ainda guardam alguma esperança política. Acredito que se deva abandonar qualquer expectativa do mundo exterior e que não se deve ficar fazendo cálculos sobre quanto tempo vai durar etc.

oração da manhã de domingo [12 de julho de 1942]

São tempos assustadores, meu Deus. Esta noite, pela primeira vez, fiquei acordada, deitada no escuro com os olhos ardendo e muitas imagens do sofrimento humano passavam diante de mim. Uma coisa eu prometo, Deus, uma insignificância: não deixarei que minhas preocupações com o futuro pesem sobre o dia de hoje; isso, no entanto, exige certa prática. Cada dia agora já é o bastante em si mesmo. Hei de ajudar-te, Deus, a que não me abandones, mas não posso assegurar nada com antecedência. Mas uma coisa se torna cada vez mais clara para mim: que não podes nos ajudar, mas que temos que te ajudar, e com isso ajudamos a nós mesmos. E essa é a única coisa que podemos salvar nestes tempos e também a única que importa: um pedacinho de ti dentro de nós, Deus. E talvez também possamos ajudar a exumar-te nos corações aflitos de outros. Sim, meu Deus, parece que não podes fazer muito em relação às circunstâncias, elas afinal também são parte desta vida. Também não te chamo à responsabilidade, tu poderás nos chamar à responsabilidade mais tarde. E torna-se mais claro para mim a quase cada batida do coração: que não podes nos ajudar, mas que devemos te ajudar e que temos que proteger até o último instante a morada onde resides em nós. Há pessoas, é bem verdade, que até o último momento colocam aspiradores de pó e talheres de prata em segurança, em vez de ti, meu Deus. E há pessoas que querem pôr em segurança seus corpos, que são apenas alojamento de milhares de medos e amarguras. E dizem: «A mim eles não terão em suas garras». E esquecem que ninguém está nas garras de ninguém quando está nos teus braços. Já começo a ficar mais calma de novo, meu Deus, graças a esta conversa contigo. No futuro próximo ainda terei muitas conversas contigo e dessa forma te impedirei de fugir de mim. Uma hora ou outra terás tempos mais minguados em mim, meu Deus, em que não serás tão vigorosamente alimentado por minha confiança, mas, acredita-me, continuarei a trabalhar para ti e te serei fiel e não te expulsarei do meu torrão.

Tenho forças suficientes para o grande sofrimento heroico, meu Deus, no entanto são mais os milhares de preocupações diárias que às vezes saltam sobre nós como parasitas implacáveis. Enfim, por enquanto, coço um pouco e digo a mim mesma todos os dias: para o dia de hoje está tudo em ordem, as paredes protetoras de uma casa hospitaleira cobrem seus ombros como uma peça de roupa muito usada, familiar, há comida suficiente para hoje e sua cama com os lençóis brancos e cobertas quentes está outra vez esperando para a noite, portanto hoje você não pode perder nem um átomo de energia com suas pequenas preocupações materiais. Use e gaste cada minuto deste dia e transforme-o num dia produtivo, mais uma pedra forte na fundação sobre a qual nossos futuros dias de privação e medo ainda possam se apoiar um pouco.

O jasmim atrás de casa agora está completamente destruído pelas chuvas e tempestades dos últimos dias, sua floração branca flutua espalhada pelas negras poças lamacentas sobre o teto baixo da garagem. Mas em algum lugar dentro de mim o jasmim continua a florescer imperturbável, tão exuberante e delicado como sempre floresceu. E espalha seu perfume pela morada onde habitas, meu Deus. Vês como cuido bem de ti? Não te trago apenas minhas lágrimas e apreensões, trago-te nesta manhã de domingo tempestuosa e cinza até mesmo o perfume de jasmim. E te trarei todas as flores que encontrar no meu caminho, meu Deus, e realmente são muitas. Estarás tão bem quanto possível comigo. E apenas para citar agora um exemplo ao acaso: quando eu estiver trancada numa cela e uma nuvem pairar diante da pequena janela gradeada, então te trarei aquela nuvem, meu Deus, se ao menos ainda tiver forças para isso. Não posso assegurar nada antecipadamente, mas as intenções são as melhores, isso tu percebes.

E agora vou me abandonar a este dia. Vou encontrar muitas pessoas hoje e os rumores maldosos e ameaças voltarão a me assaltar assim como soldados inimigos a uma fortaleza inexpugnável.

14 de julho [1942], terça à noite

Cada um tem que viver de acordo com o que lhe convém. Não consigo agir de maneira ativa para pretensamente me salvar; isso me parece tão sem sentido, e me deixa muito inquieta e infeliz. A carta de solicitação de emprego ao Conselho Judaico, por recomendação insistente de Jaap, tirou-me por um instante do meu equilíbrio sereno, mas também austero, de hoje. Como se fosse uma ação indigna. Esse esbarrar-se até aquele único pedaço de madeira boiando no oceano infinito depois do naufrágio. E aí salvar o que der para salvar e empurrar os outros para o afogamento, tudo tão indigno, e também não gosto daquela multidão se empurrando. Devo fazer parte das pessoas que preferem ficar boiando um pouco de costas no oceano, com os olhos voltados para o céu, e que depois submergem com um gesto resignado e devoto. Não sei ser diferente. Minhas batalhas são travadas interiormente com meus próprios demônios, mas lutar em meio a milhares de pessoas amedrontadas contra fanáticos ao mesmo tempo selvagens e frios como gelo, que querem nosso extermínio, não, isso não é para mim. Também não tenho medo, não sei, estou tão calma, às vezes é como se eu estivesse sobre o pináculo do palácio da história avistando regiões distantes. Esta parte da história, como a vivemos agora, também posso suportar sem sucumbir. Sei de tudo o que acontece e minha cabeça continua lúcida. E às vezes é como se uma camada de cinzas fosse espalhada sobre meu coração. E às vezes também é como se seu rosto murchasse e apodrecesse diante dos meus olhos e por suas feições descoradas os séculos despencassem um após o outro no abismo, e então tudo desmorona diante dos meus olhos e meu coração deixa tudo fluir. São pequenos instantes, depois reencontro tudo e minha mente fica clara de novo e posso suportar este pedaço de história sem sucumbir.

E, uma vez que você comece a caminhar com Deus, então caminha sem parar, a vida inteira é um contínuo caminhar, é uma sensação extraordinária.

Entendo um pouquinho da história e das pessoas.

Não escrevo com prazer agora, é como se neste instante cada palavra desbotasse e envelhecesse sob minhas mãos e pedisse por uma palavra seguinte, que ainda está por nascer.

Se eu pudesse escrever muito do que penso e sinto e do que às vezes, numa centelha, se torna evidente para mim sobre esta vida, sobre as pessoas e sobre Deus, então isso poderia se transformar em algo muito bonito, tenho certeza. Continuarei a ter paciência e deixarei tudo amadurecer em mim.

As pessoas vão longe demais nos seus medos por causa desse corpo infeliz. E o espírito, o espírito elas esquecem encarquilhado em algum canto. As pessoas vivem de forma errada, não se comportam dignamente. Têm muito pouca consciência histórica. Também com uma consciência histórica se pode perecer. Não odeio ninguém. Não tenho rancor. E, se algum dia a verdadeira caridade se desenvolver em você, então ela crescerá infinitamente.

E muitos poderiam me chamar de doida alienada se soubessem como me sinto e como penso. E no entanto vivo exatamente na realidade que cada dia traz consigo. O ocidental não vivencia o «sofrimento» como parte desta vida. E por isso nunca consegue extrair forças positivas do sofrimento. Vou procurar novamente aquelas frases da carta de Rathenau,[62] que já transcrevi uma vez. Tenho-as aqui. Vou sentir falta disto: basta estender uma mão e acho as palavras, os fragmentos que meu espírito quer tomar para si como alimento naquele momento. Mas tenho que ter tudo em mim. Também é preciso poder viver sem livros e sem nada. Haverá sempre um pequeno pedacinho de céu para ver em qualquer parte e haverá sempre espaço ao meu redor para que minhas mãos se cruzem em oração.

São onze e meia da noite. Weyl afivela agora sua mochila, que é pesada demais para suas costas franzinas, e vai caminhar até a Estação Central. Vou junto com ele. Na verdade, não deveria ser consentido às pessoas fechar os olhos esta noite, apenas rezar.

---

62   Walther Rathenau (1867-1922), industrial, político, escritor e estadista alemão. Serviu como ministro das Relações Exteriores da Alemanha na República de Weimar (1919-33).

quarta de manhã [15 de julho de 1942]

Acho que ontem à noite não rezei bem o suficiente. Quando li a carta dele hoje de manhã, só então algo se rompeu e me inundou. Estava preparando a mesa do café da manhã e de repente tive que parar e cruzar as mãos, no meio da sala, e abaixar a cabeça o tanto que conseguisse, então as lágrimas, que havia muito estavam encerradas em mim, inundaram meu coração, e havia tanto amor e tanta compaixão e tanta delicadeza e também tanta força em mim, que devem poder ajudar um pouco. Quando li a carta dele, houve por um instante a definitiva e mais grave seriedade em mim.

Talvez soe estranho, mas esses pálidos e desleixados garranchos a lápis representam para mim a primeira carta de amor de verdade que recebo. Tenho malas inteiras cheias delas, das ditas cartas de amor, e homens já me escreveram tantas palavras, apaixonadas e ternas e com juras e desejos, muitas palavras com as quais tentaram aquecer a si mesmos e a mim, e às vezes era fogo de palha.

Mas estas palavras dele ontem: «Você sabe, isso pesa muito no meu coração», e hoje de manhã: «Querida, quero continuar rezando!». São os presentes mais valiosos jamais oferecidos ao meu coração mimado.

à noite

Não, não acredito que irei sucumbir. Esta tarde, aquele breve período de desespero e tristeza, não por tudo o que está acontecendo, mas simplesmente por mim mesma; a ideia de que deverei deixá-lo sozinho, nem sequer tristeza pela saudade que vou sentir dele, mas a tristeza pela saudade que ele terá de mim. E alguns dias atrás eu pensava que nada podia me acontecer quando minha convocação viesse e que eu já teria sofrido e vivido tudo por antecipação, mas hoje à tarde percebi de repente que tudo pode me afligir de maneira ainda mais palpável do que já aflige. Foi muito difícil. Fui infiel a ti por um instante, Deus, mas não completamente. É bom passar por esses momentos de desespero e arrefecimento temporários, a calma contínua seria quase sobre-humana. Mas agora sei outra vez que irei superar qualquer desespero. Não poderia imaginar, esta tarde, que hoje à noite me sentaria de novo tão tranquila e concentrada nesta escrivaninha. Por um instante, tudo em mim foi apagado pelo desespero e muitas correlações sumiram e senti uma tristeza terrivelmente grande. E então de novo os milhares de pequenas preocupações, sobre os pés, que estão doloridos depois de meia hora de caminhada, e dores de cabeça, que podem aumentar tanto a ponto de esmagar você por dentro etc. Mais uma vez, tudo já passou. Sei que ainda serei frequentemente arrebentada, destruída e arremessada contra esta terra de Deus. Também creio que sou muito resistente e que sempre conseguirei me reerguer. Embora hoje à tarde eu tenha passado por um processo de endurecimento e entorpecimento, e tenha sentido o que certas circunstâncias extremas podem fazer com a gente ao longo dos anos. Mas agora minha mente está mais clara que nunca. Vou cedo para a cama esta noite e amanhã estarei bem descansada. Tenho que conversar detalhadamente com ele amanhã sobre nosso destino e nossa atitude. Isso mesmo!

E me trouxeram as cartas de Rilke, aquelas de 1907 a 1914 e de 1914 a 1921; espero ainda poder terminar de lê-las.

E Schubart também.[63] Jopie[64] os trouxe. E tirou do corpo seu pulôver de pura lã de carneiro, que protege contra a chuva e o frio, como um segundo são Martinho. Já é uma peça de roupa para a viagem. Será que consigo levar os dois volumes de *O idiota* e meus pequenos dicionários Langenscheidt entre minhas cobertas? Prefiro levar menos comida, se tiver como levar os livros. Menos cobertas não é possível, porque de qualquer forma vou morrer de frio. A mochila de Hans estava no corredor hoje à tarde e eu a experimentei às escondidas, não tinha muita coisa dentro, mas para ser sincera aquele troço já pesava demais para mim.

Enfim, estou mesmo nas mãos de Deus. Meu corpo com todas as suas mazelas também. Se, em algum momento me sentir derrotada e perturbada, então em algum lugar num cantinho dentro de mim tenho que saber que irei me erguer outra vez, do contrário estarei perdida.

Vou por um caminho e serei guiada por esse caminho. Sempre reencontro minha consciência e então sei melhor do que nunca como devo proceder. Não, não *como* devo proceder, mas sim que vou saber novamente a cada ocasião.

«Querida, quero continuar rezando.»

Eu o amo tanto.

E hoje me pergunto mais uma vez: não será mais fácil rezar por uma pessoa a distância e continuar a viver com ela interiormente do que vê-la sofrer ao seu lado?

Seja como for, o único perigo para mim é que meu coração uma hora sucumba de amor por ele. Agora ainda quero ler um pouco.

---

63 Poeta alemão (1739-91).

64 Jopie é Johanna Smelik, filha de Klaas Smelik.

Quando rezo, nunca rezo por mim mesma, sempre pelos outros, ou tenho um diálogo insano ou pueril ou extremamente sério com o que há de mais profundo em mim, que para maior comodidade chamo de Deus. Acho tão infantil rezar pedindo algo para si, não sei. Tenho que lhe perguntar amanhã se ele às vezes reza por si mesmo. Mas, bem, quando rezo por ele, na verdade também rezo por mim mesma. Também acho infantil rezar por outra pessoa para que ela fique bem, só se pode rezar para que um outro tenha forças para suportar também as dificuldades. E, quando rezamos por alguém, enviamos àquela pessoa um pouco das nossas próprias forças.

E este é o maior sofrimento para muitos: o total despreparo interior, pelo qual já perecem miseravelmente aqui, antes mesmo de terem visto um campo de concentração. Depois dessa atitude, nossa catástrofe é completa. Na verdade, na verdade, o Inferno de Dante é uma opereta ligeira em comparação. «Este é o inferno», ele disse pouco tempo atrás, de maneira muito simples e objetiva. Há horas que parece que ruge e guincha e assovia em volta da minha cabeça. E os céus pairam baixos de forma ameaçadora. E, no entanto, de vez em quando ressurge outra vez em mim aquele humor leve e saltitante, que também nunca me abandona e que contudo não é um humor negro, ao menos creio que não. Com o tempo, preparei-me pouco a pouco para esses momentos. Já não me deixam aturdida e posso continuar a viver com uma visão clara sobre as coisas. Afinal não se tratava apenas de «literatura» e estetismo o que andei fazendo aqui na minha escrivaninha nos últimos anos.

E este último ano e meio poderia compensar toda uma vida de sofrimento e desgraça. Cravou-se em mim, este ano e meio sou eu mesma e este período acumulou uma reserva em mim com a qual posso seguir por toda uma vida, sem passar muitas necessidades.

mais tarde

Quero me lembrar de uma coisa para meus momentos mais difíceis e para ter sempre à mão: que Dostoiévski passou quatro anos exilado na Sibéria, tendo como única leitura a Bíblia. Também nunca conseguia ficar sozinho e a higiene não era das melhores.

No dia 15 de julho Etty consegue um emprego no Conselho Judaico. [J.G. Gaarlandt][65]

[quinta] 16 de julho, 9h30 da noite

Tens acaso outros planos para mim, Deus? Posso aceitar isso? Continuo preparada, mesmo assim. Amanhã vou para o inferno, tenho que descansar bastante para aguentar o trabalho ali. Sobre este dia de hoje poderei falar durante todo um ano no futuro. Jaap e Loopuit, o velho amigo, que disse: «Certamente não permitirei que Etty H. seja arrastada para a Alemanha». Eu disse a Jaap, após Leo de Wolff[66] também nos ter poupado algumas horas de espera: «Terei que fazer

---

65   Editor responsável pela compilação dos diários de Etty Hillesum. [N. T.]

66   Leo de Wolff estava à frente da «Expositur», intermediária entre o Conselho Judaico e os alemães.

muita coisa boa para outras pessoas no futuro, para compensar isso tudo. Algo não vai bem na nossa sociedade, ela não é justa». Liesl, muito espirituosa, disse: «Então você é apenas uma vítima da proteção».

E eu ainda consegui ler algumas cartas de Rilke ali no corredor, no meio do aperto e da aglomeração, vou seguindo à minha maneira. E o pavor naqueles rostos. Todos aqueles rostos, meu Deus, aqueles rostos. Agora vou para a cama. Espero ser um ponto de tranquilidade naquele hospício. Vou levantar cedo para me concentrar. Deus, o que planejas fazer comigo? Não consegui nem assimilar direito aquele chamado, depois de algumas horas já tinha esquecido. Como é que aconteceu tão depressa? Ele disse: «Li seu diário hoje à tarde e, quando o li, tive certeza: nada vai acontecer a você».

Tenho que fazer alguma coisa para Liesl e Werner, devo. Não apressadamente. De forma pensada e concentrada, mas enfiar uma carta rapidamente no bolso de Loopuit.

Aconteceu um milagre e também tenho que aceitar isso, tenho que assumir.

São bastante inescrutáveis os teus caminhos, meu Deus.

19 de julho [1942]. domingo à noite, 9h50

Tinha muito para falar contigo, meu Deus, mas tenho que ir para a cama. Agora estou como que narcotizada e se não estiver deitada na cama às dez horas não conseguirei aguentar um dia assim.

E aliás: tenho que encontrar uma linguagem inteiramente nova para falar sobre tudo o que está mexendo com meu coração nos últimos dias. Estou longe de estar farta de ti, meu Deus, e deste mundo. Ainda quero viver por muito tempo e vou passar por tudo que nos seja imposto. Esses últimos dias, meu Deus, esses últimos dias!

E esta noite. Ele respira do mesmo modo que caminha. E eu disse, sob a coberta: vamos rezar juntos. Não, não consigo falar a respeito, sobre tudo o que aconteceu nos últimos dias e na noite passada.

Contudo, sou tua eleita, meu Deus, que me permitiste tomar parte em tanta coisa nesta vida e me deste tantas forças para suportar tudo. E que meu coração também consiga suportar sentimentos tão grandes e intensos. Quando ontem à noite, às duas horas, finalmente subi para o quarto de Dicky e ajoelhei, quase nua, no meio do quarto, completamente *dissoluta*, então de repente eu disse: «Vivi, afinal, grandes coisas ao longo deste dia e desta noite, meu Deus, agradeço por poder suportar tudo e que me deixes escapar tão pouco».

E agora tenho que ir para a cama.

20 de julho [1942]. segunda à noite, 9h30

Desumano, desumano! Por isso, temos que ser muito mais misericordiosos interiormente, é a única coisa que nos resta fazer.

O que acabou sendo minha oração hoje no início da manhã:

Meu Deus, esta época é dura demais para pessoas frágeis como eu. Também sei que depois disso virá novamente outra época, mais humanista. Quero tanto continuar vivendo para levar toda a humanidade que guardo em mim, apesar de tudo com o que convivo diariamente, para esta nova era. Essa também é a única maneira de nos prepararmos para o novo tempo, já o preparando em nós. E de alguma forma estou leve por dentro, tão sem amargura, e tenho muita força de amor em mim. Quero tanto continuar vivendo para ajudar a preparar a nova era e para preservar e levar o que há de indestrutível em mim para o novo tempo, que certamente virá, afinal ele já cresce em mim, já o sinto a cada dia, não?

Creio que foi mais ou menos assim a oração hoje de manhã. Ajoelhei tão espontaneamente no capacho duro do banheiro e as lágrimas correram pelo meu rosto. Acho que essa oração me deu forças para o dia inteiro.

E agora ainda vou ler uma pequena novela. Continuo a levar meu próprio estilo de vida em meio a todas as circunstâncias, mesmo que eu datilografe mil cartas por dia, das dez da manhã às sete da noite, e chegue em casa às oito horas, com pés destruídos de tanto andar, para só então ir jantar. Sempre encontrarei uma hora para mim mesma. Continuo inteiramente fiel a mim e não vou me resignar ou esmorecer.

Não conseguiria aguentar esse trabalho se não me munisse todos os dias da grande tranquilidade e equilíbrio que há em mim.

É, meu Deus, eu te sou muito fiel, nos bons e maus momentos, e não perecerei. Ainda acredito no sentido mais profundo desta vida e sei como devo seguir vivendo e há tão grandes certezas em mim, e... e tu acharás incompreensível, mas eu acho a vida tão bonita e me sinto muito feliz. Isso não é maravilhoso? Também não ousaria dizer isso a ninguém com palavras tão precisas.

21 de julho [1942]. terça à noite, 9h

Hoje à tarde, na minha longa caminhada para casa, quando as preocupações de repente queriam tomar conta de mim e pareciam não ter fim, disse a mim mesma de improviso: «Se você diz acreditar em Deus, então também deve ser consequente, tem que se entregar por completo e confiar. Então também não pode se preocupar com o dia de amanhã».

E, quando caminhava um pouco com ele ao longo do cais — agradeço-te, meu Deus, que isso ainda seja possível; mesmo que possa estar com ele apenas cinco minutos por dia, ainda valerá a pena trabalhar duro o dia inteiro para isso —, então S. disse: «Ah, as preocupações que todos têm», então também lhe disse: «Temos que ser consequentes, uma vez que temos confiança, temos que tê-la por inteiro».

Sinto-me como o repositório de um pedaço valioso de vida, com toda a responsabilidade por ele. Sinto-me responsável pelo belo e grandioso sentimento por esta vida que tenho em mim e tenho que tentar escoltá-lo intacto por este período, rumo a um tempo melhor. É a única coisa que importa. Sempre tenho consciência disso. E há momentos em que penso que deveria me resignar ou ceder, mas esse sentimento de responsabilidade pela vida que há em mim sempre retorna para mantê-la realmente viva. Agora também vou ler algumas cartas de Rilke e depois ir bem cedo para a cama. Minha vida pessoal, até o dia de hoje, ainda é infinitamente boa.

E, em meio aos mil requerimentos que datilografei hoje naquele ambiente, a meio caminho entre o inferno e um hospício, ainda li isto de Rilke, que mais uma vez significou tanto quanto se eu tivesse lido no isolamento deste quarto silencioso:

Mas ao menos descobri em mim o gesto com o qual se acerca algo grande do que é grande, não para me livrar do peso, que é imenso em tudo o que é grande e infinito em tudo o que é incompreensível: mas para reencontrá-lo, sempre no mesmo lugar sublime, no qual continua a viver sua vida, para além do nosso confuso luto, sobre o qual cresce sem medidas.

E então ainda queria dizer mais uma coisa: acredito que aos poucos cheguei à simplicidade que sempre desejei.

[quarta] 22 de julho [1942], 8h da manhã

Deus, dá-me força, não só espiritual, também física. Quero confessar-te com sinceridade um momento de fraqueza: se eu tiver que ir embora desta casa, ficarei perdida. Mas não quero me preocupar antecipadamente com isso, nem por um dia. Leva então essas preocupações para longe de mim, pois, se eu também tiver que as carregar agora, com tudo o mais, então de fato não conseguirei viver, não é? Estou mesmo muito cansada hoje, em todo o corpo, e não tenho muita coragem para o trabalho deste dia. Não acredito muito nesse trabalho; se continuar por muito tempo, acho que me tornarei totalmente abatida e resignada. Mesmo assim, sou grata por não teres me deixado ficar sentada nesta escrivaninha tranquila, mas teres me colocado no meio do sofrimento e das preocupações destes tempos. Não seria difícil ter um idílio contigo num protegido quarto de estudos, mas agora se trata de levar-te intacto comigo e de permanecer fiel a ti ao longo de tudo, assim como sempre te prometi. Quando ando pelas ruas, tenho muito o que refletir sobre teu mundo, na verdade não se pode chamar de refletir, é mais um tentar compreender com um novo sentido. Com frequência, é como se eu pudesse divisar este período como uma fase histórica da qual já posso ver o começo e o fim e que também já sei classificar como um todo. E sou tão grata por isto: que ao menos não estou amargurada ou cheia de ódio, mas que existe em mim uma renúncia tão grande, que não é resignação, e também uma espécie de compreensão deste período, por mais estranho que isso possa soar. Temos que ser capazes de compreendê-lo, uma vez que compreendemos o ser humano, afinal ele deriva de nós, seres humanos. E ele *é* assim como é, e portanto tem que poder ser compreendido, por mais atordoados que às vezes fiquemos diante dele.

De alguma forma sigo meu próprio caminho interior, que cada vez se torna mais simples e descomplicado, mas que ainda assim é pavimentado com suavidade e confiança.

23 de julho [1942]. quinta à noite, 9h

Minhas rosas vermelhas e amarelas se abriram completamente. Enquanto eu estava lá naquele inferno, elas continuaram a florescer em silêncio. Muitos me perguntam como ainda consigo pensar em flores.

Quando caminhei aquela longa distância na chuva ontem à noite, com bolhas nos pés, ainda entrei numa ruazinha no final, à procura de um carrinho de flores, e cheguei em casa com um grande buquê de rosas. E ali estão elas. São tão reais como toda a miséria que vejo num dia. Há espaço para muita coisa numa única vida. E eu tenho tanto espaço, meu Deus.

Hoje, quando andava lá pelo corredor lotado, de repente tive o ímpeto de me ajoelhar ali, no meio do chão de pedra, em meio a toda gente. O único gesto digno que ainda nos restou: ajoelhar-se perante Deus.

Todos os dias aprendo mais sobre as pessoas e também vejo cada vez mais como as pessoas não estão dispostas a ajudar umas às outras e como se tornam cada vez mais limitadas a suas próprias forças interiores.

«O sentido da vida não é apenas a vida», S. disse, ao longo do cais, quando falamos novamente que o que importava era não perder de vista o sentido da vida.

Deixo escapar constantemente que aquilo lá é uma enorme podridão. Mas hoje de repente pensei: por usar esta palavra, «podridão», com tanta frequência, ela também se propaga pela atmosfera e não torna as coisas melhores.

Isto é o mais deprimente: notar que quase ninguém daqueles com quem trabalho teve seus horizontes interiores ampliados com o sofrimento deste período. Eles também não sofrem de verdade. Odeiam e são cegamente otimistas com relação a si mesmos; fazem intrigas, ainda são ambiciosos nos seus empreguinhos. É uma tralha imunda e há momentos em que eu gostaria de debruçar a cabeça na máquina de escrever de tanto desânimo e dizer: «Não posso mais continuar desse jeito». Mas tudo sempre segue em frente e cada vez aprendo mais sobre as pessoas.

Agora são dez horas. Na verdade, tenho que ir para a cama. Mas ainda gostaria muito de ler alguma coisa. Ainda estou fantasticamente bem. Liesl, a corajosa pequena Liesl, fica até as três da manhã e faz bolsas para uma fábrica. Werner passou sessenta horas sem trocar de roupa. Aconteceram coisas bem estranhas na nossa vida, Deus, dá forças a todos nós. E sobretudo faz com que ele recupere a saúde e não o afaste de mim. Hoje senti subitamente o medo de que ele de repente fosse tirado de mim. Meu Deus, prometi confiar em ti e afugentei novamente meu medo e ansiedade em relação a ele. Sábado à noite estarei com ele. Não posso ser suficientemente agradecida pelo fato de isso ainda ser possível.

O dia de hoje foi muito difícil de novo, ainda assim pude suportá-lo, gostaria agora de dizer algo muito bonito, não sei por quê, algo sobre as rosas ou sobre meu amor por ele. Vou ler mais algumas cartas de Rilke, e, depois, para a cama.

Vou tirar folga no sábado.

O que é mais estranho: fisicamente, tudo está funcionando bem demais em mim; nenhuma dor de cabeça, dor de estômago etc. Às vezes um principiozinho disso, mas então me recolho de tal maneira na minha própria paz interior até que o sangue corra de novo regularmente pelas minhas veias. Talvez meus males fossem mesmo «psicológicos». Também não é uma paz forçada, como muitos pensam no meu caso, ou andar rumo ao esgotamento. Se tudo o que acontece agora me acontecesse um ano atrás, eu com certeza entraria em colapso depois de três dias ou teria cometido suicídio ou agiria de maneira forçadamente alegre. Agora há um equilíbrio tão grande e uma tal capacidade de resistência e uma calma e uma visão geral das coisas e também uma noção de contexto, não sei o que é, mas apesar de tudo: estou muito bem, meu Deus. Agora não consigo mais ler, estou cansada demais, vou levantar cedo amanhã e ficar mais um pouco nesta escrivaninha.

Hoje, quando falamos que queremos ficar juntos, pensei novamente: você já está com aparência tão ruim e deteriorada, eu o amo tanto, mas o pior mesmo será vê-lo sofrer e passar privações ao meu lado. Prefiro rezar por você a distância. Aceitarei tudo como vier, meu Deus. Não acredito

229

muito em ajuda do exterior, não conto com isso, com ingleses ou americanos ou revoluções ou Deus sabe o quê. Não se podem ter ilusões a esse respeito.

O que vier está bom. Boa noite.

24 de julho [1942]. sexta de manhã, 7h30

Ainda quero estudar intensivamente por uma hora antes de começar este dia, tenho muita necessidade disso e também a devida concentração.

Quando as preocupações voltaram a tomar conta de mim logo cedo, acabei me levantando. Deus, leva-as para longe de mim. Não sei o que devo fazer se ele receber uma convocação, que caminhos devo então trilhar para ele. Uma coisa é certa: é preciso aceitar tudo antecipadamente e estar pronto para qualquer fato, e saber que o definitivo, o íntimo não nos pode ser tirado, e a partir dessa paz que se obtém interiormente podem-se dar os passos práticos que é preciso dar. Nada de se preocupar e ter medo, e sim pensar com calma e lucidez.

Ali estão minhas rosas ainda.

Vou levar aquela meia libra de manteiga para o Jaap.

Estou muito cansada.

Posso suportar este período, até o compreendo um pouco.

Se eu sobreviver a isso e depois disser: a vida é bonita e plena de sentido, então as pessoas terão que acreditar em mim.

Se todo esse sofrimento não levar a uma ampliação de horizontes, a uma maior humanidade, ao desapego de todas as mesquinharias e questões de menor importância desta vida, então terá sido em vão.

Esta noite vou jantar com ele no Café de Paris, uma saída assim é quase extraordinária — Liesl disse: «É uma benção podermos suportar tudo isso».

Liesl é uma grande mulher, realmente uma grande mulher, gostaria de escrever sobre ela mais tarde. Iremos sobreviver.

25 de julho [1942]. sábado de manhã, 9h

Comecei o dia de maneira besta. Falando sobre a «situação», como se de qualquer forma fosse possível encontrar palavras para isso. Tenho que utilizar bem esse valioso presente, esse único dia de folga. Não falando e agoniando as pessoas que estão em volta. Esta manhã vou alimentar um pouco meu espírito, noto como tenho cada vez mais necessidade de dar à minha mente material de estudo de difícil apreensão.

Essa última semana foi uma grande afirmação de mim mesma. Sigo meu próprio caminho interior naquele hospício. Centenas de pessoas conversam desordenadamente num pequeno recinto, máquinas de escrever martelando e eu sentada em algum cantinho lendo Rilke. Ontem, no meio da manhã, tivemos que nos transferir de repente, mesas e cadeiras que eu estava usando foram levadas, pessoas que esperavam invadiram a sala, todo mundo dava ordens e contraordens, até sobre a mais mísera cadeira, mas Etty ficou sentada num cantinho, no chão sujo, entre sua máquina de escrever e um pacotinho com o lanche, lendo Rilke. Lá eu mesma cuido da minha legislação social e vou e venho quando acho adequado.

Vivo tanto quanto possível num ritmo próprio em meio a todo aquele caos e miséria, e, a cada momento livre entre o datilografar de centenas de cartas, aprofundo-me nas coisas que são importantes para mim. Não é um bloqueio para todo o sofrimento ao meu redor, nem um amortecimento. Aturo tudo e guardo dentro de mim, mas sigo imperturbável em meu próprio caminho. Ontem foi um dia louco. Um dia em que meu humor quase satânico veio de novo à tona e no qual subitamente me senti outra vez uma criança faceira. Deus, protege-me de uma única coisa: jamais me deixes ir para um campo com as pessoas com quem agora trabalho diariamente. No futuro, escreverei centenas de sátiras a respeito.

E depois há muitas possibilidades aventurosas nesta vida: ontem comi linguado frito com ele, inesquecível, tanto pelo preço quanto pela qualidade. E hoje à tarde às cinco horas vou até sua casa e fico até amanhã de manhã. Vamos ler e escrever e estar um pouco juntos, um fim de tarde e uma noite e um café da manhã. Sim, isso ainda existe. Sinto-me de novo forte e alegre desde ontem. Tão sem medos, mesmo em relação a ele. Totalmente liberta de qualquer preocupação.

Estou ficando com músculos muito fortes nas pernas de tanto andar. Quem sabe um dia ainda não vou caminhar por toda a Rússia?

S. diz: «Esta é uma época para pôr em prática: ame seus inimigos». E, se dizemos isso, então as pessoas têm que acreditar que é possível, não?

Ainda quero copiar uma coisa de Rilke que me comoveu ontem, como tantas coisas dele.

Há em mim um enorme silêncio que está crescendo. E ao redor dele deságuam tantas palavras que me deixam cansada, porque não se pode exprimir nada com elas. É preciso poupar cada vez mais palavras que não dizem nada para poder encontrar aquelas poucas que são necessárias. E a nova possibilidade de expressão deve surgir por meio do silêncio.

Agora são nove e meia. Até o meio-dia quero ficar sentada aqui nesta escrivaninha; as pétalas de rosas estão caídas entre meus livros. Uma rosa amarela floriu até seus limites e me olha, grande e aberta. Essas duas horas e meia que tenho para mim me parecem quase um ano de privacidade. Sou muito grata por esse par de horas e também pela crescente concentração em mim.

27 de julho de 1942. segunda de manhã, 8h

As pessoas têm que estar preparadas para rever toda a sua vida a qualquer momento e para recomeçar do nada num outro lugar. Sou mimada e indisciplinada. Em meio a tudo, talvez eu ainda queira aproveitar demais a vida. Como estou agora, com o ânimo que tenho desde ontem à noite, não posso fazer outra coisa senão dizer a mim mesma: «Você na verdade é muito ingrata». Aconteceu muita coisa boa nesse fim de semana. Tanto que eu teria o suficiente por várias semanas, mesmo que elas não trouxessem nada além de infortúnio. De fato, também não sou amigável com as moças que ficam lá datilografando. Acho esse trabalho agora simplesmente idiota e sem sentido e tento evitá-lo tanto quanto possível. Estou muito descontente e triste e hesitante neste início de manhã, como há tempos não me sentia, e aqui não se trata do grande «sofrimento», mas de pequenas insatisfações e desajustes pessoais. E estou tão triste por isso, que tudo de valioso e bom desse fim de semana foi soterrado e morto sob uma ninharia. Que uma datilografazinha um tanto vulgar, querendo posar de chefona, diga, quando quero sair de fininho às cinco horas: «Nada disso, isso não é possível, o guia de instruções ainda tem que ser datilografado, é muita falta de companheirismo você já querer ir embora». E como só cabem cinco folhas com carbono de cada vez na minha máquina e precisávamos de dez exemplares do guia, tive portanto que bater tudo duas vezes. E você quer tanto ir encontrar seu companheiro e tem dor nas costas e sente revolta em todas as células do corpo. Você tem uma atitude inadequada. Tem que pensar que, por ter sido aceita ali, ainda pode ficar em Amsterdã junto àqueles que lhe são caros. E você já se permite mais que o suficiente.

Ontem à tarde de repente me dei conta do quanto todo esse serviço é monótono, cinza, do quanto é desolador e indigno e sem nenhuma perspectiva. «Peço humildemente a isenção do trabalho obrigatório na Alemanha, porque já trabalho muito para o exército e sou indispensável para vocês.» É totalmente desolador. E ao mesmo tempo eu já sabia: se não contrapusermos isso a algo radiante e vigoroso, que se possa recomeçar do princípio em algum lugar muito diferente, então estaremos perdidos, de vez e para sempre. Saberei encontrar outra vez o caminho para esse lugar radiante e novo, que agora está encoberto. Estou cansada e abatida. Ainda tenho meia horinha e gostaria de escrever durante dias, até me livrar de tudo o que agora me oprime. Primeiro terei que passar de novo por muitos corredores subterrâneos escuros e estreitos, antes de subitamente alcançar outra vez um lugar iluminado.

Ontem à tarde fiquei uma hora e meia num corredor estreito, lotado de gente, esperando Werner. Eu estava contra a parede, sentada num banquinho, e as pessoas passavam sobre mim, por cima de mim e esbarrando em mim. E eu ali, sentada, com Rilke no colo, lendo. E li mesmo, concentrada e absorta. E encontrei uma coisa que poderia me bastar por muitos dias. Transcrevi imediatamente. E mais tarde encontrei uma lata de lixo no sol naquele lugarzinho atrás do nosso novo posto de trabalho e me sentei ali e li: Rilke. E sábado à noite: o círculo da nossa relação se fechou, de maneira tão simples e natural. E foi como se jamais outra coisa tivesse me coberto à noite além de uma colcha florida. E sempre os canais ao longo dos quais caminho e que gravo cada vez mais profundamente no íntimo do meu ser, para que nunca mais fique sem eles. E uma única horinha a mais de trabalho, mesmo que seja um trabalho idiota, contra o qual você se rebela, poderia roubar-lhe tudo isso? Deixá-la num tal estado, como se todo o resto não existisse mais? Os medos são mais profundos, e eu também poderia descobri-los, mas agora não tenho tempo.

Agora vou andar ao longo dos muitos canais e tentarei ficar em silêncio, buscando escutar aquilo que de fato aconteceu dentro de mim. Ainda vou ter que mudar muito hoje.

E agora mais uma coisa: acredito mesmo que exista um regulador em mim. Sou sempre avisada por um mau humor quando entro num caminho errado, e, se pelo menos me mantenho sincera e aberta, e conservo a boa vontade de realmente ser aquela que eu deveria ser, e fazer aquilo que minha consciência me ordena a fazer naquele momento, então tudo acaba bem. Creio que a vida me impõe enormes exigências e também tem planos para mim, mas tenho que permanecer aberta para minha voz interior e também dar continuidade a essa voz, seguir aberta e sincera e também não querer fazer cair o peso que há sobre mim.

28 de julho [1942]. terça de manhã, 7h30

Vou deixar que a corrente deste dia se desmanche elo por elo, eu mesma não vou interferir, mas confiar. Vou deixar contigo tuas próprias decisões, meu Deus. Hoje de manhã encontrei um impresso na caixa postal. Vi que havia um papel branco dentro. Estava muito tranquila e pensei: minha convocação, que pena, agora não posso nem colocar minha mochila em ordem. Depois notei que meus joelhos tremiam. Era um formulário para os funcionários do Conselho Judaico. Ainda não tenho sequer um número de identificação. Vou fazer essas coisas que acho que devem ser feitas. Talvez tenha que esperar muito, Jung e Rilke vão comigo, espero poder trabalhar bastante hoje.

E, quando no futuro minha mente já não conseguir relembrar tantas imagens, esses últimos dois anos ficarão para sempre cintilando no horizonte da memória como um belo país no qual um dia me senti em casa e que será sempre meu.

O dia de ontem me deu ânimo de novo. Porque nele aprendi como Deus constantemente renova minhas forças.

Posso sentir como ainda estou ligada por milhares de laços a tudo aqui. Terei que rompê-los um a um e trazer tudo a bordo, de maneira que, ao partir, não deixe nada para trás, mas leve tudo em mim.

Há momentos em que me sinto como um passarinho escondido numa mão grande, protetora.

Ontem, meu coração era um pássaro preso numa armadilha. Agora é de novo um pássaro livre, que voa desimpedido em meio a tudo. Hoje faz sol. E agora vou preparar meu pão e pôr-me a caminho.

já bem mais tarde

Serei a futura cronista dos nossos reveses. Forjarei em mim mesma uma nova língua e a guardarei dentro de mim, caso não tenha a oportunidade de pôr alguma coisa no papel. Vou endurecer e ressuscitar e ser abatida — e me levantarei de novo e talvez ainda consiga bem mais tarde um espaço tranquilo ao meu redor, só para mim, e então ficarei ali por muito tempo, mesmo que seja por um ano, até que a vida volte a borbulhar em mim e até que me venham as palavras que devem testemunhar aquilo que deve ser testemunhado.

8h30 da noite

Afora o aspecto histórico, para dizer muito friamente, este foi um dia de aventuras, negligência às obrigações e sol. Fiquei andando a vadiar ao longo dos canais e me agachei num canto do quarto dele em frente à cama. Agora há cinco rosas-chá no vasinho de estanho.

Há uma diferença entre «endurecido» e «insensível». Hoje em dia esses termos são muito confundidos. Acredito que a cada dia me torno mais endurecida, com exceção da bexiga indisciplinada, mas insensível não serei jamais, também não sinto nenhuma necessidade de me tornar.

Uma série de coisas começa a ficar mais clara para mim. Por exemplo isto: que eu não gostaria de me tornar sua esposa. Agora quero constatar de maneira muito ponderada e objetiva: a diferença de idade é grande demais. Já vi um homem envelhecer diante dos meus olhos em poucos anos. Já vejo como ele envelhece agora. Ele é um homem velho, que eu amo, amo infinitamente, e a quem sempre estarei ligada de um modo íntimo. Mas «casar», o que o cidadão de bem chama casar, deixe-me dizer de uma vez que, sendo muito sensata e sincera, eu não gostaria. E é justo daí que me vem uma sensação de força, de que terei que seguir meu caminho sozinha. Nutrida de hora em hora pelo amor que trago em mim por ele e por outros. Incontáveis casais se formam, formam-se na última hora, às pressas e em desespero. Prefiro ficar sozinha e ser útil a todos.

Naturalmente, nunca mais se poderá reparar o fato de que uma parte dos judeus está ajudando a deportar a outra grande maioria. A história ainda deverá fazer seu julgamento disso no futuro.

No entanto, outra vez isto: a vida é tão «interessante», em qualquer circunstância. Sinto uma necessidade quase demoníaca de observar tudo o que acontece. Um querer ver e ouvir e participar, querer surrupiar todos os segredos da vida, observar friamente as expressões no rosto das pessoas em seu último espasmo. E também de repente estar diante de mim mesma e aprender muito com o espetáculo oferecido pela própria alma nestes tempos. E mais tarde conseguir encontrar as palavras para isso.

Agora vou continuar folheando meus diários antigos. Decidi que não vou rasgá-los. Talvez eles me ajudem a restabelecer contato comigo mesma no futuro.

Tivemos tempo suficiente para nos preparar para os acontecimentos catastróficos de agora, dois anos inteiros. E justo este último ano acabou se tornando o ano decisivo na minha vida, meu ano mais bonito. E tenho certeza de que haverá uma continuidade entre esta minha vida e a vida que virá agora. Porque é uma vida que acontece em domínios interiores e o cenário é cada vez menos importante.

«Endurecida»: é bom distinguir de «insensível».

29 de julho [1942]. quarta de manhã, 8h

Domingo de manhã eu estava encolhida com meu roupão listrado num cantinho do quarto dele, no chão, cerzindo meias. Às vezes existe mesmo uma água tão límpida que se pode olhar até o fundo e distinguir tudo. Será que você pode formular isso de maneira ainda mais repugnante, se me permite perguntar? Queria dizer o seguinte: era como se a vida, em seus milhares de detalhes e reviravoltas e movimentos, estivesse muito clara e transparente para mim. Como se eu estivesse diante de um oceano cujo fundo eu pudesse ver através da água cristalina. Será que algum dia ainda conseguirei realmente escrever, estou ficando realmente desesperada — ou será que não? Talvez demore muito até que eu consiga descrever um momento assim da minha vida, um momento excepcional. Sentada num cantinho, no chão do quarto do homem amado, cerzindo meias e ao mesmo tempo sentada à margem de um corpo de água poderoso e grande e que é tão cristalino e transparente que se pode ver até o fundo. E num determinado momento esse é o seu estado de espírito e é inesquecível. E agora acho de verdade que vou pegar uma gripe ou algo assim. Isso não pode acontecer, sou basicamente contra. E minhas perninhas ainda não muito bem treinadas estão muito cansadas hoje, depois da longa andança de ontem. E agora tenho que conseguir o documento de identificação de Werner. Vou me colocar naquela pequena salinha lá de cima com a mesma firmeza gentil que demonstrei ontem para mim mesma. E também já está mais do que na hora de ir ao dentista. E será que haverá muito trabalho hoje? Vou me pôr a caminho agora. Nunca se sabe o que um dia traz consigo, também não importa, já não somos dependentes do que um dia traz consigo, nem mesmo nestes tempos. Não estou exagerando? E se a convocação chegar amanhã? Parece que por enquanto as deportações de Amsterdã estão suspensas. Agora estão começando em Roterdã. Ajuda-os, meu Deus, os judeus de Roterdã, ajuda-os.

Entre 29 de julho e 5 de setembro Etty provavelmente não escreveu em seu diário. Acontece uma mudança dramática em sua vida. Nesse período ela pede voluntariamente a convocação para o campo de Westerbork[67] e viaja para lá. Mas o que com certeza também teve grande impacto foi a repentina doença e morte de S. No início de setembro de 1942, Etty conseguiu permissão para voltar a Amsterdã por alguns dias. Ela chega doente. Neste último caderno conservado, ela descreve a morte de Spier, sua saudade de Westerbork e fragmentos de lembranças de pessoas e situações que deixou para trás. [J.G. Gaarlandt]

15 de setembro de 1942. terça de manhã, 10h30

Talvez tudo de uma vez tenha mesmo sido demais, meu Deus. Agora sou obrigada a lembrar que um ser humano

---

67   O campo de Westerbork, localizado a cerca de quinze quilômetros da cidade de Westerbork, na Holanda, era usado pelos nazistas como «campo de trânsito» antes que os judeus fossem enviados para os campos de extermínio. [N. T.]

também tem um corpo. Pensei que meu espírito e meu coração pudessem suportar tudo sozinhos, mas agora meu corpo se apresenta e diz: pare. E agora sinto o quanto tu me deste para suportar. Tanta coisa bela e tanta coisa difícil. E o que era difícil, assim que me mostrei preparada para aguentar, sempre se transformou em algo belo. E o belo e grandioso às vezes era mais pesado que o sofrimento, por ser tão atordoante. Que um coraçãozinho humano possa vivenciar tanta coisa, meu Deus, possa sofrer tanto e amar tanto, sou-te muito grata, meu Deus, que tu tenhas escolhido especialmente meu coração, nestes tempos, para poder passar por tudo que passou. Talvez seja bom eu ter ficado doente, ainda não me apazíguei com esse fato, estou um pouco anestesiada, perdida e desamparada, mas ao mesmo tempo tento outra vez buscar um pouco de paciência em todos os cantos do meu ser, e tem que ser um tipo completamente novo de paciência para uma situação completamente nova, é o que sinto. E seguirei novamente o velho método confiável e de vez em quando vou conversar um pouco comigo mesma nestas linhas azuis. Conversar contigo, meu Deus. Está bem? Desconsiderando as pessoas, tenho apenas necessidade de falar contigo. Amo tão imensamente as pessoas, porque em cada pessoa amo um pedaço de ti, meu Deus. E te procuro por toda parte nas pessoas e frequentemente encontro um pedacinho de ti. E tento descobrir-te no coração dos outros, meu Deus. Mas agora preciso de muita paciência e reflexão, será muito difícil. E agora devo fazer tudo sozinha. A melhor e mais nobre parte do meu companheiro, do homem que despertou a ti e a mim, agora já está contigo. Ainda ficou para trás um velho demente e emaciado naqueles dois pequenos cômodos onde vivi as maiores e mais profundas alegrias da minha vida. Fiquei diante da sua cama e estive então diante dos teus últimos enigmas, meu Deus. Dá-me mais uma vida inteira para compreender tudo.

Enquanto estou aqui sentada escrevendo, eu sinto: é bom que eu tenha que ficar aqui. Vivi tanta coisa nos últimos meses, de repente me dou conta: em dois meses gastei o suprimento de uma vida inteira. Será que fui demasiado imprudente na minha vida interior, que foi além de todos os limites? Não fui imprudente demais, se ouço esse teu aviso.

à tarde, 3h

Lá está de novo aquela árvore, a árvore que poderia escrever minha biografia. Contudo não é mais a mesma árvore, ou será que é porque eu não sou mais a mesma? E a estante dele está a um metro de distância da minha cama. Preciso apenas estender o braço esquerdo e então tenho Dostoiévski ou Shakespeare ou Kierkegaard nas minhas mãos. Mas não estendo minha mão. Estou tão atordoada. Tu me apresentas teus últimos enigmas, meu Deus, sou grata que o faças, também tenho forças para estar diante deles e para saber que não há resposta. Temos que conseguir suportar teus enigmas.

Acho que devo ir dormir durante dias e deixar tudo por conta do espírito. Ontem o médico disse que eu vivo uma vida interior potente, que vivo muito pouco na terra e já quase na fronteira do paraíso, e que meu físico não consegue suportar tudo isso. Talvez ele tenha mesmo razão. Este último ano e meio, meu Deus! E os últimos dois meses, que em si já foram uma vida inteira.

E houve horas em que eu disse: apenas esta hora foi uma vida inteira e, se eu morrer daqui a pouco, então essa única hora valeu uma vida inteira. Tive muitas dessas horas, frequentemente. Por que não posso também viver no paraíso? Se o paraíso existe, por que não se pode viver ali? Mas, de fato, é antes de tudo assim: o paraíso vive em mim. Tudo vive em mim. Lembrei de uma expressão de um poema de Rilke: *Weltinnenraum*.[68] E agora tenho que deixar tudo e dormir. Estou tão atordoada. E algo não está em ordem no meu corpo. Quero muito ficar boa logo. Mas aceito tudo das tuas mãos, meu Deus, assim como for. Sei que é sempre o melhor. Sei por experiência própria que, ao suportar todas as dificuldades, é possível transformá-las em algo bom.

Está vendo, continuo a sofrer do mesmo problema, não consigo me decidir a parar de escrever: ainda gostaria de encontrar no último instante a fórmula para solucionar tudo. Para tudo o que há dentro de mim, para esse sentimento abundante e riquíssimo de vida, gostaria de encontrar a palavra específica com a qual eu pudesse dizer tudo. Por que não me fizeste poeta, meu Deus? Tu me fizeste, sim, poeta e esperarei pacientemente até que tenham crescido em mim as palavras que possam testemunhar tudo o que acredito que deva ser testemunhado, meu Deus: que é bom e belo viver no teu mundo, apesar de tudo o que nós humanos fazemos uns aos outros.

O coração pensante do barracão.

---

68   Algo como «espaço interior do mundo». [N. T.]

terça à noite, 1h

Uma vez escrevi que gostaria de ler sua vida até a última página. Agora li sua vida até o fim. Há uma alegria tão estranha em mim, pela maneira como foi e certamente como devia ser. De outra forma, essa força, alegria e certeza não poderiam existir em mim.

Agora você repousa aí, nos seus dois pequenos cômodos, você amado, grande, bom. Uma vez lhe escrevi: «Meu coração sempre voará como um pássaro livre em sua direção, de qualquer lugar no mundo, e sempre o encontrará». E também isto, que escrevi no diário de Tide: «Durante a minha vida você se tornou de tal forma um pedaço de céu que se curva sobre mim que preciso somente voltar meus olhos para o céu para estar junto a você». E, mesmo que eu esteja numa cela subterrânea, aquele pedaço de céu estará estendido dentro de mim e meu coração voará como um pássaro livre para aquele céu e por isso tudo é tão simples, sabe, tudo tão incrivelmente simples, belo e pleno de sentido.

Eu ainda tinha milhares de coisas para perguntar e para aprender com você, agora terei que fazer tudo sozinha. Sinto-me tão forte, sabe, sei que as coisas vão se resolver na minha vida. Foi você que libertou em mim as forças de que disponho. Você me ensinou a pronunciar o nome de Deus sem preconceitos. Você foi o mediador entre Deus e mim e agora você, mediador, partiu, e daqui em diante meu caminho vai direto a Deus, e eu sinto que está tudo bem. E por minha vez serei a mediadora para todos os outros que eu puder alcançar.

Agora estou na minha escrivaninha junto à minha pequena luminária. Deste lugar escrevi tantas vezes a você e também sobre você. Ainda preciso lhe contar algo incrível.

Eu nunca vi um morto. Neste mundo, onde milhares morrem a cada dia, nunca vi um morto. Tide diz: «É apenas uma 'roupa'». Eu sei disso. Mas que você seja o primeiro morto que vou ver, parece-me extremamente significativo.

Trapaceiam e escarnecem tanto das grandes e derradeiras coisas desta vida hoje em dia. Um monte de gente fica doente, ou continua doente, com medo de ser levada. Outros muitos se matam, inclusive por medo. Sou grata por sua vida ter encontrado um fim natural. Que você também tenha tido que suportar um pouco de sofrimento. Tide diz: «Esse sofrimento lhe foi imposto por Deus e agora ele foi poupado do sofrimento que lhe seria imposto pelos homens». Você, querido homem mimado, você provavelmente não teria suportado, não é? Eu posso suportar e, suportando, continuarei a viver por você e a transmitir sua mensagem.

Uma vez que se chegue ao ponto de ver a vida como bela e plena de sentido, mesmo nestes tempos, justamente nestes tempos, então é como se tudo o que acontece devesse acontecer exatamente assim e não de outra forma. Imagine que agora estou novamente sentada à minha escrivaninha! E amanhã não posso retornar a Westerbork, agora estarei mais uma vez com todos os amigos, quando formos juntos enterrar seus restos mortais.

Ah, você sabe, essas coisas têm que acontecer, é um hábito higiênico das pessoas. Mas estaremos todos juntos e seu espírito estará entre nós e Tide irá cantar para você. Se você ao menos soubesse como estou feliz por poder estar presente. Voltei na hora certa, ainda beijei sua boca ressecada e agonizante, você ainda pegou minha mão mais uma vez e a levou aos lábios. Uma vez, quando entrei no seu quarto, você disse: «A menina viajante». Você também disse uma vez: «Tenho sonhos tão estranhos, sonhei que Cristo tinha me batizado». Fiquei com Tide junto à sua cama, por um instante pensamos que você morria e que seus olhos esmaeciam. Tide tinha me abraçado e eu beijei sua boca querida e pura e ela falou bem baixinho: «Nós nos encontramos». Estávamos junto à sua cama, como você ficaria feliz se tivesse nos visto ali, justamente nós duas. Será que você nos viu, mesmo que tenha sido no momento em que achávamos que você morria?

E que suas últimas palavras tenham sido: «Hertha, tenho esperança», também sou tão grata por isso. Quanto você teve que lutar para se manter fiel, mas sua fidelidade venceu todo o resto. E eu às vezes tornei as coisas difíceis para você, eu sei, mas também lhe ensinei o que é fidelidade, o que é lutar e o que é fraqueza.

Todo o mal e todo o bem que pode haver em uma pessoa existia em você. Todos os demônios, todas as paixões, toda a bondade, toda a compaixão, você, grande entendedor, que buscou e encontrou Deus. Você buscou Deus em toda parte, em cada coração humano que se abria para você — e foram tantos —, e por toda parte você encontrou um pedacinho de Deus. Você nunca desistiu, podia ser tão impaciente com ninharias, mas com as grandes coisas você era tão paciente, tão infinitamente paciente.

E que tenha sido justamente Tide a vir me contar esta noite, Tide, com seu rosto doce e radiante. Ficamos juntas na cozinha por um instante. E meu irmão de armas estava na sala de estar. E algum tempo depois Pa Han estava no fundo da sala. E Tide tocou as teclas do seu piano de cauda e cantou uma breve canção: «Auf, auf, mein Herz, mit Freuden».

Agora são duas horas da madrugada. Está tudo tão quieto em casa. Tenho que contar algo estranho a você, mas acho que você vai entender. Ali na parede está pendurado um retrato seu. Eu gostaria de rasgá-lo e jogá-lo fora e com isso teria uma sensação de estar mais perto de você. Nós nunca nos tratamos pelos nossos nomes. Por muito tempo dissemos: senhor/senhorita um ao outro e mais tarde, muito mais tarde, você disse: você. E este seu você foi para mim uma das palavras mais ternas jamais ditas por um homem. E eu era realmente acostumada a muita coisa, você sabe. Você sempre assinava suas cartas com um ponto de interrogação, e eu as minhas também. Você começava suas cartas com: «Ouça só...!», o seu característico: «Ouça só», e no alto da sua última carta estava escrito: «Querida». Mas você não tem nome para mim, tão sem nome como é também o céu. E gostaria de jogar fora todos os seus retratos e nunca mais olhar para eles, eles ainda são muito materiais. Quero continuar levando você dentro de mim sem nome e falarei de você com um gesto novo e afetuoso, que eu antes ainda não conhecia.

quarta de manhã [16 de setembro de 1942], 9h (no consultório médico)

Muitas vezes, quando eu andava por Westerbork, com os membros barulhentos e briguentos e ativos, ativos demais, do Conselho Judaico, então pensava: ah, deixem-me ser um pedacinho da alma de vocês. Deixem-me ser o barracão onde se acolhe a parte melhor, que com certeza existe em cada um de vocês. Não preciso fazer muito, quero apenas ser. Deixem-me ser apenas a alma neste corpo. E em cada uma das pessoas encontrei um gesto ou um olhar que ia muito além do próprio nível delas e do qual elas mesmas mal tinham consciência. E me sentia a guardiã daquilo.

16 de setembro, 3h da tarde, quarta-feira

Agora vou mais uma vez àquela rua. Estava sempre separada dele por três ruas, um canal e uma pequena ponte. Ele morreu às sete e quinze, ontem, bem no dia em que expirava minha autorização para viajar. Agora vou mais uma vez até ele. Há pouco eu estava no banheiro. Pensei: agora vou ao meu primeiro morto. Isso realmente não me dizia muito. Pensei: tenho que fazer algo solene, algo extraordinário. E me ajoelhei no velho capacho no pequeno banheiro. E então pensei: isso é convencional. Como somos cheios de convenções, cheios de ideias sobre gestos que achamos que têm que acontecer em determinadas situações.

Às vezes, num momento inesperado, alguém de repente se ajoelha num cantinho do meu ser. Às vezes, quando ando pela rua, ou no meio de uma conversa com alguém. E aquele alguém que se ajoelha ali sou eu mesma.

E agora jazem restos mortais sobre o leito que conheço tão bem. Oh, a colcha de cretone! Na verdade, não tenho mais nenhuma necessidade de ir até lá outra vez. Tudo acontece em algum lugar dentro de mim, tudo, existem amplos planaltos sem tempo e fronteiras em mim e tudo acontece ali. E agora caminho novamente por aquelas ruas. Com quanta frequência passei por elas, também junto com ele, sempre em diálogos interessantes e fecundos. E quantas vezes ainda caminharei por aquelas mesmas ruas, não importa em que lugar do mundo eu estiver, nos planaltos dentro de mim, onde minha verdadeira vida acontece. Espera-se de mim agora que eu faça uma expressão solene ou triste? Gostaria de entrelaçar minhas mãos e dizer: queridos, eu estou tão feliz e tão agradecida e acho a vida tão bonita e plena de sentido. Isso mesmo, bonita e plena de sentido, enquanto estou aqui junto

248

ao leito do meu companheiro morto, que morreu jovem demais, e enquanto posso ser deportada a qualquer instante para um lugar desconhecido. Meu Deus, sou-te tão grata por tudo.

Continuarei a viver com aquilo que dos mortos vive eternamente, e aquilo que está um tanto morto nos vivos despertará de novo para a vida, uma vida grandiosa, meu Deus.

Tide ainda cantará uma última vez para ele e aguardo com alegria o instante de ouvir sua voz radiante e reveladora.

Joop,[69] irmão de armas, agora vou junto com você. Ah, não, na verdade não vou realmente com você, de vez em quando falo com você e me ocupo bastante com você em pensamento e sou muito grata por poder continuar a lhe dar tudo aquilo que não posso deixar de dar.

É tão significativo você ter surgido na minha vida, não poderia ter sido de outra forma.

Adeus...

17 de setembro [1942]. quinta de manhã, 8h

O ânimo de viver é tão grande e forte, sereno e agradecido em mim que não vou mais tentar expressá-lo numa única palavra. Há uma felicidade tão perfeita e completa em mim, meu Deus. De novo, é melhor quando expressado com as palavras dele: «Repousar em si». E talvez assim se possa expressar mais perfeitamente meu estado de ânimo: estou repousando em mim. E esse eu, o mais profundo e mais rico em mim, no qual repouso, é o que chamo «Deus». Encontrei

---

69   Joop é Jopie Vleeschhouwer, amigo de Etty em Westerbork.

frequentemente no diário de Tide: «Levai-o suavemente em Vossos braços, Pai». E assim me sinto, sempre e ininterruptamente: como se estivesse nos teus braços, meu Deus, tão protegida e tão segura e tão impregnada de um sentimento de eternidade. E é como se o menor suspiro estivesse impregnado de um sentimento de eternidade e o menor gesto e o mais ínfimo ditado tivessem grande fundamento e significado profundo.

Numa das suas primeiras cartas para mim, ele escreveu: «E, se eu puder dar um pouco de toda essa força transbordante, ficarei muito contente».

Com certeza foi bom teres deixado meu corpo gritar «pare», meu Deus. Preciso ficar completamente saudável para poder fazer tudo o que devo fazer. Ou talvez isso também seja uma concepção convencional. Será que, mesmo tendo um mal físico, a mente pode continuar a trabalhar e a ser produtiva? E a amar e a ouvir o que vem de dentro de si e dos outros, e das conexões dessa vida e de você. *Hineinhorchen* [ouvir o que vem de dentro], gostaria de encontrar uma boa expressão holandesa para isso. Na verdade, minha vida é um constante ouvir o que vem de dentro, de mim, dos outros, de Deus. E, quando eu digo: «ouço o que vem de dentro», na verdade é Deus que, em mim, ouve o que vem de dentro. O mais essencial e profundo em mim que escuta o mais essencial e profundo no outro. De Deus para Deus.

Como é grande a carência interior das tuas criaturas neste mundo, meu Deus. Agradeço-te por isso, por fazeres tantas pessoas virem a mim com suas carências íntimas. Elas falam comigo calma e sinceramente e de repente sua angústia vem à tona. E de repente há ali um pedacinho de gente desesperada e que não sabe como deve viver.

E só agora começam as dificuldades para mim. Não é suficiente pregar apenas tua palavra, meu Deus, levar-te aos outros, descobrir-te no coração dos outros. É preciso liberar nos outros o caminho que leva a ti, meu Deus, e para isso é preciso ser grande conhecedor da alma humana. É preciso ser um hábil psicólogo. Relações com pai e mãe, memórias de juventude, sonhos, complexo de culpa, complexo de inferioridade, bem, a coisa toda. Em todos que vêm até mim começo uma jornada cautelosa de busca. As ferramentas para abrir em outros os caminhos até ti ainda são muito exíguas. Mas já tenho alguns instrumentos e irei melhorar, devagar e com paciência. E eu te agradeço por teres me dado o dom para poder ler os outros e neles encontrar o caminho. Para mim, as pessoas às vezes são como casas em que as portas estão abertas. Eu entro e vago pelos corredores e cômodos e cada casa é decorada de maneira um pouco diferente, e no entanto são todas iguais e cada uma delas devia ser transformada em morada sagrada para ti, meu Deus. E eu te prometo, eu te prometo, procurarei em tantas casas quanto possível morada e abrigo para ti, meu Deus. Na verdade, essa é uma imagem engraçada. Vou me pôr a caminho e procurar abrigo para ti. Há tantas casas vazias, a elas te levarei como o hóspede mais importante. Perdoa-me essa imagem não muito delicada.

à noite, por volta de 10h30

Deus, tranquiliza-me e permite-me superar tudo. Há tanta coisa. Preciso finalmente escrever de verdade. Mas tenho que começar por viver com disciplina. As luzes no barracão dos homens serão apagadas agora. Mas de fato eles nem mesmo têm luz. Por onde você andou esta noite então, pequeno irmão de armas? Às vezes sou tomada por um sentimento de tristeza indômita: por não poder sair pela porta do barracão e me encontrar subitamente diante da grande campina. Então caminho um pouco pelo terreno e não demora muito para que meu irmão de armas venha andando de um lado ou de outro com seu rosto bronzeado e com a ruga perpendicular inquiridora entre os olhos. Quando começa a escurecer, escuto ao longe os primeiros acordes da *Quinta* de Beethoven.

Gostaria de poder superar tudo com palavras, os dois meses entre aquele arame farpado, que foram os mais intensos e ricos, e uma confirmação para os mais altos e derradeiros valores da minha vida. Afeiçoei-me tanto que chego a sentir saudade de Westerbork. E, quando ia dormir ali na minha estreita cama de campanha, tinha saudade da escrivaninha em que escrevo agora. Sou-te grata por isso, meu Deus, por fazeres minha vida tão bela em cada lugar onde estou, pois quando já não estou ali tenho saudade. Mas isso às vezes torna a vida pesada e difícil. Está vendo, agora já passa de dez e meia, as luzes estão se apagando no barracão, acho que agora tenho que ir para a cama. «A paciente deve levar uma vida tranquila», está escrito naquele imponente atestado. E diz ainda que tenho que comer arroz, mel e outras dessas coisas fantasiosas. De repente, lembrei-me daquela mulher, com cabelos brancos como a neve em torno do nobre rosto oval, que tinha um pacote de torradas na sua sacola de pão. Era a única coisa que ela tinha consigo para a viagem até a Polônia, estava numa dieta rigorosa. Ela era incrivelmente doce e calma e tinha uma silhueta fina, como a de uma mocinha. Uma tarde, sentei-me com ela na grama sob o sol em frente aos barracões de trânsito. Ainda lhe dei um livro da biblioteca de Spier que levava comigo: *Die Liebe*, de Johannes Müller, com o qual ela ficou muito feliz. Ela disse a algumas garotas que depois vieram se sentar conosco: «Pensem que amanhã cedo, quando partirmos, cada uma de nós só poderá chorar três vezes». E uma garota respondeu: «Ainda não recebi meu cupom de racionamento de choro».

São quase onze. Como o dia passou depressa, vou mesmo para a cama. Amanhã Tide vestirá seu casaco cinza--claro e cantará «Auf, auf, mein Herz, mit Freuden», no salão do cemitério. Vou para lá num carro funerário, pela primeira vez na vida. Ainda tenho tanta coisa para escrever, dias e noites a fio. Dá-me paciência, meu Deus, um tipo completamente diferente de paciência. Esta escrivaninha tornou-se de novo familiar e a árvore atrás da minha janela parece que não balança mais. Ao me permitires sentar novamente nesta escrivaninha terás tido uma intenção, darei o melhor de mim. E agora boa noite de verdade.

Tenho tanto medo de que você esteja passando dificuldades, Jopie, e gostaria tanto de ajudar. E irei mesmo ajudar você. Até mais!

domingo à noite

Expressar, dar voz, representar.

Muitas pessoas ainda são hieróglifos para mim, mas bem lentamente aprendo a decifrá-las. É a coisa mais bonita que conheço: a leitura da vida das pessoas.

Em Westerbork, às vezes era como se eu estivesse diante da paliçada nua da vida. A estrutura interna da vida, desprovida de qualquer construção externa. Agradeço-te, meu Deus, por me ensinares a ler cada vez melhor.

Sei que ainda terei que escolher mais uma vez. Será muito difícil. Se eu quiser escrever, se quiser tentar descrever tudo o que em mim insiste cada vez mais em se expressar, então terei que me afastar muito mais das pessoas do que faço agora. Então terei que realmente trancar minha porta e terei que travar a batalha sangrenta e ao mesmo tempo beatífica com uma matéria que me parece difícil de ser dominada. Terei que me afastar de uma pequena comunidade para poder me dirigir a uma maior. Talvez nem se trate de dirigir-me a uma comunidade. É puramente o impulso poético de querer materializar algo de sua riqueza imaginária interior, é, sim, é tão elementar que na verdade nem é preciso explicar o que é.

Às vezes me pergunto se não vou muito fundo na vida, vivo e aproveito e incorporo tudo tão profundamente que não sobra nada. E será que para poder criar é preciso que sobre um restinho que não tenha sido vivenciado, permitindo assim que ocorra a tensão que estimula o trabalho criativo?

Nos últimos tempos converso muito com as pessoas, muito mesmo. Por enquanto ainda falo de maneira mais viva e aguda do que consigo escrever. Às vezes acho que não deveria me desperdiçar tanto em palavras faladas, que deveria me recolher e seguir buscando meu próprio caminho silencioso no papel. Uma parte de mim também quer isso. Outra parte ainda não consegue decidir e se perde em palavras em meio às pessoas.

«Viu isso, Max,[70] aquela mulher surda-muda no oitavo mês com seu marido epilético?» Max: «Quantas mulheres no

---

70   Max Osias Kormann, judeu polonês, amigo de Etty em Westerbork.

nono mês não são expulsas de casa neste momento na Rússia e ainda pegam numa arma?».

Meu coração, que é uma eclusa, recebe constantemente novas correntes de tristeza.

Jopie sob o grande céu estrelado, sentado na relva, numa conversa sobre saudade: Eu não tenho saudade, estou em casa, afinal. Aprendi tanto ali, naquela hora. Estamos «em casa». Sob o céu estamos em casa. Estamos «em casa» em qualquer lugar deste mundo se levamos tudo dentro de nós.

Muitas vezes me senti, e ainda me sinto, como um navio que leva a bordo uma carga preciosa; os cabos foram cortados e agora o navio singra livre, passando por todos os países e transportando consigo a carga preciosa.

Devemos ser nossa própria pátria.

Demorei muitas noites antes de conseguir contar a ele o mais íntimo do íntimo. E no entanto queria tanto lhe dizer, como se lhe desse um presente. Sabe, aquela vez que saí do barracão à noite, foi tão bonito. E então eu, então eu, oh, foi tão bonito. E só uma noite mais tarde consegui me expressar: então me ajoelhei lá, diante da grande campina. Ele ficou completamente sem fôlego e imóvel com aquilo, me olhou e disse: «Como você é bonita».

Naturalmente, o médico não tinha razão. Antes uma coisa assim teria me deixado insegura, agora já aprendi a ver através das pessoas e a fazer uma radiografia das palavras com visão própria, «a senhora vive de maneira muito mental, a senhora não vive plenamente, não está vivendo as coisas elementares da vida». Quase perguntei: «Por acaso quer que eu me deite aqui no sofá com o senhor?». Não teria soado muito delicado, mas de fato seu monólogo ia nessa direção. E em seguida: «A senhora não vive suficientemente na realidade». E mais tarde pensei: não faz nenhum sentido o que um homem desses diz. Muito bem, a realidade. A realidade é que em muitos lugares deste mundo homens e mulheres não podem estar juntos. Os homens estão nas frentes de batalha. A vida nos campos de concentração. As prisões. Estar separados uns dos outros. Essa é a realidade. E temos que conseguir nos virar com isso. E não precisamos só desejar infrutiferamente e cometer o pecado de Onan, não é? Será que o amor que não se pode dar àquela pessoa única, ao outro sexo, não pode ser transformado numa força em benefício da sociedade e que talvez possamos novamente também chamá-lo de amor? E quando se tem essa intenção não se está justamente no fundo da realidade? Uma realidade menos tangível que uma cama com um homem e uma mulher. Mas existem outras realidades, não? Há algo infantil e ralo também quando um homem mais velho, nestes tempos, meu Deus, fala sobre viver plenamente. Gostaria muito que me contasse de maneira figurada o que exatamente ele quis dizer com isso.

«Depois desta guerra, além de uma corrente de humanismo, uma corrente de ódio também assolará o mundo.» E então novamente tive certeza: entrarei em campo contra esse ódio.

[terça-feira] 22 de setembro [1942]

É preciso viver consigo mesmo como se se vivesse com uma multidão de pessoas. E então aprender em si mesmo todas as características boas e más da humanidade. E é preciso primeiro aprender a perdoar as próprias más características para poder perdoar os outros.

Talvez isto seja o mais difícil de aprender, constato com frequência nos outros (antes também em mim mesma, agora não mais): conceder o perdão a si mesmo por erros e passos em falso. Para isso, primeiro é preciso: poder aceitar, aceitar generosamente, que as pessoas cometem erros e passos em falso.

Gostaria tanto de viver como os lírios do campo. Se as pessoas entendessem bem este período, poderiam aprender com ele: viver como um lírio do campo.

Uma vez escrevi num dos meus diários: «Gostaria de tocar os contornos deste período com as pontas dos dedos». Naquele momento eu estava sentada à minha escrivaninha e não sabia como abordar a vida. Isso porque ainda não tinha abordado a vida em mim mesma. Consegui atingir a vida em mim enquanto ainda estava nesta escrivaninha. E de repente fui atirada num foco de sofrimento humano, num dos muitos pequenos fronts que existem por toda a Europa. E ali de repente vivi isto: a partir do rosto das pessoas, a partir de milhares de gestos, pequenas expressões, histórias de vida, comecei a entender este período — e muito mais do que apenas este período. Por ter aprendido a identificar o que acontecia em mim, percebi que também podia decifrar os outros. Para mim foi realmente como se eu pudesse tocar os contornos deste período e da vida com as sensíveis pontas dos dedos. Como é possível que aquele pedaço de campina cercado de arame farpado, onde tanta destruição e sofrimento humanos iam e vinham, tenha ficado na minha memória como algo cativante? Como é possível que meu espírito não tenha escurecido ali, mas sim se iluminado e clareado? Li em Westerbork alguma coisa sobre este período que não me parece sem sentido. Amei muito a vida em meio a meus escritores e poetas e flores nesta escrivaninha. E lá, em meio aos barracões cheios de gente assustada e perseguida, encontrei a confirmação do meu amor por esta vida. A vida nos barracões expostos ao frio não contrastava com a vida neste quarto protegido, tranquilo. Em nenhum momento fui extirpada de uma vida que, por assim dizer, tinha passado, havia uma única grande continuidade plena de sentido. Como é que algum dia poderei descrever tudo isso? De maneira que outros também possam sentir o quanto a vida é de fato bonita e digna de ser vivida e justa, sim, justa. Quem sabe Deus ainda me dê umas poucas palavras simples? Também coloridas, apaixonadas e sérias. Mas sobretudo: simples. Como posso ilustrar com algumas pinceladas sutis, suaves mas vigorosas, aquele pequeno vilarejo de barracões entre a campina e o céu? E como possibilitar que outros leiam junto comigo as muitas pessoas que devem ser decifradas como hieróglifos, traço por traço, até que por fim vejam um todo legível e compreensível diante de si, engastado entre a campina e o céu?

De uma coisa já tenho certeza: jamais poderei descrever da forma como a própria vida descreveu para mim em suas letras vivas. Eu li tudo com meus próprios olhos e com muitos sentidos. Jamais conseguiria recontar dessa maneira. Isso poderia me desesperar, se eu não tivesse aprendido a aceitar que é preciso trabalhar com as forças insuficientes que temos, mas com as quais precisamos trabalhar.

Passo pelas pessoas como se fossem plantações e vejo a que altura cresceu a vegetação da humanidade.

Esta casa aqui, eu sinto, começa a deslizar lentamente dos meus ombros. É melhor que seja assim, a separação agora se dará por inteiro. Com muito cuidado e grande melancolia, mas também com a certeza de que é melhor assim e que não pode ser diferente, deixo-a deslizar, dia após dia.

E com uma camisa no corpo e uma camisa na mochila — como era mesmo aquele conto de Kormann sobre o homem sem camisa? O rei que procurou por todo o seu reino pela camisa do seu súdito mais feliz, e, quando finalmente encontrou a pessoa mais feliz, descobriu que ela não possuía nenhuma camisa — e com aquela pequenina Bíblia, talvez possa levar meus dicionários de russo e os contos populares de Tolstói e talvez, apenas talvez, ainda haja lugar para uma das coletâneas de cartas de Rilke. E ainda o suéter de pura lã de carneiro, tricotado pessoalmente por uma amiga — quanta coisa ainda tenho, meu Deus, e alguém assim quer ser um lírio do campo? Portanto, parto com aquela única camisa na mochila para um «futuro incerto». É como se diz. Mas continua a ser por toda parte a mesma terra sob meus pés errantes e o mesmo céu ora com a lua, ora com o sol, sem falar em todas as estrelas, sobre minha cabeça exultante, não? E por que então falar de futuro incerto?

[quarta-feira] 23 de setembro [1942]

E não chegamos a nada com esse ódio, Klaas.[71] Na realidade as coisas são muito diferentes do que queremos ver em nossos esquemas artificiais. Temos um funcionário, por exemplo.

---

71   Klaas Smelik sênior.

Sempre o vejo por partes. O que mais chama a atenção nele é o pescoço rígido, ereto. Ele odeia nossos algozes com um ódio para o qual suponho que ele tenha boas razões. Mas ele mesmo é um carrasco. Poderia ser um comandante-modelo para um campo de concentração. Observei-o muitas vezes quando ficava na entrada do campo para receber um assustado companheiro de raça, nunca foi muito alentador. Ainda me lembro de como ele uma vez jogou sobre a mesa de madeira algumas balas escuras de alcaçuz, de gosto ruim, para um menininho de três anos que chorava, e ainda acrescentou de maneira peculiarmente paternal: «Cuidado para não lambuzar o beiço». Pensando bem, acho que era mais falta de jeito e timidez do que má vontade, ele não conseguia encontrar o tom certo. Mas além disso era um dos juristas mais brilhantes da Holanda e seus perspicazes artigos eram sempre formulados à perfeição. (Aquele homem que se enforcara no hospital: «Lembre-se de o tirarmos do fichário do 'Upa'».[72]) Da maneira que eu o via lá, em meio às pessoas, com aquele pescoço ereto e aquele olhar de comandante e seu eterno cachimbo curto, sempre pensei: só lhe falta um chicote nas mãos, combinaria muito bem com ele.

Mas não é que eu o odiasse, ele me interessava demais para isso. Na verdade, de vez em quando eu sentia grande pena dele. Tinha uma boca tão infeliz, olhando bem, era uma boca tremendamente triste. Como a boca de uma criança de três anos que não conseguiu convencer a mãe a lhe fazer as vontades. Ele já era entretanto um homem de mais de trinta anos, um sujeito bem-apessoado, um jurista conhecido e pai

---

72   Mencionado como fichário «Hopla» no original, provavelmente se refere ao «Zentralkartei» (fichário central), do qual eram escolhidos aleatoriamente nomes para as deportações de última hora. [N. T.]

de dois filhos. Mas aquela boca de criança de três anos, insatisfeita e manhosa, ainda tinha permanecido no seu rosto, naturalmente tendo ficado maior e mais bruta com os anos. Quando se olhava bem para ele, na verdade não era nem um pouco um sujeito bem-apessoado.

Está vendo, Klaas, era assim: ele estava tão cheio de ódio contra aqueles que poderíamos chamar de nossos carrascos, mas ele mesmo teria sido um perfeito carrasco e perseguidor de indefesos. E ainda assim eu tinha muita pena dele. Você consegue entender? Nunca houve nenhum contato amistoso entre ele e seus semelhantes e ele olhava tão secretamente esfaimado quando os outros eram amistosos entre si. (Sempre podia vê-lo e observá-lo, a vida lá não tinha paredes.) Mais tarde ouvi alguns detalhes sobre ele, contados por um colega que o conhecia havia anos. Durante o ataque alemão, ele pulou do terceiro andar, mas não conseguiu morrer, o que aparentemente era sua intenção. Mais tarde tentou ser atropelado por um carro, e também isso não deu certo. Então passou alguns meses num manicômio. Era medo, tudo medo. Ele era um jurista tão brilhante e perspicaz e, em debates com professores e outros estudiosos, sempre tinha a última e definitiva palavra. Mas no momento decisivo, pulou da janela de medo. Também ouvi falar que sua mulher tinha que andar na ponta dos pés quando ele estava em casa, pois ele não podia suportar nenhum barulho, e ainda sempre gritava com seus filhos, que tinham medo do pai. Eu tinha muita, muita pena dele, pois que vida é uma vida assim?

Klaas, na verdade eu só queria dizer o seguinte: ainda temos tanto a fazer em relação a nós mesmos que não deveríamos nem sequer pensar em ódio contra nossos ditos inimigos. Já somos inimigos o bastante entre nós mesmos. Eu também não resolvi isso em mim, quando digo que entre nosso próprio povo também existem carrascos e maus elementos. Na verdade, não acredito nem um pouco no que chamam de «pessoas ruins».

Gostaria de poder alcançar aquele homem em seus medos, gostaria de descobrir nele a fonte desses medos, gostaria de fazer uma incursão nele e levá-lo a seus próprios domínios internos, é a única coisa que podemos fazer nestes tempos, Klaas.

E Klaas fez um gesto cansado e sem ânimo e disse: «Mas o que você quer demora tanto; não temos todo esse tempo, temos?». E eu respondi: «Mas o que você quer os homens já estão fazendo nesses dois mil anos da nossa era cristã, e já desde os muitos milhares de anos em que a humanidade existe. E o que você acha do resultado, se é que posso perguntar?».

E repeti com a mesma paixão de sempre, embora eu começasse a me achar chata, porque sempre batia na mesma tecla: é a única coisa, a única coisa, Klaas, não vejo nenhum outro caminho a não ser que cada um de nós se volte para si mesmo e em si mesmo erradique e destrua tudo aquilo que acredita ser motivo para destruir os outros. E sejamos cientes de que cada átomo de ódio que adicionamos a este mundo o torna ainda mais inóspito do que já é.

E Klaas, velho e determinado defensor da luta de classes, disse, entre chocado e atônito: «Sim, mas isso — mas isso seria de fato novamente o cristianismo!».

E eu, divertindo-me com a confusão repentina, disse com muita frieza: «Sim, e por que não — cristianismo?».

Permite-me permanecer saudável e forte!

O jeito que o barracão às vezes ficava à noite, sob o luar feito de prata e eternidade: como um brinquedo escorregando da mão distraída de Deus.

[quinta-feira] 24 de setembro [1942]

«Temos ao menos uma consolação», disse Max com aquele risinho rude e tosco, «lá a neve se acumula tanto no inverno que cobre as vidraças dos barracões. Assim fica escuro também durante o dia.» Ele se achava muito espirituoso. «Mas aí pelo menos ficamos quentinhos, nunca vai ficar abaixo de zero grau.» «E nos barracões de trabalho recebemos dois pequenos aquecedores», ele continuou, exultante, «aqueles que os trouxeram contaram que esquentam tão bem que arrebentam já na primeira vez.»

Vamos ter muito o que compartilhar e suportar juntos durante o inverno: se acaso conseguirmos suportar e ajudar um ao outro a suportar: o frio, a escuridão e a fome. E se ao mesmo tempo soubermos que teremos que suportar este inverno com toda a humanidade, inclusive com nossos ditos inimigos; se ao menos nos sentirmos ligados a um grande todo e soubermos que somos uma das muitas frentes que estarão espalhadas por todo o mundo.

Haverá um barracão de madeira sob o céu aberto, com beliches de três, um sobre o outro, da Linha Maginot,[73] sem luz, porque aquele cabo de Paris continua não querendo chegar. E, mesmo que haja luz, ainda não teremos papel para cobrir as janelas.

Interrompo tudo na metade e já é de novo noite. Meu corpo está se comportando de maneira insuportavelmente desagradável hoje. Há um pequeno cíclame vermelho-rosado sob minha luminária de aço. Esta noite pensei muito em S.

---

73   Linha de fortificações e de defesa construída pela França ao longo de suas fronteiras com a Alemanha e a Itália após a Primeira Guerra Mundial. [N. T.]

De repente senti um princípio de tristeza, também faz parte da vida. E no entanto te sou grata por isso, meu Deus, estou até quase orgulhosa disso, de não me negares teus maiores e derradeiros enigmas. Posso refletir sobre eles por toda uma vida. Mas esta noite subitamente eu tinha tanta coisa para perguntar a ele, até sobre ele mesmo, de repente muitas coisas não me estavam claras. Agora eu mesma terei que encontrar as respostas. Que responsabilidade. Mas tenho que dizer: sinto-me forte o bastante para isso. Estranho pensar que quando o telefone tocar nunca mais será sua voz que dirá do outro lado da linha, meio autoritária, meio terna: «Está me ouvindo?». Ainda será bem difícil mesmo. Há muito tempo que não vejo Tide.

Meu enriquecimento dos últimos dias: as aves do céu e os lírios do campo e Mateus 6,33: «Mas buscai primeiro o reino de Deus e sua justiça, e todas estas coisas vos serão acrescentadas».

E amanhã um encontro com Ru Cohen no Café de Paris e cinco pessoas estavam na praça Adama van Scheltema de pijama e pantufas; já começa a fazer muito frio e agora ainda levaram uma pessoa com câncer terminal e ontem à noite um judeu foi morto a tiros na Van Baerlestraat, bem aqui na esquina, pois queria fugir. Muitos estão sendo abatidos neste momento, no mundo inteiro, enquanto escrevo isso junto ao meu cíclame vermelho-rosado sob minha luminária de aço. Enquanto escrevo, minha mão esquerda está pousada sobre a pequena bibliazinha aberta, tenho dor de cabeça e dor de barriga e no fundo do meu coração estão os ensolarados dias de verão na pradaria e aquele campo de tremoceiros amarelos, que se estendia até o barracão de desinfestação.

Ainda não faz nem um mês, foi em 27 de agosto, à meia-noite, que Joop me escreveu: «Estou aqui sentado balançando as pernas do lado de fora e escutando o incrível silêncio. O campo de tremoceiros, agora sem cores exuberantes banhadas pelo brilho reconfortante do sol. Agora tudo é de uma solenidade e uma calma que me deixam muito quieto e sério. Pulo da janela e dou alguns passos na areia solta e olho para a lua». E então ele termina essa carta noturna, com sua caligrafia cerrada, concentrada, naquele papel ordinário: «Compreendo que alguém possa dizer: 'Aqui só se pode fazer um gesto: ajoelhar'. Não, eu não, não acho necessário, ajoelhei-me sentado na janela e depois fui dormir».

É incrível como aquele homem de repente estava lá, no centro da minha vida, quase silencioso, vivaz e inspirador, enquanto o grande companheiro, aquele que ajudou minha alma a nascer, jazia na sua cama com dores, ficando demente.

Às vezes me pergunto, num momento difícil como o desta noite, quais são tuas intenções comigo, Deus. Será que dependem disso minhas intenções contigo?

Todas as angústias e solidões noturnas de uma humanidade em sofrimento agora se retorcem em contrações doloridas nesse meu pequeno coração. A que coisas pretendo me sujeitar neste inverno?

Mais tarde quero viajar pelos diversos países do teu mundo, meu Deus, sinto em mim essa tração que ultrapassa todas as fronteiras e que descobre, em tuas criaturas diferentes e que lutam entre si por todo o planeta, algo em comum. E gostaria de falar sobre essas características comuns, com uma vozinha bem baixa e suave, mas contínua e convincente. Dá-me as palavras e a força. Primeiro quero estar nas frentes de batalha e entre as pessoas que sofrem. Mas então ainda terei direito a falar? Sempre ressurge em mim, como uma pequena onda de aquecimento, vez após vez, mesmo depois dos momentos mais difíceis: como a vida é bela. É um sentimento inexplicável. Que também não tem nenhuma base na realidade em que vivemos agora. Mas ainda existem outras realidades além dessa que se encontra nos jornais e nas conversas impensadas e acaloradas de pessoas apavoradas? Ainda existe a realidade do pequeno cíclame vermelho-rosado e do grande horizonte, que se pode sempre descobrir por trás dos tumultos e confusões destes tempos.

Dá-me um pequenino verso por dia, meu Deus, e, se eu nem sempre puder anotá-lo, porque não há papel ou luz, então o direi baixinho à noite para o teu imenso céu. Mas dá-me um pequenino verso de vez em quando.

[sexta-feira] 25 de setembro [1942], 11h da noite

Tide contou como uma amiga certa vez lhe disse, depois da morte do seu marido: «Deus me colocou numa classe mais adiantada, os bancos ainda são um pouco grandes».

E, quando falamos sobre o fato de ele não estar mais aqui e de que era tão estranho nós duas não sentirmos nenhum vazio, mas sim uma tal plenitude, Tide encolheu a cabeça entre os ombros e disse, com um sorriso valente: «É, os bancos ainda são um pouco grandes, isso às vezes ainda é difícil».

Mateus 5,23-24: «Portanto, se trouxeres tua oferta ao altar, e aí te lembrares de que teu irmão tem alguma coisa contra ti, Deixa ali diante do altar tua oferta, e vai reconciliar-te primeiro com teu irmão e, depois, vem e apresenta tua oferta».

Vez ou outra uma frota da prata[74] naufragava no oceano. Os homens então sempre tentavam resgatar da água os tesouros afundados. No meu coração já naufragaram tantas frotas da prata e por toda a vida eu vou tentar trazer à tona um pouco dos muitos tesouros que estão afundados ali. Ainda não tenho as ferramentas apropriadas para isso. Terei que fabricá-las do nada.

Eu saltitava ao lado de Ru e, depois de uma conversa muito muito longa, na qual todas as «derradeiras perguntas» surgiram mais uma vez, de repente parei ao seu lado no meio da estreita e sem graça Govert Flinckstraat e disse: «É, e você sabe, Ru, tenho uma característica tão infantil que me faz sempre achar a vida tão bonita e que talvez seja o que me faça suportar tudo tão bem». Ru então me olhou cheio de expectativa e eu disse, como se fosse a coisa mais normal do mundo — e será que não é mesmo?: «Sim, está vendo, eu acredito em Deus». E tenho a impressão de que ele achou isso um pouco confuso e me olhou como se tentasse ler algo misterioso no meu rosto para depois achar que era algo muito bom para mim. Talvez por isso eu tenha me sentido tão radiante e tão forte pelo resto do dia, será? Porque saiu de maneira tão direta e simples em meio ao bairro pobre e cinzento: «Sim, está vendo, eu acredito em Deus».

Foi bom eu ter ficado aqui algumas semanas. Volto renovada e revigorada. Não fui um bom elemento na comunidade, fui acomodada demais. Eu poderia muito bem ter ido visitar os velhinhos, os Bodenheimer, não deveria ter inventado desculpas, dizendo: «Não posso fazer nada por eles, afinal». E há muitas coisas assim em que falhei. Ficava concentrada

---

74   Nome dado ao transporte marítimo anual de ouro, prata, pedras preciosas e produtos exóticos das colônias espanholas à Espanha. [N. T.]

demais em perseguir meus próprios prazeres. Olhava com muita satisfação para um par de olhos, à noite no campo. Era muito bonito e ainda assim falhei em todos os sentidos. Também em relação às meninas da minha divisão. De vez em quando lhes atirava um pedacinho de mim e depois fugia de novo. Isso não era bom. E no entanto sou grata por ter sido assim, era tão bonito, tão encantadoramente belo, e também sou grata por poder me redimir. Acredito que voltarei mais séria e concentrada e menos preocupada em perseguir meus próprios prazeres. Quando alguém quer influenciar os outros moralmente, primeiro deve cuidar a sério da própria moral. Passo o dia todo pra lá e pra cá com Deus, como se não fosse nada, mas então também é preciso viver de acordo. Ainda estou longe disso, oh, muito longe ainda, e às vezes ajo como se já tivesse chegado lá. Sou brincalhona e acomodada, com frequência também vivo as coisas mais como artista do que como pessoa séria; além disso, há algo bizarro, aventureiro e errático em mim. Mas, enquanto estou assim aqui, tarde da noite, nesta escrivaninha, sinto outra vez de que maneira aquela grande, crescente seriedade, é lá uma força impulsionadora e objetiva em mim; às vezes é como uma voz silenciosa que me diz o que devo fazer e que afinal também me faz escrever com muita sinceridade: falhei em todos os sentidos. Meu verdadeiro trabalho ainda está por começar. Até agora foi substancialmente uma brincadeira.

[sábado] 26 de setembro [1942], 9h30

Eu te agradeço, meu Deus, por ter vivenciado uma das tuas criaturas tão plenamente de corpo e alma.

Ainda tenho que confiar muito mais a ti, meu Deus. E também não impor nenhuma condição: «Se eu continuar com saúde, daí...». Mesmo que eu não esteja com saúde, a vida com certeza continua, e da melhor forma possível, não é? Não posso fazer exigências, não é? Não farei. E, no instante em que *abri mão*, minha dor de estômago de repente também melhorou.

Folheei um pouco meus diários de manhã cedo e milhares de lembranças saltaram de novo ao meu encontro. Que ano impressionantemente rico. E também: quantas riquezas novas são trazidas a cada dia. E ainda: agradeço-te por me teres dado tanto espaço para poder guardar essas riquezas todas.

Noto cada vez mais como Rilke foi um dos meus grandes mestres do último ano.

[domingo] 27 de setembro [1942]

Como se pode ser uma chama tão cintilante! Todas as palavras e todas as expressões alguma vez já utilizadas me parecem neste momento cinzentas, pálidas, sem cor em comparação a esse intenso amor, alegria de viver e força que irrompem de mim.

Meu irmãozinho pianista de 21 anos escreve isto de um sanatório, no enésimo ano da guerra:

Henny, eu também creio, sei que há outra vida, depois desta. Creio mesmo que algumas poucas pessoas já a possam ver e experimentar simultaneamente a esta vida. É um mundo onde os eternos sussurros do misticismo se tornaram realidade viva, e onde objetos ou ditos comuns, cotidianos, adquiriram um significado mais espiritual. É bem possível que depois da guerra as pessoas estejam mais abertas do que estiveram até agora, que elas sejam imbuídas em conjunto por uma ordem mundial mais elevada.

«Ainda que eu dê aos pobres tudo o que possuo [...] se não tiver amor, nada disso me valerá.»[75] Agora você não precisa mais sofrer, homem mimado, posso suportar muito bem esse pouquinho de frio e esse pouquinho de arame farpado e continuarei vivendo em você. Continuarei vivendo aquilo que em você era imortal.

Já que no fim acabamos sempre em algo material: Tide me deu o pequeno pente cor-de-rosa quebrado que foi dele. Fotos dele eu na verdade nem quero ter, talvez eu nunca mais nem sequer pronuncie seu nome, mas aquele pentinho cor-de-rosa sujo, com o qual o vi por um ano e meio penteando seus cabelos ralos, agora está na minha carteira, entre meus documentos mais importantes, e ficarei terrivelmente triste se algum dia o perder. As pessoas são mesmo seres estranhos.

[segunda-feira] 28 de setembro [1942]

Audi et alteram partem.[76]

O bandido dos gases tóxicos com o nome mudado e os lírios-do-vale e a enfermeira seduzida.

---

75   1Coríntios 13,1-3. [N. T.]
76   «Escute o outro lado», em latim. [N. T.]

Fiquei realmente impressionada quando o médico paquerador me disse com seus olhos melancólicos: «A senhora vive de maneira muito intensa espiritualmente, isso é ruim para a sua saúde, seu físico não pode suportar isso». Quando contei a Jopie, ele disse pensativo e concordando: «Ele provavelmente tem razão».

Passei muito tempo com isso na cabeça e cada vez tenho mais certeza: ele não tem razão. É verdade, vivo intensamente, às vezes me ocorre que é uma intensidade demoníaca e extática, mas me renovo a cada dia na fonte primordial, a própria vida, e de tempos em tempos repouso numa oração. E aqueles que dizem «você vive muito intensamente» não sabem disso, não sabem que é possível se recolher numa oração como numa cela de mosteiro e que então se segue em frente com forças renovadas e tranquilidade reconquistada.

Acho que é justamente o medo das pessoas de que possam se consumir demais que lhes priva de suas melhores forças. Quando a pessoa, depois de um processo longo e difícil, que continua diariamente, avança até a fonte primordial em si mesma, que eu agora quero chamar de Deus, e quando cuida para que o caminho até Deus permaneça livre e sem barricadas — e isso é feito por meio do trabalho em si mesmo —, então a pessoa sempre se renova nessa fonte e já não precisa ter medo de gastar forças demais.

Não acredito em constatações objetivas. Combinação infinita de interações humanas.

As pessoas dizem que você morreu cedo demais. Bem, então será escrito um livro de psicologia a menos, mas há um pouco mais de amor no mundo.

[terça-feira] 29 de setembro [1942]

Você dizia com frequência: «Isso é pecado contra o espírito, e ele se vinga. Todo pecado contra o espírito é vingado». Também acredito: cada «pecado» contra a caridade se vinga, da própria pessoa e do mundo exterior.

Deixe-me escrever mais uma vez para mim mesma, Mateus 6,34: «Não vos inquieteis, pois, pelo dia de amanhã, porque o dia de amanhã cuidará de si mesmo. Basta a cada dia o seu mal».

É preciso combater diariamente, como pulgas, as inúmeras pequenas preocupações com os dias que virão, que consomem as melhores energias criativas de uma pessoa. Procura-se em pensamento fazer preparativos para os dias que virão — e tudo acontece de forma diferente, bem diferente. Basta a cada dia o seu mal. É preciso fazer as coisas que precisam ser feitas e no mais não se deixar infectar pelos muitos pequenos medos e preocupações e tantas moções de desconfiança para com Deus. Tudo vai dar certo com a autorização de residência e também com os cupons de racionamento; neste momento não faz sentido cismar com isso; é melhor elaborar um tema russo. Esta é de fato nossa única obrigação moral: cultivar em nós mesmos grandes planícies de tranquilidade, cada vez mais tranquilidade, de maneira que se possa irradiar essa tranquilidade aos outros. E, quanto mais tranquilidade houver nas pessoas, mais tranquilidade haverá também neste mundo agitado.

Sobre aquele telefonema com Toos.[77] Jopie escreveu: «Não mande mais encomendas». Há mil coisas acontecendo por lá. Haanen escreveu uma carta para sua esposa: muito

---

77   Toos é Cato Vleeschhouwer-Cahen.

pouco para entender alguma coisa e demais para não se preocupar. Etc. E então de repente também começa a acontecer comigo algo que não vai bem. É preciso combater isso. É preciso se afastar de todos os boatos inúteis que se espalham como uma doença contagiosa. Por aproximação, posso sentir de novo por um instante como deve ser para todas aquelas pessoas. Vida pobre e vazia. É, e aí ainda há quem diga, como escutei de tanta gente: «Não posso mais ler um livro, não consigo mais me concentrar». «Antigamente minha casa era sempre cheia de flores, mas hoje em dia não já não tenho vontade.» Pobre vida empobrecida. Já sei contra o que devo me posicionar. Será que as pessoas conseguem aprender que se pode «trabalhar» nisto, na conquista da tranquilidade em si mesmo? Ser produtivo interiormente e continuar vivendo com confiança, passando por cima dos medos e boatos? Que a própria pessoa pode se obrigar a se ajoelhar no canto mais distante e mais tranquilo do seu íntimo e ficar ali ajoelhada até que acima esteja um céu purificado e nada mais que isso? Sinto de novo na própria carne, desde ontem à noite, o que as pessoas têm que sofrer hoje em dia. É bom lembrar e a cada vez aprender consigo mesmo como combater isso. E depois seguir de novo pelas paisagens amplas e abertas do próprio coração. Mas ainda não cheguei a esse ponto. Primeiro ir ao dentista e hoje à tarde ao Keizersgracht.

[quarta-feira] 30 de setembro [1942]

Ser fiel a tudo que se começou num momento espontâneo, às vezes espontâneo demais.

Ser fiel a cada sentimento, a cada pensamento que começou a germinar.

Fiel no sentido mais abrangente da palavra.

Fiel a si, a Deus, fiel a seus próprios melhores momentos.

E ser inteiro onde se está, ser cem por cento. Meu «fazer» consistirá em «ser». E naquilo em que minha fidelidade ainda precisa crescer e em que mais falho: naquilo que eu gostaria de chamar de meu «talento criativo», por menor que ele possa ser. De qualquer forma: há muita coisa que eu gostaria de dizer e escrever. Aos poucos, também deveria fazer isso. Mas evito de todas as maneiras, nisso estou em falta. Eu sei: por outro lado, também tenho que ter paciência para que aquilo que deveria ser dito por mim cresça dentro de mim. Porém também tenho que ajudar e ir ao encontro. É sempre a mesma coisa: queremos logo escrever algo muito especial e «genial», nos envergonhamos das nossas próprias trivialidades. Mas, se tenho uma única obrigação na vida, nestes tempos, nesta etapa da minha vida, então é: escrever, anotar, registrar. Enquanto isso também vou assimilando. Leio a vida como um todo e sei: consigo interpretá-la, e agora penso na minha ousadia e indolência juvenis, que desse modo gravaria tudo o que foi lido e mais tarde poderia recontar. Mas terei que fazer algumas pequenas indicações para mim mesma. Vivo a vida por inteiro, até o fundo, mas tenho uma sensação cada vez mais forte de que começo aos poucos a ter obrigações em relação àquilo que gostaria de chamar de meus talentos. Mas por onde começar? Meu Deus, há tanta coisa. Também não posso cair no erro de querer jogar tudo diretamente no papel, com a mesma intensidade que se viveu. Também não se trata disso. Como irei superar tudo isso algum dia eu ainda não sei, é muita coisa. O que sei é: terei que fazer tudo sozinha. O que também sei é: tenho força e paciência suficientes para conseguir sozinha. Também tenho que ser fiel, não posso mais me espargir tanto como areia ao vento. Eu me divido e me distribuo às muitas emoções e impressões e pessoas e comoções que me vêm ao encontro. Tenho que ser fiel a todas elas. Mas é preciso surgir uma nova fidelidade, aquela aos meus talentos. Já não é suficiente apenas viver tudo, agora algo mais precisa despertar.

É como se eu pudesse ver cada vez mais claramente em que abismos medonhos desaparecem as forças criativas de uma pessoa e sua alegria de viver. São buracos que engolem tudo, e esses buracos estão na própria mente. Basta a cada dia o seu mal. E: sofre-se mais pelo sofrimento que se teme. E a matéria, sempre a matéria, que atrai para si todo o espírito, em vez do contrário. «Você vive demais com o espírito.» Por quê, Osias? Por que não entreguei meu corpo imediatamente a suas mãos ávidas? Como as pessoas são estranhas, não? Como eu gostaria de escrever muito. Em algum lugar bem no fundo de mim: uma oficina onde titãs forjam este mundo de novo. Certa vez escrevi desesperada: é como se apenas na minha cabecinha, dentro do meu crânio esfreito, este mundo devesse ser pensado até a clareza. De vez em quando ainda penso assim, numa ousadia quase satânica. Também sei o porquê: todas as minhas forças criativas — agradeço-te, meu Deus, por teres me dado tantas — estão intactas e prístinas em mim. Sei sempre como subtraí-las das garras das preocupações e medos cotidianos, sei como fazê--las cada vez menos prisioneiras das necessidades materiais das ideias de fome, frio e perigos. Afinal são sempre as ideias, e não a realidade. A realidade é algo que se deve incorporar, todo o sofrimento que vem com ela, todas as dificuldades, é preciso assumir e suportar, e, ao suportá-los, a capacidade de resistência cresce. Mas a ideia de sofrimento (que não é verdadeiramente «sofrimento», o sofrimento em si é sempre fecundo e pode transformar a vida em algo valioso) deve ser interrompida. E, interrompendo a ideia, na qual a vida está como que aprisionada entre grades, então se libertam a verdadeira vida e as forças em si mesmo e então também é possível ter forças para suportar o verdadeiro sofrimento, na própria vida e na vida da humanidade.

sexta de manhã [2 de outubro de 1942], na cama

Eu mesma vou assumir os riscos, não estou sendo completamente sincera comigo agora. Terei que aprender também esta lição e será a mais difícil, meu Deus: assumir o sofrimento que tu me impões e não aquele que eu mesma escolhi.

Uso muitas palavras nos últimos dias para convencer a mim mesma e aos outros de que devo partir novamente e de que o estômago não tem grande importância — talvez realmente não tenha —, mas, quando se precisa tanto de fortes argumentações, alguma coisa está errada. E de fato alguma coisa está errada. E agora posso de novo dizer a mim mesma em alto e bom som: é, mas hoje em dia todo mundo tem disso de vez em quando, de ficar meio tonto e frouxo; quando passar, passou, e então se segue outra vez em frente, como se nada tivesse acontecido.

É como se eu apenas tivesse que espichar os dedos das mãos para poder ter nas minhas mãos a Europa inteira, incluindo a Rússia. Tão pequeno, claro, familiar o todo se tornou para mim — e tão perto, mesmo nesta cama. Aferre-se a isto: mesmo nesta cama. Mesmo que eu devesse ficar em silêncio e sem me mover durante semanas. Ainda é muito difícil para mim. Ainda não posso ficar em paz com a ideia de ter que ficar na cama.

Prometo a ti que viverei de acordo com minhas melhores forças criativas em qualquer lugar onde achares que devo me fixar, mas quero muito partir na quarta-feira, ainda que seja só por essas duas semanas. Sim, eu sei, existem riscos: há cada vez mais ss no campo e cada vez mais arame farpado ao redor, tudo está ficando mais rigoroso, talvez em duas semanas nem possamos mais sair daqui, é sempre capaz que uma coisa assim aconteça. Podes correr esse risco?

Meu médico, aliás, não disse que eu tinha que ficar de cama, ele ficou surpreso por eu ainda não ter partido para Westerbork. Mas não tenho nada a ver com esse médico, não é? Mesmo que uma centena de médicos neste mundo declare que sou extremamente saudável, se uma voz interior me diz que não devo ir, bem, então não devo ir. Vou esperar e ver se me dás um sinal, meu Deus, por ora tenho o firme propósito de ir. Vou negociar contigo: queres fazer um acordo? Posso voltar para o campo nesta quarta-feira por duas semanas, e, se então eu não estiver bem, ficarei aqui até sarar. Fazes esse tipo de negociação? Na verdade, acho que não. Mesmo assim, quero muito partir na quarta. E todos os motivos pelos quais quero ir têm realmente razões para existir. Primeiro vou dormir, mas ainda não te disse tudo o que queria. Mas, bem, disto eu já sei: minha paciência mais sincera e mais profunda me abandonou. Mas sei que estarás de novo a postos quando for preciso. E minha sinceridade estará sempre comigo. Mas agora está sendo bem difícil.

Vou me dar um prazo até domingo, se me parecer que não era apenas uma vertigem passageira, então terei que ser prudente e não partir. Vou me dar três dias. Mas é preciso manter a calma.

Menina, não faça besteira. Não viva em umas poucas semanas uma vida inteira. As pessoas que devem ser alcançadas por você certamente o serão. Não vai depender destas duas semanas, não brinque com sua valiosa vida. Não vá agora desafiar deliberadamente os deuses, eles fizeram tanta força para pôr tudo em ordem para você, não vá destruir o trabalho deles. Vou dar a mim mesma mais três dias.

mais tarde

Tenho a sensação de que minha vida lá ainda não acabou, ainda não está totalmente concluída. Um livro — e que livro — no qual parei no meio. Quero tanto continuar lendo. Alguns momentos ali foram para mim como se minha vida inteira tivesse sido uma grande preparação para a vida naquela comunidade — quando de fato minha vida sempre foi uma vida de isolamento, não é?

mais tarde

Frutificar e florescer em qualquer pedaço de terra onde se está plantado, não será essa a intenção? E não devemos ajudar a alcançar essa intenção?

Acho que sim, que aprenderei.

Deveríamos nos distanciar de todos esses nomes que servem para os especialistas. Se dizemos: hemorragia gástrica ou úlcera ou anemia, não é preciso saber como se chama para saber o que é. Provavelmente vou ficar deitada por um bom tempo, mas não quero, invento os sofismas mais bonitos para convencer a mim mesma de que não é grave e que posso muito bem partir na quarta. Continuo com a mesma ideia: ainda me darei três dias. E, se então eu ainda estiver tão trancada nessa couraça de fraqueza que agora sinto em torno de mim, então desistirei temporariamente, quer dizer, então desistirei desse meu plano teimoso. E se na segunda eu estiver me sentindo bem? Daí vou procurar Neuberg[78] e dizer do meu jeito envolvente — bem, já vejo tudo, com um sorriso mostrando o molar novo de porcelana com bordinha dourada — «doutor, venho falar com o senhor de amiga para amigo, veja, a situação é assim e eu quero tanto ir, o senhor acha prudente?». Sei desde já que ele dirá «sim», porque farei com que diga, de tão convincente que serei. Farei com que ele responda o que eu tanto quero ouvir. É assim que as pessoas vivem. Usam os outros para se convencerem de algo em que no fundo não acreditam. Procura-se no outro um instrumento para abafar a própria voz interior. Quem dera cada um escutasse mais à própria voz interior, tentasse deixar ressoar dentro de si — haveria muito menos caos.

Acho que ainda aprenderei a assumir minha parte, qualquer que seja. Quantas coisas já aprendi numa só manhã em que estou doente na cama.

Na verdade, sempre há uma espécie de alegria em mim quando percebo que um plano humano engenhosamente concebido de repente se revela pura vaidade, não mais que vaidade. Nós deveríamos ter nos casado, deveríamos suportar

---

78   Dr. Julius Neuberg, clínico geral em Amsterdã.

juntos a angústia destes tempos. Agora jaz um corpo emaciado sob uma lápide — como é mesmo a lápide? —, no cantinho mais afastado do grande cemitério florido de Zorgvlied, e eu numa couraça de fraqueza neste quartinho que agora já é meu quarto há quase seis anos. Vaidade das vaidades — mas o que não foi vã: a descoberta em mim de que eu podia me abrir por completo com alguém, ligar-me a ele e dividir com ele a angústia — isso não foi vaidade. E no mais? — ele abriu para mim o caminho que leva diretamente a Deus, depois de ter antes pavimentado o caminho com suas imperfeitas mãos humanas.

Não, maninha, não me agrada nada a maneira como seu corpo se sente aí, sob as cobertas.

Não poder se movimentar é terrível. E como eu me movimentava, meu Deus, como eu me movimentava. Eu mesma ficava surpresa e encantada com a forma como saía pelos teus caminhos desconhecidos com uma mochila nas minhas costas destreinadas. Era uma maravilha tão grande para mim. De repente surgiram poternas para mim num «mundo» ao qual eu pensava não ter acesso. E quanto acesso houve para mim.

Mas agora sinto de fato que estou bastante adoentada. Ainda vou dar mais dois dias e meio.

Quero procurar todos eles mais tarde, um por um, os milhares que foram parar naquele pedaço de campina pelas nossas mãos. E, se não os encontrar, então encontrarei seus túmulos. Não poderei mais ficar aqui sentada tranquilamente na minha escrivaninha. Quero andar pelo mundo e ver com meus próprios olhos e ouvir com meus próprios ouvidos como pereceram todos os que deixamos ir.

fim da tarde

Caminhei um pouco pela casa. Ah, quem sabe não seja tão grave, pode ser apenas uma anemia comum que eu também consigo tratar lá com uns remedinhos. Mas de resto: não se pode ser míope e viver a curto prazo.

E agora parece que serei barrada. «E eu certamente tenho que dar pulos de alegria?», perguntei ao notário que tinha uma perna mais curta que a outra. Não quero todos esses documentos que os judeus se matam para ter; por que então eles me chegam assim de mão beijada? Queria ficar em todos os campos de concentração por toda a Europa, queria estar em todos os fronts, afinal não quero estar «em segurança», por assim dizer, quero participar, quero um pequeno pedacinho de confraternização em cada lugar onde estiver em meio aos ditos inimigos, quero compreender o que acontece, quero que tantos quantos possa alcançar, e sei que posso alcançar muitos — Dá-me saúde, ó Deus —, compreendam da minha maneira os acontecimentos mundiais.

sábado de manhã [3 de outubro de 1942], 6h30, no banheiro

Começo a sofrer de insônia, e não devo. Pulei da cama já bem cedo e me ajoelhei junto à minha janela. A árvore estava ali imperturbável nesta manhã cinzenta sem movimento. E rezei: Meu Deus, dá-me essa mesma tranquilidade, grande e poderosa, que também existe na tua natureza: e, se me quiseres fazer sofrer, dá-me então o grande sofrimento que preenche tudo, mas não os milhares de preocupaçõezinhas que nos consomem, que não deixam sobrar nada de um ser humano. Dá-me tranquilidade e confiança. Permite-me ser algo mais, permite que cada um dos meus dias seja mais que os milhares de preocupações da sobrevivência diária. E todas as preocupações que temos com as roupas, com o frio, com nossa saúde não são como moções de desconfiança em relação a ti, meu Deus. E de qualquer maneira nos castigas diretamente por isso? Com insônia e com uma vida que não é realmente vida?

Ainda quero ficar deitada serenamente por mais um par de dias, mas então quero ser uma grande oração. Uma grande calma. Tenho que levar de novo em mim a minha paz. «A paciente deve levar uma vida tranquila.» Cuida da minha tranquilidade, meu Deus, em todo lugar. Pode ser que eu já não tenha paz, porque talvez vá fazer coisas erradas. Talvez — não sei. Sou um ser de comunidade, meu Deus, e nunca soube o quanto. Quero estar em meio às pessoas, em meio aos medos, quero ver tudo eu mesma e compreender e mais tarde relatar. Mas quero tanto ter saúde. Neste momento me preocupo demais com minha saúde e isso naturalmente não é bom. Permite que haja em mim a mesma grande quietude que havia hoje cedo na tua manhã cinzenta. Permite que meu dia seja mais do que apenas preocupações com o corpo.

Este é sempre meu último remédio, pular da cama e me ajoelhar num cantinho escondido do quarto.

Também não quero te pressionar, meu Deus: faz com que eu fique bem em dois dias. Sei como tudo deve se desenvolver, como tudo é um processo lento. Agora já são quase sete horas. Vou me lavar, da cabeça aos pés, com água fria, e depois vou ficar deitada na cama quietinha, imóvel, não vou escrever de novo neste caderno, vou tentar ficar só deitada e ser uma oração. Tive isso tantas vezes, de me sentir tão miserável alguns dias a ponto de achar que não conseguiria me levantar por semanas, e depois de dois dias tudo estava bem. Mas agora não estou vivendo bem, estou querendo forçar algo. Se for possível, gostaria de ir na quarta-feira. Eu bem sei: da maneira como estou agora, uma comunidade não ganha muito comigo, quero tanto estar um pouco mais saudável na quarta. Sério, só preciso de um pouquinho, já é o bastante para mim. Mas, quando *quero* algo com toda força, então já há uma quebra no ritmo. Não devo querer as coisas, tenho que deixar que as coisas ocorram em mim. E não estou me concentrando nisso agora.

Não a minha vontade, mas que a Vossa vontade seja feita.

um pouco mais tarde

Naturalmente, é extermínio total, mas vamos suportá-lo, de preferência com graça.

Não há uma poeta em mim, há sim um pedacinho de Deus em mim, que poderia se transformar em poeta. Num campo assim é preciso que haja um poeta que viva a vida, também ali, como poeta, e que seja capaz de cantá-la.

À noite, quando estava deitada ali na minha cama de campanha, em meio a mulheres e meninas roncando suavemente, sonhando em voz alta, chorando baixinho e se revirando, que durante o dia tantas vezes diziam: «Não queremos pensar», «Não queremos sentir, porque senão enlouqueceremos», eu às vezes sentia uma ternura infinita e ficava acordada e deixava que os acontecimentos, as inúmeras impressões de um dia longo demais, passassem por mim, e pensava: «Permite então que eu seja o coração pensante deste barracão». Quero ser isso novamente. Gostaria de ser o coração pensante de todo um campo de concentração. Estou aqui pacientemente deitada e me acalmei, também já me sinto um pouco melhor, não à força, mas de fato melhor, estou lendo a carta de Rilke «Sobre Deus»; cada palavra é carregada de significado para mim, eu mesma poderia tê-las escrito; se as tivesse escrito, gostaria de ter escrito assim, e não de outra forma.

Agora também já sinto em mim as forças para ir, e também já não penso sobre planos e riscos. Será como for, será bom como for.

sábado à tarde, 4 horas

Agora realmente me rendo por inteiro. Já me vejo indo na quarta com as perninhas cambaleantes. É muito triste. E sou tão grata por, estando doente, poder ficar deitada aqui com tranquilidade e ter quem queira cuidar de mim. Primeiro tenho que ficar completamente boa, do contrário me torno um fardo para a comunidade. Acho que estou mesmo um pouquinho doente, doente da cabeça aos pés, comprimida numa couraça de fraqueza e tontura.

3 de outubro, sábado à noite , 21 horas

Se você quer mesmo ficar boa, tem que viver de maneira diferente da que tem feito. Você deveria ficar sem falar durante dias e se trancar no seu quarto e não deixar ninguém entrar, essa é a única maneira. Não está dando certo como você está fazendo agora. Quem sabe você ainda tome juízo.

É preciso rezar, dia e noite, por esses milhares de pessoas. Não deveríamos ficar nem um minuto sem oração.

Sei que algum dia terei o dom da palavra.

4 de outubro [1942], domingo à noite

Primeiro Tide hoje de manhã. À tarde o professor Becker. Depois Jopie Smelik. Jantar com Han. Atordoada e fraca.

Deus, tu me dás tantas preciosidades em custódia, permite que eu cuide bem delas e que as administre bem.

Todas essas conversas com amigos não estão sendo boas para mim neste momento. Estou me desgastando por completo. Ainda não estou suficientemente forte para me recolher. Minha grande tarefa é conseguir encontrar o equilíbrio entre meu lado introvertido e meu lado extrovertido. Ambos têm a mesma força em mim. Gosto de ter contato com as pessoas. É como se por meio da minha intensa atenção eu pudesse trazer à tona o melhor e mais profundo delas, elas se abrem para mim, cada pessoa é uma história que me é contada pela própria vida. E meus olhos encantados não param de ler. A vida me confia tantas histórias, tenho que recontá-las e deixá-las claras para as pessoas que não conseguem ler tão diretamente da vida. Deus, tu me deste o dom de ler, será que também poderias me dar o de escrever?

uma vez no meio da noite

Deus e eu agora fomos deixados sozinhos. Não há mais ninguém que possa me ajudar. Tenho responsabilidades, mas ainda não as pus inteiramente nos meus ombros. Ainda brinco demais e sou indisciplinada.

Isso não me dá de forma alguma uma sensação de empobrecimento; antes uma sensação de riqueza e tranquilidade: Deus e eu agora fomos deixados completamente sozinhos. Boa noite.

8 de outubro [1942], quinta à tarde

Estou doente agora, não posso fazer nada. Mais tarde compilarei lá todas as lágrimas e horrores. Na verdade já o faço agora, aqui na cama. Talvez seja por isso que estou tão atordoada e febril? Não quero me tornar a cronista dos horrores. Haverá suficientes. Nem de sensacionalismos. Hoje de manhã disse a Jopie: «No fim chego sempre à mesma conclusão: a vida é bela». E: «eu acredito em Deus». E quero estar em meio a isso, ao que as pessoas chamam «horrores», e depois ainda dizer: a vida é bela. E agora estou deitada num cantinho, com tontura e febre, e não posso fazer nada. Acabei de acordar com sede e apanhei meu copo d'água e me senti tão grata por aquele gole de água fresca e pensei: pudera eu apenas circular por lá para dar um gole d'água a alguns dos milhares que estão amontoados ali, os que mais precisam.

Tenho sempre a mesma sensação: «Ah, as coisas não são tão graves assim, fique calma, não é tão grave». Quando acontecia de mais uma mulher começar a chorar na nossa mesa de registros, ou uma criança faminta, eu me aproximava e ficava por trás dela, protetoramente, com os braços cruzados sobre o peito, e sorria um pouquinho e dizia a mim mesma diante desse pedaço de gente encolhido e desorientado: «Não é tão grave assim, não é tão grave mesmo». E eu simplesmente ficava ali, mais que isso não se podia fazer, não é? Às vezes ia me sentar ao lado de alguém e punha o braço num dos seus ombros e não dizia muito e olhava para os rostos. Nunca nada era estranho para mim, nenhuma expressão de tristeza humana. Tudo me era tão familiar, como se eu já soubesse de tudo e alguma vez já tivesse passado por aquilo. Alguns me dizem: «Você tem nervos de aço por poder suportar tudo isso». Não acredito que tenha nervos de aço, pelo contrário, são muito sensíveis, mas «poder suportar» eu posso. Ouso encarar cada sofrimento de frente, não tenho medo.

E essa sensação estava sempre lá no fim de cada dia: gosto tanto das pessoas. Nunca sentia amargor por aquilo que lhes era imposto, mas sempre amor pela maneira como as pessoas sabiam suportar as coisas, apesar de tudo sabiam suportar, por menos preparadas que fossem internamente para isso. O loiro Max, com sua cabeça raspada, na qual o cabelo já começava a crescer de novo, e seus suaves olhos azuis de sonhador, foi tzão maltratado em Amersfoort que não pôde seguir com o «transporte» e ficou em nosso hospital. Uma noite ele contou precisamente os maus-tratos pelos quais passou.

Os detalhes serão narrados por outros mais tarde em livros, talvez seja mesmo necessário para contar toda a história deste período para os que virão. Eu não tenho necessidade de tantos detalhes.

no dia seguinte [sexta-feira, 9 de outubro de 1942]

Então meu pai apareceu de repente e houve muita excitação. «Beatice piegas» e «sentimentos quixotescos» e «Senhor, não me faz tão ávida de ser compreendida, mas faz com que eu compreenda».

São onze horas da manhã. Jopie deve ter acabado de chegar a Westerbork. Agora é como se um pedaço de mim estivesse lá. Já lutei de novo contra muita impaciência e desânimo hoje de manhã, por causa da dor nas costas e daquela sensação pesada nas pernas, que gostariam tanto de sair pelo mundo, mas ainda não podem. As coisas vão melhorar. As pessoas não podem ser tão materialistas. E enquanto estou deitada aqui por acaso também não estou viajando pelo mundo?

Os largos rios correm através de mim e as altas montanhas estão dentro de mim. E atrás dos arbustos da minha inquietação e confusão se estendem as vastas planícies lisas da minha tranquilidade e entrega. Há em mim todas as paisagens. Também há lugar para tudo. Há em mim a terra e também o céu. E está bem claro para mim que as pessoas tenham sido capazes de criar algo como o inferno. Não vivo mais meu inferno — vivi-o anteriormente por toda uma vida —, mas posso viver muito intensamente o inferno dos outros. E isso é necessário, de outra forma as pessoas poderiam se tornar presunçosas.

E por mais paradoxal que possa soar: quando se insiste demais no desejo de estar fisicamente com uma pessoa amada, quando se jogam todas as forças no desejo por esse semelhante, então na verdade se falha com essa pessoa. Pois então não restam mais forças para de fato estar junto com ela.

Vou reler santo Agostinho. Ele é tão rigoroso e inflamado. E tão apaixonado e tomado de sincera entrega nas suas cartas de amor a Deus. Na verdade essas são as únicas cartas de amor que se deveriam escrever: aquelas para Deus. É muita arrogância minha se disser que tenho amor demais em mim para dar a uma única pessoa? Vejo algo infantil no pensamento de que só se pode amar uma pessoa na vida e mais ninguém. Há algo muito empobrecedor e improdutivo nisso. Será que com o tempo aprenderemos que o amor à humanidade traz muito mais felicidade e é muito mais frutífero que o amor ao sexo, que rouba os sumos à comunidade?

Cruzo as mãos num gesto que se tornou caro para mim e digo coisas bobas e sérias a ti por entre a escuridão e imploro por uma bênção sobre tua cabeça justa e bondosa. Tudo junto se poderia chamar de «rezar». Boa noite, querido!

sábado à noite [10 de outubro de 1942]

Acredito que posso suportar e aceitar tudo desta vida e destes tempos. E, quando a turbulência for demasiado grande, e quando eu não souber mais como me arranjar, então ainda me restam duas mãos unidas em prece e joelhos dobrados. É um gesto que entre nós, judeus, não é passado de geração a geração. Tive que aprender com dificuldade. É a mais valiosa herança do homem cujo nome eu já quase esqueci, mas cuja melhor parte continua a viver em mim.

Como foi realmente estranha essa minha história: a da garota que não sabia se ajoelhar. Ou com uma variante: a da garota que aprendeu a rezar. É meu gesto mais íntimo, mais íntimo que aquele que tenho ao estar junto de um homem. Afinal não é possível derramar todo o amor sobre uma única pessoa, não é?

domingo à tarde, 11 de outubro [1942], entre duas sestas

Começo a estar cada vez mais consciente de que há em nós um elemento, ou como quer que se queira chamar, que leva uma vida própria e por meio do qual se podem fazer coisas. A partir desse elemento posso criar uma porção de vidas, todas alimentadas por mim. Ainda não domino muito bem esse elemento. Talvez ainda tenha muito pouca confiança em sua própria vida, em suas próprias vidas. Eu mesma não tenho que fornecer nada além do espaço no qual essas vidas podem se desenvolver, não tenho nada a conceder além da mão que irá guiar a caneta para traçar essas vidas com suas próprias percepções e experiências.

[segunda-feira] 12/10/1942

As impressões estão ali, como pedras brilhantes sobre o veludo escuro da memória.

A idade da alma não é a mesma assinalada no registro civil. Acho que ao nascer a alma já tem uma certa idade, que não muda mais. Pode-se nascer com uma alma de doze anos e quando se chega aos oitenta a alma ainda terá doze, não será mais velha que isso. Também se pode nascer com uma alma de mil anos e às vezes há crianças de doze em que se pode notar que a alma tem mil anos. Acredito que a alma é a parte mais inconsciente da pessoa, sobretudo nos europeus ocidentais; penso que os orientais «vivem» muito mais sua alma; o ocidental não sabe bem como lidar com ela e se envergonha da alma como se fosse algo obsceno. A alma é uma coisa bem diferente daquilo que chamamos «sentimento». Muitas pessoas têm muito «sentimento», mas pouca alma.

Ontem perguntei sobre uma pessoa a Maria: «Ela é inteligente?».

«É sim», respondeu Maria, «mas só no cérebro.»

S. sempre dizia sobre Tide: «Ela tem uma inteligência da alma».

Quando S. e eu falávamos sobre nossa grande diferença de idade, ele sempre dizia: «Quem me garante que sua alma não é mais velha que a minha?».

Às vezes irrompem de repente, de todos os cantos, chamas pungentes dentro de mim quando, como agora, aquela amizade e aquele homem e todo o ano passado ressurgem em mim com imensa e avassaladora gratidão.

E agora sou o que chamam de doente e anêmica e estou mais ou menos acamada, e no entanto cada minuto é fecundo ao extremo. Como será então quando eu estiver boa? Sempre tenho que voltar a te exaltar, meu Deus: sou tão grata por teres querido me dar uma vida assim.

Uma alma é algo feito de fogo e cristais de rocha. É algo tão rigoroso e duro como o Antigo Testamento, mas também tão suave como o gesto com o qual as zelosas pontas dos seus dedos às vezes acariciavam meus cílios.

à noite

E então reaparecem aqueles instantes em que a vida é difícil de maneira muito desanimadora. E aí fico impulsiva, inquieta e cansada ao mesmo tempo. Hoje à tarde vivi momentos de grande criatividade. E agora um estado de exaustão, como depois de uma ejaculação.

E neste momento não tenho nada a fazer além disto: ficar quietinha debaixo das cobertas e esperar pacientemente até que esse desânimo e essa pulverização para muitos lados sejam eliminados de mim. Antigamente, numa situação assim, eu fazia loucuras: ia beber com amigos ou pensar sobre suicídio ou ler uma centena livros de uma só vez noites a fio.

Também precisamos aceitar que temos momentos não criativos, e, quanto mais sinceramente se aceita isso, mais depressa passa. É preciso ter coragem de fazer uma pausa. Ousar por um instante ficar vazio e desanimado — boa noite, querido espinheiro.

cedo na manhã seguinte [terça-feira, 13 de outubro de 1942]

Indócil, ceifo ao redor com um pequeno lápis como se fosse um alfanje, mas não consigo desbastar as muitas protuberâncias do meu espírito.

«Trago algumas pessoas em mim como botões de flores e as deixo florescer. Outras trago em mim como feridas, até abrirem e supurarem» (Frans Bierenhack).

Vorwegnehmen [antecipar]. Não conheço uma boa palavra em holandês para dizer isso. Da forma como estou deitada aqui desde ontem à noite, com certeza vou assimilando um pouquinho dos muitos sofrimentos que devem ser assimilados por todo mundo. Com certeza já vou abrigando um pouco do sofrimento do próximo inverno. Não dá para fazer tudo de uma só vez. Hoje vai ser um dia difícil para mim. Vou continuar deitada e antecipar um pouco todos os dias difíceis que ainda estão por vir.

Quando sofro pelos indefesos, não é então pelo que há de indefeso em mim?

Parti meu corpo como pão e o dividi entre os homens. Por que não? Tinham sempre tanta fome e estavam há tanto tempo desprovidos.

Sempre venho de novo com Rilke. É tão estranho, ele era um homem frágil e escreveu grande parte da sua obra dentro dos muros de castelos hospitaleiros, e talvez ficasse devastado sob circunstâncias como as que temos que viver agora. Mas não é sinal de boa gestão o fato de que, em tempos tranquilos e circunstâncias favoráveis, artistas sensíveis a suas mais profundas introspecções possam encontrar serenamente a forma mais bonita e adequada na qual pessoas vivendo um período mais agitado e debilitante possam se alicerçar, e na qual também possam encontrar um abrigo para confusões e perguntas às quais ainda não conseguem dar forma e resposta próprias, porque as energias diárias são exigidas para as urgências diárias? Em tempos difíceis, as pessoas às vezes tratam com desprezo as realizações espirituais de artistas de tempos ditos fáceis (ser artista em si é sempre bastante difícil, não?), descartando-as e acrescentando: de que nos serve isso agora? Talvez seja compreensível, mas é estúpido. E infinitamente empobrecedor.

Gostaria de ser um bálsamo para tantas dores.

Cartas de
Westerbork

3 de julho de 43

Jopie, Klaas, queridos amigos,

Na pressa, ainda vou desencadear um verdadeiro bacanal escrito aqui do meu terceiro beliche. Daqui a alguns dias cairá a barreira para nossas escritas ilimitadas, então me tornarei interna do campo e só vou poder escrever uma carta a cada catorze dias, carta que devo entregar aberta. E ainda quero conversar com vocês sobre algumas coisinhas. Escrevi mesmo uma carta na qual parecia que eu já não tinha ânimo, quase não posso imaginar. De vez em quando há momentos em que a gente pensa que não pode seguir avante. Mas sempre se vai avante, aos poucos a gente aprende, mas a paisagem ao redor de repente parece mudada: paira um céu escuro e baixo e há grandes mudanças no modo de vida e se tem o coração totalmente cinza e com mil anos de idade. Mas nem sempre é assim. Um ser humano é algo muito incrível. A miséria que impera aqui é realmente indescritível. Nos barracões grandes, as pessoas vivem como ratos num esgoto. Veem-se muitas crianças moribundas. Mas também muitas crianças saudáveis. Semana passada recebemos numa determinada noite um transporte de prisioneiros. Rostos pálidos como cera, transparentes. Nunca tinha visto tanta exaustão e esgotamento em rostos humanos como naquela noite. Naquela noite eles passaram pelas nossas «comportas»: registro, mais um registro, revista por colaboracionistas altos e magros, quarentena, já em si uma pequena provação de horas e horas. De manhã cedo essas pessoas foram espremidas nos vagões de carga. Esse trem foi bombardeado ainda na Holanda, por isso a demora. E depois mais três dias inteiros indo para o leste. Colchões de papel no chão para os doentes. Para o resto, vagões vazios com um barril no meio e aproximadamente setenta pessoas num vagão fechado. Cada uma só pode levar um saquinho de pão. Gostaria de saber quem chegará vivo. E meus pais estão se preparando para um transporte assim, a não ser que inesperadamente ainda seja possível ir para Barneveld.[79] Há pouco tempo ainda vagueei com meu pai pelo poeirento deserto, ele é uma graça e tem uma lúcida resignação. Disse muito simpático e tranquilo, diretamente: «Na verdade, eu preferiria ir logo para a Polônia, então terminaria com isso tudo o quanto antes, em três dias eu estaria morto, não faz sentido ficar aqui levando essa vida desumana. E por que não deveria acontecer também comigo o que acontece a milhares de outros?». Mais tarde rimos juntos sobre a paisagem apropriada, às vezes é como um deserto — apesar dos tremoceiros lilases, das flores-de-cuco e dos graciosos pássaros que parecem gaivotas. «Judeus no deserto, nós conhecemos essa paisagem do passado.» Está vendo, às vezes pesa ter um paizinho assim tão gentil, que de vez em quando bem gostaria de desistir. Mas são apenas estados de ânimo. Às vezes também é diferente e aí rimos juntos e nos maravilhamos com muita coisa. Encontramos muitos familiares que não víamos havia anos, juristas, bibliotecários etc., empurrando carrinhos de mão cheios de areia, em macacões desajeitados e pouco práticos, e nos entreolhamos um pouco e não dizemos muito. Um rapaz — um policial triste — me disse, numa noite de deportação: «Numa noite assim eu emagreço cinco libras, e aqui se deve apenas ouvir, ver e ficar

---

79   No final de 1942, foram criados dois abrigos no município de Barneveld para acomodar cerca de setecentos judeus holandeses que seriam protegidos da deportação por «méritos à sociedade holandesa», o que durou apenas até setembro de 1943. [N. T.]

quieto». Por isso também não escrevo demais. Mas estou me desviando. Só queria dizer isto: a miséria é realmente grande, e ainda assim muitas vezes, tarde da noite, quando o dia já adormeceu profundamente lá atrás, ando com um passo enérgico ao longo da cerca de arame farpado, e então sempre vem novamente à tona no meu coração — não posso fazer nada, é assim, é de uma força elementar: esta vida é algo lindo e grandioso, temos que construir um mundo inteiramente novo no futuro e contra cada delito, cada atrocidade a mais temos um pouquinho de amor e bondade a mais para compensar, que temos que conquistar em nós mesmos. Podemos até sofrer, mas não podemos sucumbir. E, se sobrevivermos a este período intactos, de corpo e alma, mas sobretudo de alma, sem amargura, sem ódio, então também temos o direito de ter uma voz depois da guerra. Talvez eu seja uma mulher ambiciosa: gostaria de dizer uma palavrinha.

Fala-se sobre suicídio e sobre mães e crianças. Sim, posso imaginar tudo, mas acho esse um tema doentio. Há um limite para qualquer sofrimento, talvez uma pessoa não seja exposta a mais sofrimento do que pode suportar — e, uma vez que o limite é atingido, ela automaticamente morre. De vez em quando morrem aqui pessoas de espírito devastado, porque não conseguem mais compreender, pessoas jovens. Os bem velhos ainda estão enraizados num solo mais forte e aceitam seu destino com dignidade e resignação. Ah, veem-se aqui muitos tipos de gente e pode-se observar sua atitude em relação às questões mais difíceis e decisivas.

Qualquer hora tentarei descrever para vocês como me sinto, não sei se a imagem de agora está correta. Quando uma aranha tece sua teia não lança os principais fios para a frente e depois sobe? O caminho principal da minha vida se estende em boa parte à minha frente e já alcança um outro mundo.

É como se tudo o que acontece aqui e que ainda acontecerá já tivesse sido levado em conta por mim, já superei e vivi tudo e já ajudo a construir uma sociedade depois desta. A vida aqui não custa muito da minha força essencial — fisicamente talvez se decaia um pouco e muitas vezes a tristeza parece sem fim, mas no âmago nos tornamos cada vez mais fortes. Gostaria que isso também acontecesse com vocês e todos os meus amigos; é necessário, ainda temos muito o que viver e muito o que trabalhar juntos. E por isso faço um pedido: se algum dia forem envolvidos, fiquem a postos interiormente, e por favor nunca se sintam desesperados ou tristes por mim, não há nenhum motivo para isso.

Está sendo difícil para os Levie, mas eles também pertencem ao tipo de gente capaz de se defender e que tem muita reserva interior, apesar da fraca saúde física. As crianças às vezes ficam muito sujas, este é o maior problema, a higiene. Escrevo mais sobre eles numa outra carta. Incluo aqui um bilhetinho que comecei a fazer para meu pai e minha mãe, mas que não precisei mais enviar. Talvez haja ali algo para vocês.

Também tenho um desejo, se vocês não acharem impertinente: um travesseiro, uma velha almofada de sofá, por exemplo, porque aquela palha, com o tempo, fica um pouco dura. Mas da província só se podem enviar pacotes de até dois quilos, talvez um travesseiro assim seja mais pesado, não? Mas, se por acaso visitar Pa Han em Amsterdã (seja muito leal a ele, por favor, e leve-lhe também esta carta), então talvez possa enviar de um correio de lá? No mais, meu único desejo é que vocês estejam com saúde e bem-dispostos e de vez em quando escrevam um bilhetinho inofensivo.

Com muito muito amor,
Etty

10 de julho [1943]

Oi, Maria,

Milhares se foram deste lugar, vestidos e nus, velhos e jovens, doentes e sadios — e eu pude continuar a viver, pensar, trabalhar e permanecer alegre. Agora meus pais também terão que partir deste lugar, se por milagre não for esta semana, com certeza na próxima. E isso eu também tenho que aprender a aceitar. Mischa quer ir junto e me parece que ele deve fazê-lo; se ele os vir partindo daqui, ficará perturbado. Eu não vou junto, não posso. É mais fácil rezar por alguém a distância do que os ver sofrer a seu lado. Não é por medo da Polônia que eu não vou com meus pais, mas por medo de vê-los sofrer. Então, de qualquer forma, covardia.

Isto as pessoas não querem reconhecer: que num determinado momento já não se pode *fazer* mais nada, apenas continuar a ser e aceitar. E esse aceitar eu já comecei muito tempo atrás, mas só se pode aceitar por si mesmo, e não pelos outros. Por isso é tão desesperadoramente difícil para mim aqui no momento. Minha mãe e Mischa ainda querem fazer alguma coisa, pôr o mundo todo de cabeça para baixo, e eu fico completamente impotente diante disso. Não posso fazer nada, nunca pude fazer nada, posso apenas incorporar essas coisas em mim e sofrer. Aí jaz minha força, e é uma grande força. Mas para mim mesma, não para os outros.

Barneveld foi negado para meu pai e minha mãe, soubemos ontem. E foi acrescentado que deviam se preparar para a deportação de terça-feira. Mischa quer ir até o comandante e dizer que ele é um assassino. Teremos que o vigiar esses dias. Meu pai dá a impressão de estar muito tranquilo. Mas já teria morrido aqui no barracão grande se eu não tivesse conseguido levá-lo para o hospital, onde aos poucos a vida também se tornou insuportável para ele. Está totalmente desamparado e não consegue lidar com isso.

As coisas não vão bem com minhas orações. Eu sei: podemos rezar pelas pessoas, para que encontrem forças para suportar tudo. Em mim sempre emerge a mesma oração: Senhor, faz com que dure o menos possível. E por isso agora estou paralisada em todas as minhas ações. Gostaria de cuidar o melhor possível da bagagem deles, mas ao mesmo tempo eu sei: no fim, serão tiradas deles (aqui temos cada vez mais certeza disso), então por que ficar carregando?

Fiz um bom amigo aqui.[80] Ele foi deportado na semana passada. Quando fui encontrá-lo, estava de cabeça erguida diante de mim, com um rosto sereno, sua mochila preparada ao lado da sua cama; não se falou sobre a partida; ele leu para mim diversas coisas que havia escrito e nós filosofamos mais um pouco. Procuramos não tornar as coisas mais difíceis um para o outro com nossa tristeza, com o fato de que tínhamos que nos despedir, demos risada e dissemos que nos veríamos novamente. Podíamos suportar nosso próprio destino. E este é o desespero aqui: a maioria não pode suportar seu próprio destino e põe esse peso nos ombros dos outros. E sob esse peso se pode sucumbir, mas não sob o próprio destino. Em relação ao meu próprio destino me sinto forte o bastante; em relação ao dos meus pais, não.

Esta é a última carta que tenho permissão para escrever por enquanto. Hoje à tarde vão pegar nossos documentos de identidade, então seremos internos do campo. Por isso agora tenham um pouco de paciência com notícias minhas. Talvez qualquer hora eu consiga enviar uma carta às escondidas.

---

80   Philip Mechanicus.

Recebi suas duas cartas.
Adeus, Maria — amiga —,
Etty

11/8 [1943]

Mais tarde, quando eu não estiver mais vivendo numa cama de ferro num terreno cercado de arame farpado, então vou querer uma luminária sobre minha cama para ter luz à minha volta durante a noite no momento que desejar. Quando estou meio dormindo, com frequência surgem pequenas historinhas e redemoinhos de pensamentos tão finos e transparentes como bolhas de sabão. Gostaria de capturá-los numa folha branca de papel. De manhã, quando acordo, estou enredada nessas histórias, é um rico despertar, sabe. Mas então às vezes principia um pedacinho de narrativa de sofrimento, os pensamentos e imagens passam tão tangíveis ao meu redor, eles querem ser escritos, mas não se pode sentar tranquilamente em lugar nenhum; às vezes ando horas procurando um lugar seguro. Uma vez, no meio da noite, uma gata de rua entrou no barracão, pusemos uma caixa de chapéu para ela no banheiro e ali ela teve filhotinhos. Às vezes me sinto como uma gata de rua sem caixa de chapéu.

Nesta noite Jopie teve um filho. Ele se chama Benjamin e dorme na gaveta de um armário.

Agora puseram um louco junto do meu pai.

Ah, sabe o quê, aqui, quando não se tem algo muito forte interiormente, para considerar tudo o que acontece no exterior como circunstâncias pitorescas, que não se equiparam à grande glória (não encontro nenhuma outra palavra neste momento), que pode ser o nosso inalienável interior — então é realmente desesperador. Tão lamentável, todas as pessoas desamparadas que perdem sua última toalha de banho, que fazem grandes esforços com caixas, tigelas de comida, canecas, pão mofado, roupa suja, embaixo e ao lado das suas camas, que são infelizes porque outras pessoas gritam com elas ou lhes são hostis, mas que também gritam com os outros e nem percebem, criancinhas abandonadas cujos pais estão sendo deportados, e as mães de outras crianças que não olham para elas: estão tristes pela sua própria prole, que tem diarreia e todo tipo de doenças e doencinhas, quando antigamente nunca faltava nada. Você tem que ver como essas mães animais ficam num desespero vazio e irracional junto aos berços dos seus bebês que choramingam, que não se desenvolvem.

Esta única folhinha eu escrevi em dez lugares diferentes, na minha mesinha de telegramas no nosso barracão de trabalho, num carrinho de mão em frente à lavanderia, onde Anne-Marie[81] trabalha (durante horas em pé, no calor, em meio a implacáveis crianças aos gritos, que ela no momento já não pode suportar, ontem enxuguei muitas lágrimas suas, mas não a deixem saber que escrevi isso — estes rabiscos para você também são para Swiep), durante uma palestra de um prolixo professor de sociologia no orfanato ontem à noite, hoje de manhã num pedaço ventoso de «duna» sob o céu aberto. Sempre rabisco uma palavra a mais — e agora estou na cantina do hospital, que eu acabei de descobrir, um achado, onde parece que posso me recolher de vez em quando.

Amanhã cedo Jopie vai para Amsterdã, e pela primeira vez nesses meses aqui sinto uma punhalada bem no meio de meu coração disciplinado, porque a cancela continua fechada para mim. Ainda assim chegará a hora para cada um. A maioria aqui é muito mais pobre do que deveria ser, porque põe o anseio por ver amigos e família no setor deficitário da vida, quando na verdade o fato de que um coração

---

81   Anne-Marie van den Bergh-Riess.

possa sentir tanta saudade e amor deveria entrar no cálculo como um dos bens mais preciosos — Tu, querido Senhor, eu pensava ter encontrado um lugar tranquilo, de repente isso aqui ficou cheio de gente de macacão, trazendo para dentro caldeirões de *stamppot*[82] fazendo barulho, e funcionários do hospital que se empoleiram nas mesas de madeira para comer — bem, agora é meio-dia, vou procurar outro lugar.

Uma tentativa de filosofia tarde da noite, com os olhos que se fecham de sono:

As pessoas às vezes dizem: «Depende de você fazer o melhor possível». Acho uma expressão tão boba. Está sempre tudo bem. E ao mesmo tempo tudo ruim. As duas coisas se mantêm em equilíbrio, em qualquer lugar e sempre. Nunca tenho a sensação de que devo fazer o melhor, tudo é sempre completamente bom como é. Toda situação, por mais infeliz, é algo absoluto e contém o bem e o mal em si.

Eu só queria dizer: no fundo, acho «fazer o melhor possível» uma expressão hedionda, como acho uma expressão hedionda «saber tirar o melhor de tudo»; gostaria de poder lhe explicar mais claramente por quê.

Se você ao menos soubesse o sono que sinto; eu poderia bem dormir uns catorze dias seguidos. Agora vou levar esta carta a Jopie; amanhã cedo eu o acompanharei até a guarita da sentinela e então ele vai para Amsterdã e eu por entre os barracões — oh, queridos —

Adeus!

Etty.

---

82   Prato tradicional holandês. [N. T.]

18 de agosto [1943]

Tideke,

Primeiro queria deixar passar meu dia de escrever cartas, por causa do enorme cansaço e porque pensei que não tinha nada para escrever desta vez. Mas claro que tenho muito para escrever; no entanto, prefiro deixar meus pensamentos fluírem livres até vocês, vocês certamente irão captá-los. Hoje à tarde estava descansando na minha cama de campanha e de repente tive que escrever o seguinte no meu diário (que estou enviando a você):

Tu me fizeste tão rica, meu Deus, faz-me também ser capaz de compartilhar com mãos cheias. Minha vida se tornou um contínuo diálogo contigo, meu Deus, um grande diálogo. Quando estou num cantinho do campo, meus pés plantados sobre tua terra, o rosto elevado para o teu céu, então às vezes correm-me pela face as lágrimas, nascidas de uma emoção e gratidão internas que procuram uma maneira de sair. Também à noite, quando estou deitada na minha cama e descanso em ti, meu Deus, às vezes correm-me pelo rosto as lágrimas de gratidão, e esta é então minha oração.

Estou muito cansada, já há alguns dias, mas isso também vai passar, tudo corre de acordo com um ritmo mais profundo e é preciso aprender a escutar esse ritmo, é a coisa mais importante de aprender nesta vida.

Não luto contigo, meu Deus, minha vida é um grande diálogo contigo. Talvez eu nunca me torne uma grande artista, o que eu, no fundo, gostaria, mas já estou muito segura em ti, meu Deus. Eu às vezes gostaria de gravar pequenas sabedorias e historinhas vibrantes, mas sempre volto imediatamente a uma mesma palavra: «Deus», e isso engloba tudo e aí não preciso mais dizer todo o resto. E toda a minha energia criativa se coloca em diálogo interno contigo, o rebentar das ondas do meu coração se tornou mais amplo aqui, e me parece que minha riqueza interior cresce ainda mais.

De maneira inexplicável, nos últimos tempos Jul paira sobre esta campina; ele continua a me nutrir diariamente. Existem mesmo milagres na vida de um ser humano, minha vida é uma concatenação de milagres interiores. É bom poder dizer isso de novo a alguém.

Sua foto está em *O livro das horas* de Rilke, junto da foto de Jul. Estão embaixo do meu travesseiro, junto com a pequena Bíblia. Sua carta com as citações também chegou, escreva sempre, sim. Fique bem, querida.

Etty.

[sem data; após 18 de agosto de 1943]

Bem, não posso simplesmente não dizer isso para as jovens com bebês de colo, que provavelmente irão num vagão de carga vazio direto para o inferno. E virão de novo com aquele: «Para você é fácil falar, você não tem filhos», mas isso realmente não tem nada a ver.

Há um provérbio do qual sempre extraio novas forças. É mais ou menos assim: «Se me amais, devei deixar vossos pais». Ontem à noite, quando mais uma vez estava sendo difícil não me deixar levar por um estado de consternação em relação a meus pais, coisa que me deixaria completamente paralisada se eu permitisse, também vi isto naquelas palavras: não podemos ser tão absorvidos pela tristeza e preocupação com a própria família, de maneira que já não reste atenção ou amor para o próximo. Tenho cada vez mais consciência de que o amor a um próximo eventual, a cada um que é a imagem de Deus, deveria ser elevado acima do amor por parentesco. Por favor, não me entendam mal aqui. Diz-se que isso é antinatural... Noto que, para mim, ainda é muito difícil escrever sobre isso, embora seja tão fácil viver.

Hoje à noite vou com Mechanicus fazer uma visita a Anne-Marie e seu anfitrião crônico, o líder dos barracões, que tem um quartinho próprio. Daí estaremos num aposento espaçoso para os padrões de Westerbork, com uma grande janela baixa que fica aberta, e a campina atrás daquela janela é vasta e ondulante como o mar. No ano passado, sempre escrevia minhas cartas para vocês desse lugar. Anne-Marie com certeza vai preparar café e o anfitrião vai falar sobre a antiga vida aqui no campo (ele já está aqui há cinco anos); Philip então escreverá contos a respeito. Vou dar uma espiada na minha latinha para ver se consigo encontrar algo comestível para acompanhar o café, e, quem sabe, pode ser que Anne-Marie tenha feito pudim novamente, como na última vez — naquela ocasião foi seu inesquecível pudim de amêndoas, Jetje.[83] Hoje estava quente, será uma bela noite de verão diante daquela janela aberta e da campina. Mais tarde Philip e eu vamos procurar Jopie e, num trio pacífico, vamos caminhar ao redor da grande tenda beduína cinza que se ergue numa espaçosa extensão de areia. Antigamente, punham naquela tenda as pessoas com piolhos; agora, o mobiliário roubado dos judeus que irá para a Alemanha como doação ou acabará enfeitando a casa do comandante. Atrás da tenda, todas as tardes há um novo pôr do sol. Este campo no interior de Drente abriga muitas paisagens. Creio que o mundo é bonito por toda parte, mesmo nos lugares em que os livros de geografia dizem ser áridos, inférteis e sem fantasia. A maioria dos livros na verdade não presta, temos que os reescrever.

Escrevi minha carta bissemanal para Tide, ainda que só possamos escrever de um lado.

Queridos, como vocês conseguiram algo tão grandioso como aquela meia libra de manteiga? Fiquei completamente chocada, foi magnífico. Perdoem este final materialista. São seis e meia: agora preciso primeiro buscar a comida para a família.

Sejam intensos; intensos cumprimentos a todos.

Etty.

---

83   Jet van der Hagen.

domingo de manhã 21/8/'43 [= 22 de agosto de 1943]

Na maternidade há um bebê muito paparicado de nove meses, uma menina. Uma coisinha linda e querida de olhinhos azuis. Chegou aqui alguns meses atrás como caso de punição, apanhado pela polícia numa clínica. Ninguém sabe quem são os pais ou onde estão. Por enquanto a estão mantendo na maternidade, as enfermeiras ali se afeiçoaram muito a esse brinquedinho. Mas o que eu queria contar é isto: no início da sua estada aqui, esse bebê não podia sair da maternidade; todos os outros bebês estavam em carrinhos ao ar livre, mas ela tinha que ficar lá dentro, afinal era um caso de punição! Perguntei a três enfermeiras diferentes; sempre esbarro aqui em coisas que me parecem inacreditáveis, mas elas sempre se confirmam verdadeiras.

Na minha enfermaria encontrei uma menina magrinha, subnutrida, de doze anos. Da mesma maneira afável e inocente como qualquer criança conta sobre suas aulas de aritmética na escola, ela me contou: «É, estou vindo da barraca de punição, sou um caso de punição». Um menininho de três anos e meio quebrou uma vidraça com um pau, levou uma surra do pai, começou a chorar muito alto e disse: «Oh, agora vou para a 51 (= a prisão) e aí vou ter que ir sozinho no transporte de punição». As conversas das crianças entre si são chocantes. Escutei um menininho dizer para outro: «Que nada, o carimbo 120 mil[84] não é o melhor. Se você for metade ariano e metade português, aí sim é bom». Anne-Marie escutou uma mãe dizer isto ao filho na campina: «E se

---

84   Judeus que não deveriam ser deportados recebiam em Amsterdã um carimbo em seus documentos de identidade, conhecido como «*honderdtwintigduizend-stempel*» — carimbo 120 mil. [N. T.]

você não comer todo o mingau direitinho vai ser deportado sem a mamãe!».

Hoje de manhã, a vizinha de cima da minha mãe deixou cair uma garrafa d'água, a maior parte se derramou direto na cama da mamãe. Uma coisa assim aqui é imediatamente uma catástrofe cujas dimensões vocês nem podem imaginar. No mundo exterior seria o mesmo que ter uma casa atingida por uma inundação.

Agora vou parar com essa cantina do hospital. É como uma cabana de índio. Barracão baixo de madeira bruta, mesas e bancos de madeira bruta, janelas pequenas, que batem, e mais nada. Daqui vejo uma faixa de areia árida com um capim feio, delimitada por um monte de areia tirada do canal. Um trilho em ruína serpenteia por ali. Durante a semana, homens seminus, queimados de sol, brincam ali com carrinhos de mina. Daqui não se tem a vista da campina, como de todos os outros lugares desta aldeia que se expande. Atrás do arame farpado há uma superfície ondulada de arbustos baixos, parecem pequenos abetos. Esse pedaço de paisagem, que é de uma aridez impiedosa, a cabana de madeira bruta, os montes de areia, o canal estreito e fedido, tem algo de terreno de garimpo, alguma coisa meio Klondike.[85]

Diante de mim, na mesa de madeira bruta, Mechanicus morde sua caneta-tinteiro: de vez em quando nos olhamos por sobre nossas folhas cobertas de garranchos. Ele registra os acontecimentos aqui, fiel e precisamente, de maneira quase burocrática. «É muito intenso», ele diz de repente. «Posso muito bem escrever um pouquinho, mas aqui estou diante de um abismo — ou de uma montanha; é muito intenso.»

---

85   Região do Yukon, no Canadá, conhecida pela corrida do ouro no fim do século XIX.

Começa a ficar novamente cheio por aqui e cidadãos com ternos puídos e com carimbos vão comer couve-nabo em tigelas esmaltadas.

6-7/9/'43

Sr. Wegerif, Hans, Maria,
Tide e todos que eu talvez não conheça tão bem,

Não será fácil, para mim, contar tudo isso a vocês. Foi
tudo tão repentino, tão inesperado. Estranho, inesperado
mesmo agora, repentino mesmo agora, embora já estejamos
prontos e preparados faz tempo. No final também foi assim,
ela estava pronta e preparada. E, infelizmente, ela então foi
mesmo.

Também chegou tarde de Haia, na segunda-feira, a
notícia de que a dispensa de Mischa já não era válida e que
ele deveria ser deportado com seus familiares no dia 7 de setembro. Por quê? Bem, essa geralmente é uma pergunta sem
resposta. No começo, esperávamos e acreditávamos que essa
viagem não aconteceria. E que com certeza para ela poderia
ser cancelada, sobretudo porque bem hoje se conseguiu que
antigos funcionários do Conselho Judaico, sessenta ao todo,
não tenham que ir por enquanto. Logo ficou claro que para
Mischa e os pais não seria possível conseguir muito e que
para Etty todas as possibilidades permaneciam abertas.

Portanto, nossa atenção foi concentrada em preparar
com urgência a bagagem para três pessoas. Oh, eles aceitaram
tudo muito bem, afinal já se sabia há tanto tempo que isso
algum dia aconteceria. Na semana seguinte, os pais, *todos* os
pais de pessoas com carimbo vermelho,[86] teriam que partir,
sem exceção. E Mischa já havia decidido por vontade própria

---

86   A partir de 1942, os nazistas usaram um sistema de carimbos verdes, vermelhos e azuis nos documentos de identificação, que garantiam o
adiamento da deportação até segunda ordem. [N. T.]

que iria com seus pais. Com seus pais, por quem estava disposto e determinado a abrir mão de qualquer privilégio pessoal. E agora isso veio só uma semana antes, abruptamente, é verdade, mas no fim é apenas uma mudança de andamento. Porém para Etty foi um fato tão imprevisto, pois ela não queria ir junto com seus pais e preferia se entregar a essas novas experiências, livre da pressão dos laços familiares. Para ela foi como uma pancada na cabeça, que literalmente a derrubou. Dentro de uma hora ela se recuperou e se encaixou na nova situação com velocidade admirável. Fomos juntos ao barracão 62 e passamos horas escolhendo, embalando, remexendo e separando todas as roupas e alimentos possíveis.

O pai de Etty expressava seu nervosismo em comentários cômicos, que acabaram deixando Mischa irritado, pois achou que ele não estava levando a coisa suficientemente a sério. Mischa não conseguia entender por que a dispensa, que era tão certa, de repente se tornou inválida, e queria o tempo todo me mandar a relações mais ou menos importantes. Ele não entendeu que um comando de Haia não pode ser modificado aqui e que os esforços em casos assim serão infrutíferos. No entanto estava calmo e encarou o assunto de maneira sensata. Ser obrigado a deixar para trás suas partituras lhe doeu o coração. Enfiei umas quatro peças na sua mochila e o resto (também o pacote recém-recebido com uma nova provisão) agora enche uma mala que será reenviada a Amsterdã na primeira oportunidade possível.

Mãe H., diligente como sempre, cuidou extraordinariamente de todo o necessário e deu uma tranquilidade admirável ao dia.

Em noites anteriores ao transporte, às vezes toda a família passava a noite inteira acordada, por causa de todo o barulho e agitação que o preparo para a deportação ocasiona num barracão grande. Hoje todos dormiam tranquilos quando Etty e eu, às três horas, fomos dar uma olhada se era possível continuar com a arrumação das malas. Fomos primeiro conferir mais uma vez se havia uma chance de Etty ser dispensada. Para nossa surpresa, notamos, pela primeira vez, que as chances eram muito ruins.

As amigas de Etty tinham preparado zelosamente sua bagagem no seu barracão, enquanto ela cuidava dos seus pais e do irmão; tudo estava em ordem até as menores particularidades.

Depois que a direção do Conselho Judaico declarou que não era possível conseguir nada por meio deles, foi escrita uma carta ao primeiro intendente, pedindo que concedesse uma intervenção.

Talvez então ainda se pudesse conseguir alguma coisa no trem. Mas tudo precisaria estar pronto antes da partida e assim foram primeiro os pais e Mischa em direção ao trem. E por fim carreguei uma mochila bem cheia e uma cestinha de viagem com tigela e caneca balançando até o trem. E ali Etty entrou no corredor de deportação, que apenas catorze dias atrás ela própria havia descrito da sua maneira incomparável. Falando alegremente, rindo, uma palavra simpática para todo mundo que cruzava seu caminho, cheia de um humor cintilante, talvez um humor um tantinho melancólico, mas era realmente nossa Etty, como todos vocês a conhecem. «Tenho meus diários, minhas bibliazinhas, minha gramática russa e Tolstói comigo, e não tenho a menor ideia do que está na minha bagagem.» Um dos nossos dirigentes ainda veio se despedir e esclarecer que tinha apresentado todos os argumentos, mas em vão. Etty lhe agradeceu «em todo caso por apresentar os argumentos». E pediu que eu contasse a vocês como tudo aconteceu e como ela e sua família partiram bem.

E agora estou aqui, um tanto triste por algo que se perdeu, mas por outro lado não, pois uma amizade como a dela não se perde, ela *é* e continua sendo.

Também escrevi isso num pedacinho de papel que enfiei na mão dela no último instante.

Eu a perdi de vista e estou um pouco desnorteado. Ainda tentei encontrar alguém que pudesse modificar alguma coisa, mas nada deu certo. Vi a mãe, o pai H. e Mischa entrarem no vagão número 1. Etty entrou no vagão número 12, depois de ter procurado um conhecido no vagão 14, que acabou sendo retirado no último instante.

Lá se foi o trem, um apito estridente e milhares de deportáveis postos em movimento. Mischa ainda despontou um instante por uma fresta do vagão de carga número 1, acenou, e depois, no 12, um adeus alegre de Etty... E lá se foram.

Lá se foi ela. E nós aqui estamos, roubados, mas não ficamos de mãos vazias. Logo nos reencontraremos.

Foi um dia difícil para muita gente. Para Kormann, para Mech, e para todos aqueles que tiveram contato direto e constante com ela por tanto tempo. Afinal, não é a mesma coisa alguém estar palpável, perto de você, ou estar presente em espírito. A primeira sensação é mesmo a de vazio.

Mas seguimos adiante; enquanto escrevo, tudo segue adiante e ela mesma segue adiante em direção ao leste, para onde na verdade queria tanto ir. No fundo, acho que ela estava um pouquinho contente por ter essa experiência de agora viver tudo, tudo o que está reservado para nós. E a veremos de novo, nisso nós (seus amigos especiais aqui) estamos de acordo. Depois da sua partida, falei com sua pequena russinha e vários dos seus outros protegidos, e só a maneira como eles reagiram à sua partida já diz tudo sobre o amor e a confiança que ela deu a essas pessoas.

Desculpem-me por ter que fazer este relato da minha maneira desajeitada.

Vocês, que são tão acostumados com relatos melhores e mais bem redigidos. Sei que muitas perguntas ficarão sem resposta, sobretudo esta: Não era possível evitar isso? A isso posso dar uma resposta concreta: NÃO! Evidentemente, teve que ser assim.

Vou tentar enviar a vocês alguns livros de Etty quando surgir uma oportunidade. Gostaria muito de mandar sua máquina de escrever para Maria; na semana passada ela tinha justamente me dito que queria isso. Mas não sei se será possível.

Vez por outra mandarei notícias. Envio aqui algumas cartas que ainda chegaram para Etty e foram abertas pela censura. Por favor, enviem-nas aos seus remetentes.

Desejo força a vocês todos. Todos nós voltaremos e pessoas como Etty sobrevivem às coisas mais difíceis. Meus pensamentos estão com vocês.

Jopie Vleeschhouwer

À margem
volumes publicados

1. Erika Fatland
Nas alturas
Uma viagem pelo Himalaia
2. Didier Eribon
Vida, velhice e morte
de uma mulher do povo
3. Francesca Mannochi
Eu, Khaled, vendo
homens e sou inocente
4. Sarah Watling
Amanhã talvez o futuro – Escritoras
e rebeldes na guerra civil espanhola
5. William Blacker
Ao longo do caminho encantado
Viagens na Transilvânia
6 Etty Hillesum
Uma vida interrompida

Belo Horizonte, Veneza, São Paulo, Balerna
Dezembro de 2024